El fuego purificador

Crimen y Misterio

Donna Leon

El fuego purificador

Traducción del inglés por Maia Figueroa Evans

Seix Barral

PEFC Certificado

Este libro procede de bosques gestionados de forma sostenible

PEFC

PEFC/14-38-00305 www.pefc.es

Título original: *A Refiner's Fire*

Seix Barral, un sello editorial de Editorial Planeta, S. A.
Avda. Diagonal, 662-664, 08034 Barcelona (España)
www.seix-barral.es
www.planetadelibros.com

Adaptación de la cubierta: Booket / Área Editorial Grupo Planeta
Fotografía de la cubierta: © Simone Mascellari / Unsplash
Primera edición en Colección Booket: junio de 2025

Depósito legal: B. 8.686-2025
ISBN: 978-84-322-4847-4
Impreso en España

Biografía

Donna Leon nació en Nueva Jersey el 28 de septiembre de 1942. En 1965 estudió en Perugia y Siena. Continuó en el extranjero y trabajó como guía turística en Roma, como redactora de textos publicitarios en Londres y como profesora en distintas escuelas norteamericanas en Europa y en Asia (Irán, China y Arabia Saudita). Ha publicado, siempre en Seix Barral, las novelas protagonizadas por el comisario Brunetti: *Muerte en La Fenice* (1993), que obtuvo el prestigioso Premio Suntory a la mejor novela de intriga, *Muerte en un país extraño* (1993), *Vestido para la muerte* (1994), *Muerte y juicio* (1995), *Acqua alta* (1996), *Mientras dormían* (1997), *Nobleza obliga* (1998), *El peor remedio* (1999), *Un mar de problemas* (2001), *Amigos en las altas esferas* (2002) —Premio CWA Macallan Silver Dagger—, *Malas artes* (2002), *Justicia uniforme* (2003), *Pruebas falsas* (2004), *Piedras ensangrentadas* (2005), *Veneno de cristal* (2006), *Líbranos del bien* (2007), *La chica de sus sueños* (2008), *La otra cara de la verdad* (2009), *Cuestión de fe* (2010), *Testamento mortal* (2011), *La palabra se hizo carne* (2012), *El huevo de oro* (2013), *Muerte entre líneas* (2014), *Sangre o amor* (2015), *Las aguas de la eterna juventud* (2016), *Restos mortales* (2017), *La tentación del perdón* (2018), *En el nombre del hijo* (2019), *Con el agua al cuello* (2020), *Esclavos del deseo* (2021), *Dad y se os dará* (2022), *Cosecharás tempestades* (2023) y *El fuego purificador* (2024). También ha publicado *Las joyas del Paraíso* (2012), una novela negra ambientada en el mundo de la ópera; el libro de ensayos *Sin Brunetti* (2006), el prólogo de la guía *Paseos por Venecia* (2008) y *Una historia propia* (2023), sus atípicas memorias. Sus libros, por los que ha sido galardonada con el Premio Pepe Carvalho 2016, han sido publicados en treinta y cinco países y son un fenómeno de crítica y ventas en toda Europa y Estados Unidos.

Para Christine Stemmermann

Mira cómo se avivan las llamas embravecidas.

Escucha los gritos y gemidos funestos.

HÄNDEL, *Joshua*,
parte segunda, 29

1

Muy al principio, los mensajes de Instagram no ofrecían certezas acerca de las cifras y los participantes tampoco tenían un objetivo específico, pero esa noche se habían puesto de acuerdo en ir a la Fondamenta della Misericordia para que después alguien de Castello se quejase de que les quedaba demasiado lejos y qué tal en Santa Giustina. Luego otra persona había decidido que no merecía la pena perder el tiempo causando problemas en Santa Giustina y que por qué no lo intentaban en la Piazzetta dei Leoncini. Estaba más cerca y allí lo que hiciesen no pasaría inadvertido.

En cuestión de menos de diez minutos, ambos grupos entraron corriendo en la *piazza*: uno desde Calle della Canonica, y el otro desde la Torre dell'Orologio. Chocaron entre sí en silencio, salvo por los gruñidos y el sonido que hacen los puños cuando impactan contra un hombro o una cabeza.

En un abrir y cerrar de ojos se fusionaron en una masa de extremidades en movimiento: se caían, se erguían sobre las rodillas, los derribaban de nuevo, se levantaban a atizarle un puñetazo en el cuello a alguien y luego otro les barría los pies y caían otra vez.

Una de las bandas era más grande de lo habitual: gracias a las cámaras de seguridad, más tarde identificaron a doce personas; seis de ellas no estaban fichadas, pero a las otras seis ya las conocían. La banda rival tenía diez miembros, uno de los cuales cargaba con un trozo de tubería de metal con la que ya había roto un escaparate. Él y dos amigos más se habían llenado los bolsillos de monturas de gafas.

La mala suerte hizo que los cambios de emplazamiento, las disputas cuando ya hubieron decidido el lugar sobre la mejor manera de llegar allí y el deseo general de disfrutar y regocijarse con las expectativas de cometer actos de violencia hizo que llegasen a la Piazza San Marco tres minutos después del cambio de turno de la comisaría de policía que estaba cerca del Caffè Florian. De modo que, cuando desde la comisaría se oyeron los gritos y chillidos que provenían de la Basilica, allí había dos turnos a la vez y fueron cinco los agentes que acudieron atraídos por el ruido.

Dio la casualidad de que en ese momento entraban en la plaza otros dos agentes que estaban de servicio desde las once hasta las cinco de la mañana debido a una iniciativa del cuerpo para mantener la seguridad nocturna en la ciudad, así que los chicos, a algunos de los cuales ya incomodaba haberse dado cuenta de que ni las magulladuras ni los puñetazos que propinaban y recibían estaban siendo tan divertidos como jugar al baloncesto, se vieron desarmados e indefensos ante siete agentes de policía.

La cantidad de policías y la imagen de las porras y las pistolas que les colgaban del cinturón mudaron la adrenalina del combate en miedo ante una fuerza mayor. Las armas que llevaba la policía anulaban la ventaja numérica de los jóvenes y reventaron la burbuja de valentía que los arropaba. El más joven de todos se hizo pis encima, otro se cubrió la cara con las manos y se agachó para fingir que no estaba allí, un tercero dio dos pasos y se escondió en una de las *passerelle* que almacenaban allí para cuando había *acqua alta*.

Viendo la inquietud que producía su mera presencia, los agentes endurecieron el gesto, levantaron la voz y obligaron a los chavales a ir hacia la comisaría. No los tocaron en ningún momento, sino que los dirigieron cambiando el tono de voz y dando órdenes de una sola palabra al estilo de los vaqueros. En lugar de boñigas, dos de los chicos fueron dejando un caminito de monturas de gafas, que iban desechando con disimulo.

Macaluso, el sargento que se había quedado en la comisaría y había observado el rodeo desde la escalinata que subía a la entrada, volvió al interior, sacó unos cuantos formularios del cajón del escritorio y colocó una docena de lápices encima del montón.

Cuando entró el primero, le señaló los papeles y dijo:

—Coge un lápiz y un formulario y rellénalo. Cuando acabes, me lo das.

El menor pidió:

—Por favor, *signore*, ¿puedo hacer una llamada?

Su voz anunciaba lágrimas, pero el agente, que tenía tres hijos, se levantó y le gritó al grupo:

—*Silenzio.*

Cuando dejaron de hablar, añadió:

—No, no podéis hacer ninguna llamada. No hasta que hayáis rellenado la ficha. Después podréis hacer una cada uno.

Vio que uno de los chicos del fondo cogía el móvil y tocaba la pantalla.

—Andolfatto, quítale el móvil —ordenó el sargento, y señaló al joven que tenía el teléfono en la mano.

El agente se acercó al chico y le arrebató el teléfono antes de que este pudiera guardarlo.

—Es mi... —empezó a decir.

Pero el policía que se lo había llevado se volvió y lo miró con tal frialdad que el chico se quedó helado. El agente regresó a la recepción y tiró el móvil encima del mostrador sin ningún cuidado.

Mientras ocurría todo esto, otro chaval tapaba el móvil con la mano y se puso a escribir un mensaje, pero la luz de la pantalla se reflejaba en las gafas del chico que estaba a su lado. El sargento vio un destello y se levantó. El teléfono desapareció. Entonces el sargento se agachó, cogió la papelera que tenía junto al escritorio y la vació en el suelo. Allí cayeron formularios rotos, pañuelos de papel usados, tres o cuatro mapas arrugados de Venecia y seis o siete vasos de cartón que habían contenido café. El sargento miró el interior de la papelera y, tras comprobar que estaba vacía, se acercó a donde estaban los jóvenes.

—Vamos a ver. Prestad atención. Todos. Hay dos que ya han metido la pata; van a pagar justos por pecadores. —Le dio la papelera al chaval que tenía más cerca y se dirigió a todos en voz alta—: Vuestro amigo va a pasar con la papelera para que metáis los teléfonos.

Hubo un grito ahogado y colectivo de sorpresa tras el cual se oyó un «¡Pero...!» cargado de indignación.

El sargento se movió rápido como una serpiente y en menos de un segundo estaba delante de un muchacho de unos catorce o quince años, más alto que él y mucho más musculoso.

—¿Algo que decir, chaval? —le preguntó con tono neutro—. No podías esperar a llamar a papá y a mamá, ¿verdad? Bueno, pues ahora para llamar a casa tendréis que usar mi teléfono, uno a uno.

Se volvió y miró a los chicos que estaban de pie.

—Si esto os supone algún problema, hablad con vuestro amigo.

Y se sentó de nuevo.

El de la papelera se acercó a su mesa y la dejó. Antes de que el sargento se lo pidiera, metió la mano en el bolsillo lateral de la chaqueta, sacó su móvil y lo dejó con cuidado sobre los demás.

—¿Están todos? —le preguntó al chico.

—Sí, señor.

—¿Cuántos?

—Veintidós, señor —dijo, y agachó la cabeza. En voz más baja añadió—: Galvani tenía dos.

El sargento miró al chico que tenía delante y reparó en que este temía que, por algún motivo, lo culpase a él.

El sargento se inclinó sobre la mesa y habló en voz baja para que nadie más lo oyera:

—¿Crees que es esquizofrénico? —le preguntó, y sonrió.

Al ver que el chico no reaccionaba, el policía se lo aclaró:

—Si lo fuera, necesitaría varios móviles, ¿no?

El chico tardó unos instantes en entender lo que había dicho el hombre. Cuando se dio cuenta, intentó no sonreír.

—Sí, señor —respondió.

Antes de que el sargento contestase, se oyó una voz que venía del fondo:

—¡Agente!

—¿Qué?

—¿Hay lavabo?

A continuación hubo alguna risilla burlona, tras las cuales el sargento dijo:

—Si os dijera que está estropeado para todos los que acaban de reírse y que todavía faltan horas para que os vengan a buscar, ¿os haría tanta gracia? —Entonces se volvió hacia el chico que lo había preguntado—. Al final del pasillo, a mano derecha —indicó.

Recogió los formularios que habían rellenado, los puso en orden alfabético y después llamó a los padres de cada uno, se identificó y los informó de que su hijo estaba bajo custodia policial en la comisaría de la Piazza San Marco, que fuesen a recogerlo para llevárselo a casa. Algunos se quedaron aturdidos, otros se enfadaron y unos cuantos se asustaron; también los hubo que protestaban, pero todos ellos, ante la negativa de Macaluso a darles más información, accedieron a ir. A esas alturas, los chicos ocupaban todas las sillas y buena parte del suelo. Cuando hubo llamado a todos los padres y los hubo encontrado a todos en casa menos a los de un chico, Macaluso se puso en contacto con la *questura* para pedir que avisasen al *commissario* del turno de noche y después se ocupó de introducir los nombres completos, las fechas de nacimiento y las direcciones de los chicos en el ordenador.

La *commissario* Claudia Griffoni, que esa noche estaba de guardia, llegó a la comisaría cuando faltaban once minutos para que diesen las dos. Llevaba pantalones de color beige, unas zapatillas deportivas, una chaqueta de ante del color de los pantalones y una bufanda de cachemira roja en el cuello. El sargento se levantó en cuanto ella llegó, pero no se cuadró.

—Estos son los miembros de las bandas —dijo con tono neutro—. Estaban en la *piazzetta*.

Ella le echó un vistazo al grupo somnoliento.

Dos levantaron la cabeza, miraron a Griffoni y soltaron su versión particular del típico silbido apreciativo.

La *commissario* levantó la vista despacio y los miró a los dos. Entonces se volvió hacia el sargento y dijo con total imparcialidad:

—Artículo 341 bis del *Codice Penale*: insulto a un funcionario público durante el desempeño de sus deberes. Daños a su reputación. Si se comete en público... —En ese momento hizo una pausa y un gesto con el brazo que los incluía a todos— la pena podría llegar a ser de seis meses a tres años.

Griffoni se puso la mano sobre la frente como suele hacerse cuando se quiere ver a mucha distancia con una luz muy intensa.

—Joven —le dijo a uno de los que le habían silbado—, ¿quería decirme algo?

—No.

—¿No? ¿A quién no quería decirle algo? Me

llamo Claudia Griffoni y soy *commissario* de policía de esta ciudad.

El mensaje que Griffoni trataba de transmitirle confundía al joven.

Tras esperar una respuesta y no oír más que silencio, dijo:

—Permítame una pregunta. ¿Cómo se llama?

—Alessandro Berti.

—Entonces, *signor* Berti, ¿cómo me llamo yo?

—Claudia Griffoni.

—¿Es posible que se le olvide algo, *signor* Berti?

Le costó un buen rato aceptar la situación, pero Griffoni tenía toda la noche y estaba dispuesta a esperar.

—*Commissario* Griffoni —dijo él.

Ella esbozó una sonrisa mínima, pero era una sonrisa.

Al cabo de un rato empezaron a llegar los padres a los que habían llamado primero. Griffoni dejó que el sargento examinase sus documentos de identidad, respondiera a sus preguntas y se ocupase del papeleo. El sargento se aseguró de recordarles a todos los chicos que buscasen su móvil en la papelera.

Era ya mucho después de las cuatro cuando los padres de todos, menos los de uno, habían acudido a buscarlos en diferentes estados de incredulidad o indiferencia. A algunas de las madres parecía afectarlas tener que oír lo que habían hecho sus hijos o de qué los podían acusar, pero otras no parecían sorprenderse en absoluto.

Cuando ya solo quedaba uno, Griffoni le entregó el móvil que quedaba y le preguntó si quería volver a llamar a sus padres y después le preguntó el nombre.

—Orlando Monforte, *dottoressa* —respondió el chico, y le dijo que vivía con su padre en Castello. Le mostró el móvil y explicó que su padre apagaba el suyo a las once—. Es imposible que conteste —dijo con tono de disculpa. Miró a su alrededor y le preguntó a Griffoni—: ¿Puedo quedarme aquí, *dottoressa*?

Era pequeño, más bajo que Griffoni, de hombros anchos que parecían estar esperando a que el resto de su cuerpo escuálido hiciera su trabajo y lo volviese tan alto y ancho como debía ser. Tenía los ojos marrones, la nariz corta, las orejas pegadas a la cabeza; habría tenido un aspecto bastante normal de no ser por la mirada, siempre curiosa, siempre rápida. A Griffoni le recordó a su sobrino Antonio.

—¿Quieres dormir en el suelo? —preguntó ella.

—En una silla. Ya no hay peleas por los asientos —dijo el muchacho, y sonrió.

Cuando sonreía parecía más joven, más como un niño y más frágil.

El suyo era el único formulario que quedaba en la mesa del sargento, así que Griffoni se acercó y le echó un vistazo.

—¿La dirección es esta? ¿Castello, 3165?

—Sí, *commissario.*

—¿En Salizada San Francesco, cerca de La Beppa? —le preguntó.

Había nombrado una tienda de lo más profundo de Castello donde vendían herramientas, ropa interior, zapatos, camisas, jerséis y casi cualquier cosa que uno podía necesitar.

—¿Cómo sabe dónde está eso? —preguntó él—. Nosotros somos los únicos que vamos.

—¿Nosotros? —quiso saber ella.

—La gente del vecindario.

Como Griffoni no decía nada, añadió:

—Me ha sorprendido que lo supiera, porque usted no es de ese barrio.

—¿Por qué lo dices?

—Con el debido respeto, *commissario*, con ese acento no puede serlo.

El chico se agachó a atarse los cordones de las zapatillas.

—¿Significa eso que en Venecia solo viven *veneziani*?

—Eso estaría bien, ¿verdad? —dijo con la certeza de que cualquiera a quien se lo preguntase estaría de acuerdo con él.

—Yo vivo aquí y no soy *veneziana.*

Él sonrió de nuevo para prepararla para la broma y dijo:

—Creo que no hacía falta que lo mencionase. —Y un segundo más tarde, añadió—: *Commissario.*

Ella se rio.

—¿Tienes la llave de casa? —preguntó.

—Sí, *dottoressa.*

Griffoni miró al sargento, que estaba ocupado con *Il Gazzettino* del día anterior y no había prestado atención a la charla.

—¿Cree que yo le sirvo *in loco parentis*, sargento?

Este bajó el periódico, la miró a ella, después a él y a ella de nuevo. Al parecer, había decidido que ninguno suponía un riesgo real para el otro.

—Si eso significa que usted lo acompaña a casa, *commissario*, me parece buena idea —dijo. Soltó una mano de *Il Gazzettino* e hizo un gesto para señalar toda la sala—. Este no es lugar para que un joven como él pase la noche.

Griffoni se volvió hacia el chico y le preguntó:

—¿Te parece bien, Orlando?

—Sí, *dottoressa.* Estoy de acuerdo con el sargento: es una buena idea.

Con eso bastó para que saliesen de la oficina a la *piazza*, que estaba vacía a excepción de dos barrenderos que iban barriendo el suelo sin prisa.

Griffoni miró el reloj: de algún modo, ya eran las 5.32. Era martes, así que él tenía que ir al instituto.

—¿A qué hora tienes la primera clase?

—A las ocho.

—Entonces te da tiempo de ir a casa. ¿Qué te dirá tu padre cuando entres a estas horas?

Con indiferencia, como si el tema no le interesase, Orlando dijo:

—Todavía estará dormido. —Con la voz empapada de falsa fanfarronería, añadió—: Puedo volver a la hora que quiera.

Ella esperó un poco antes de preguntar con supuesta sorpresa y preocupación:

—¿Y eso te gusta?

Orlando se metió las manos en los bolsillos de los vaqueros y se lo consultó a sus pies. Al cabo de poco, llegó a una conclusión, levantó la mirada y contestó:

—No mucho, no. Estaría bien que me prestase más atención.

—¿Y por eso...?

Pero antes de que pudiera terminar la frase, Orlando había bajado los tres escalones hacia la acera y había girado hacia la derecha. Volvió la vista atrás y le hizo un amplio gesto con el brazo a Griffoni para que lo siguiese.

2

Mientras esperaba a Griffoni, el chico corría sin moverse del sitio y movía los brazos para protegerse del aire frío de la madrugada. Cuando Griffoni bajó el último escalón, la miró un instante. La *commissario* se dio cuenta, pero no le hizo caso y siguió hacia la *piazza*. Él esprintó hacia allá y en el último segundo esquivó la trayectoria predecible que ella describía con paso tranquilo y continuó hacia el otro lado de la *piazza*, desapareció bajo unos soportales, pasó a toda velocidad por detrás de algunas columnas, volvió a dirigirse hacia ella y aceleró.

Esa vez frenó el paso, frenó aún más, llegó a donde estaba Griffoni y se detuvo. A la manera de los corredores profesionales, se inclinó, apoyó las manos en las rodillas y dio unas bocanadas de aire.

Como si hubieran estado en plena conversación y ya pudieran retomarla, Griffoni dijo:

—Cuando me mudé a Venecia, solía venir aquí a estas horas, un par de veces por semana.

Sin dejar de mirar el suelo y con la respiración trabajosa, él le preguntó:

—¿Por qué?

Ella lo miró desde su altura, cosa que lo animó a enderezarse.

—¿Por qué qué?

—¿Por qué venía aquí?

Ella lo observó. Al cabo de un momento, le dijo:

—¿Te has dejado los ojos en la comisaría?

Él se arropó con los brazos, como si no hubiera sido consciente del frío de la madrugada hasta ese momento. Llevaba vaqueros, una chaqueta tejana y, debajo, solo una camiseta de algodón.

—Los demás también vemos estas cosas, ¿sabes? —dijo Griffoni alegre, como si señalase a alguien regalando una gran fortuna.

Se encogió de hombros y echó a caminar de nuevo en dirección al Ponte della Paglia y Castello. Había un camino más directo, pero Griffoni prefería andar con el *bacino* a un lado, con el agua abierta hacia el infinito.

Andaba a su paso habitual, ya que al frente la *riva* tenía la amplitud suficiente para permitirle ver en todas las direcciones, además de cualquier cosa o persona que se le acercase. Y si necesitaba pararse y mirar hacia atrás, había belleza de sobra para justificar haberse girado. Ya reconocía el sonido de las pisadas del joven, así que supo que era él cuando se le acercó desde atrás y algo a la izquierda, para cederle la libertad de las vistas al agua.

—La curiosidad es por las horas a las que iba —dijo él—. No por el motivo. Cualquiera en su sano juicio querría ver este lugar.

Hablaba con urgencia disimulada, como si pensara que ese malentendido jugase en su contra o lo hiciera parecer menos a ojos de la *commissario.*

—Iba porque a esas horas aún era posible estar sola.

Él se rio y se desprendió de la timidez al momento, tal como Griffoni sabía que hacen los niños a esas edades. Esa vez él fue el primero en echar a andar. Se había hecho la luz mientras él corría, aunque todavía no se distinguía de dónde provenía ni se veía ni rastro del sol. Si bien había más claridad, no hacía menos frío: iba a ser uno de esos días de primavera en los que el sol estaba tan cansado de haber dado calor durante los días anteriores que se quedaría en la cama hasta el mediodía.

Al llegar al siguiente puente, Griffoni giró hacia el paso inferior y se detuvo en un bar de la calle, a mano derecha. Recordaba que abrían a las seis para los primeros que iban camino del trabajo. Llamó al camarero, le pidió un café y se volvió hacia el chico, que asintió con la cabeza. Cuando el camarero la miró de nuevo, Griffoni señaló los brioches que había dentro de una vitrina de plástico.

—*Due* —dijo. Pero enseguida lo cambió a—: *Tre*.

Mientras el camarero preparaba los cafés, les señaló una mesita redonda que había al fondo.

—Allí hace menos frío —dijo, y pulsó el botón de la cafetera.

Ambos se alegraron de la promesa de calor. El café del chico y dos de los brioches desaparecieron antes de que Griffoni se acabase el café. Le pasó al joven el que quedaba en el plato y le pidió otro al camarero. Cuando este se lo sirvió, la *commissario* se lo dio a Orlando. Ambos pidieron un café más y, mientras se los bebían, hablaron sobre el frío que todavía hacía fuera y de cuándo llegaría la primavera y de cualquier tontería que les permitiese permanecer un rato más en aquel rincón cálido. El camarero no les prestaba atención.

Entraron algunas personas que se tomaron el café casi sin reparar en ellos y sin comprobar la temperatura de la bebida, de tan desesperados que estaban. Dos hombres mayores, uno gordo y otro flaco, entraron y pidieron un Fernet-Branca con *grappa* que se tomaron de golpe como si les fuese la vida en ello.

Cuando estos se marcharon, Griffoni se levantó, se dirigió a la barra y rechazó el intento que hizo el chico de pagar. Salieron a la *riva*. Por algún motivo, tal vez por los cafés que se habían tomado, ya no tenían tanta sensación de frío, sino que estaban lo suficientemente bien para sentarse juntos de cara al agua y guardar silencio entre ellos y hacia el mundo. Ninguno decía nada, pero de vez en cuando uno de los dos señalaba algo o le daba un golpecito al otro para que se fijara en algo y le prestase atención.

Después de un rato, que quizá fuese corto o largo, Griffoni se quitó la bufanda y se la dio a Orlando, que empezaba a temblar de frío. Él trató de rehusarla, pero ella se la enrolló en el cuello, se levantó y echó a andar de nuevo, atendiendo solo a la llegada del *vaporetto*, algo que debía de haber visto cientos de veces.

Griffoni apuró el paso y mantuvo la velocidad hasta el tercer puente, cuando él la alcanzó con la bufanda puesta y los extremos metidos por dentro del cuello de la chaqueta. El color rojo le sentaba muy bien, sobre todo ahora que había recuperado algo de color en las mejillas.

Ya había algunas personas en la *riva*: gente corriendo, más hombres que mujeres, un tercio acompañados de un perro. Los primeros turistas desembarcaban de los barcos del *littoral*, con las fotos de internet preparadas para mostrarles cómo era Venecia. Los vendedores del peor tipo de porquerías para turistas trasportaban el material de los puestos hasta el lugar que tenían alquilado y se ponían a colocar los suvenires. Detrás de ellos se extendían las zonas valladas donde se almacenaban los materiales de las cuadrillas que se ocupaban de la restauración de la *riva*: ellos no llegarían hasta las ocho, eso seguro.

—¿A qué curso vas? —preguntó Griffoni.

—Estoy en segundo de la *superiore*.

—¿Algo que merezca la pena?

La pregunta lo sorprendió y lo pensó un poco antes de responder:

—Solo las mates.

Griffoni se detuvo en seco.

—¿Matemáticas?

Cuando Orlando asintió con la cabeza, ella le preguntó:

—¿Por qué?

—Porque son muy limpias —dijo él sin vacilar.

Griffoni apartó la vista de San Giorgio y lo miró a él.

—¿Qué quieres decir con eso?

Tal vez nadie se lo había preguntado, porque no cabía duda de que lo había pillado desprevenido. El joven miró hacia San Lazzaro, por si los monjes de la isla lo ayudaban a encontrar una explicación. Se metió las manos en los bolsillos y se puso de puntillas unas cuantas veces antes de decir:

—No es como la historia, la literatura italiana, la religión o cualquiera de las cosas que estudiamos. Las matemáticas existen y ya está. Les haces una pregunta y te dan la respuesta. Te muestran la regla y la regla no cambia, da igual cuánto rece alguien o si alguien te amenaza si no cambias la respuesta a lo que quiera esa persona.

Se puso de puntillas unas cuantas veces más, después se cansó de hacerlo y se dejó caer de golpe.

—Supongo que por eso nunca me han gustado mucho —contestó Griffoni. Entonces, puso voz de dura y habló con un acento napolitano casi comprensible—: No nos gustan mucho las reglas.

Cuando Orlando la oyó decir eso, volvió la cabeza de golpe hacia ella y la miró bien.

—¿Seguro que trabaja para la policía?

—El turno terminaba a las seis, así que ya puedo decir lo que quiera.

En un momento dado le pidió al joven que la guiase, ya que admitía que él los conduciría a su casa mucho más deprisa de lo que ella era capaz. Dos calles más adelante, Orlando giró a la izquierda y se alejó del agua. Ella no se molestó tanto en fijarse en adónde iban como en la facilidad con la que él se escurría entre los grupos de personas con los que iban encontrándose: trabajadores camino de los *vaporetti* que los llevarían a la estación de trenes o a los autobuses de Piazzale Roma y, de allí, a dondequiera que hubieran conseguido trabajo en tierra firme.

Griffoni había leído que, hacía apenas cincuenta años, Venecia había sido una población de casi ciento cincuenta mil habitantes; de esos quedaban un tercio. Había muy poco trabajo, había muy poco trabajo, había muy poco trabajo. Era así de sencillo. Por eso pasaban el día en *terraferma*, mientras que otra gente de fuera acudía a trabajar a la ciudad. Muchos de los agentes con los que ella trabajaba vivían en Dolo, Noale, Quarto d'Altino, Mestre, Marghera; pueblos que no eran ciudades de verdad y que habían convertido el territorio en un aparcamiento.

No quería perder el tiempo pensando en esas cosas, ya que Orlando y su generación no habían conocido más que la Venecia en la que habían nacido. Se le pasó por la cabeza que ella había llegado para trabajar en la ciudad (porque los turistas no contaban) después de que él naciese. De modo que de la Serenissima no sabía nada más que él y no tenía derecho a quejarse ni a ponerse de mal humor por culpa de los turistas.

Con todo eso en mente, había frenado el paso; miró al frente y no vio al chico por ninguna parte. Aceleró, pero cuando la calle desembocó en un *campo* pequeño con tres salidas, no tenía ni idea de hacia dónde girar y se detuvo. En una esquina había una carnicería; delante, una tienda de bisutería. En la otra esquina había un bar. Bueno, se dijo, no era solo un bar, sino también un lugar donde podías comprar una porción de pizza precocinada y tomarte una cerveza o un vino en un vaso de plástico, o sentarte a una mesa y ver qué había en la carta.

Miró a su alrededor y vio una placa pequeña en la pared con el nombre: SALIZADA S. FRANCESCO. Casi como si Orlando fuese un paquete pendiente de entrega, Griffoni comprobó la fotografía que había hecho del formulario: «Castello, 3165». Levantó la cabeza y vio que no había llegado al número correcto. No tenía sentido. Era imposible. Nadie entendía el sistema de numeración, salvo quizá los *postini*, y solo si hacía años que tenían esa ruta y se habían aprendido la secuencia caprichosa con la que se ordenaban los números. La dirección del chico, Castello, 3165, no tenía por qué estar al lado de Castello, 3164 ni de Castello, 3166. Podía estar calle abajo, a la vuelta de la esquina, tres o cuatro casas más allá. ¿Cuántos años llevaba ella viviendo en Venecia? Nunca le habían preguntado cuál era su dirección ni ella se sabía la de nadie.

Al apartar la mirada de la placa, vio la bufanda; se había soltado de la chaqueta del chico. Él estaba en el local de pizzas, delante del mostrador, comiéndose una porción llena de pedazos pequeños de carne y verduras, demasiados para que la *commissario* las identificase. Entró sin prisa y se dirigió hacia él. Cinco hombres adultos volvieron la cabeza para observar su aparición y no cambiaron de postura cuando ella se acercó a la barra y le dijo a Orlando:

—Ah, aquí estabas.

—¿Me permite que la invite, *dottoressa*? —le preguntó él.

No cabía duda de que había decidido que era más sensato que llamarla «*commissario*». Tuvo cuidado también de continuar tratándola de usted, como había hecho desde el principio.

—Eres muy amable —respondió ella con la misma formalidad—, pero no acostumbro a desayunar pizza.

Uno de los cinco hombres de la barra que se habían vuelto a mirar a Griffoni, el que tenía a medias un trozo de pizza con cebolla y salami y una cerveza, dijo:

—Orlando se come todo lo que le des, sea la hora que sea.

Otro le dio al chico unas palmadas en el hombro, afectuosas pero tan fuertes que habrían derribado a Griffoni, y añadió:

—Vive en ese edificio de ahí. —Y señaló un portal que estaba un poco más a la izquierda de la placa—. Los vecinos se encargan de que llegue puntual al instituto y de que coma bien.

Orlando apartó la mirada, pero entonces se vio en el espejo y prefirió mirar al suelo. Ella le cogió el brazo e incluyó a los clientes del bar cuando dijo:

—Y a su edad todos comíais como pajaritos, ¿verdad?

El de la pizza se tapó la boca con la mano y tosió. El que estaba detrás de él le atizó en la espalda hasta que paró, cogió su vaso de plástico, lo inclinó hacia Griffoni para felicitarla por su réplica y se acabó la cerveza.

Le sonrió y dijo:

—Bien jugado, *signora*. Nos ha puesto en nuestro sitio. —Entonces se fijó mejor en ella y, al parecer, sin pensar que fuese extraño que estuviese en aquel lugar y a esas horas, le preguntó—: ¿No será usted profesora por casualidad, *signora*?

—*Dottoressa* —lo corrigió Orlando al instante.

—Claro. *Dottoressa*.

—Ay, por el amor de Dios —dijo Griffoni avergonzada—. No me daba cuenta de que era tan obvio. —Luego miró al chico—. Sí, la verdad es que lo soy —dijo—. Soy la profesora de Matemáticas de Orlando.

Entonces se volvió hacia él y, fingiendo una seriedad cómica, dijo:

—No te olvides de los deberes, Orlando.

Sonrió al corrillo de hombres, se despidió de todos, salió fuera y dejó que el chico diese las explicaciones pertinentes.

3

Griffoni cayó en que, a pesar de que ese día ya no estaba de servicio, tenía que ir a la *questura* a redactar el informe y decidió jugar otra partida de «escuela de pilotos»: un juego que se había inventado años antes, dos semanas después de encontrar un apartamento de alquiler en Venecia. Un día de finales de octubre había salido de casa a las cinco y media de la mañana. Lo más importante era que no había cogido el mapa que se había comprado la segunda semana de llegar a la ciudad, cansada de estar perdida a perpetuidad.

El número de su apartamento no le servía de nada, aunque sabía que estaba en Dorsoduro, a tan solo un puente de distancia de Tonolo. La *pasticceria* era tan famosa que no había tardado en convertirla en su faro de confianza: daba igual lo lejos que hubiera llegado, ya que, con solo nombrarla, cualquier veneciano le indicaba cómo llegar a casa.

La investigación que había llevado a cabo también había confirmado el testimonio de sus vecinos del barrio: tanto el café como las pastas de Tonolo eran excelentes, de las mejores de la ciudad.

Sabía que cruzando Campo Santa Margherita y siguiendo el canal que pasaba por delante de la iglesia de los Carmini se perdería. La «escuela de pilotos» empezaba transcurridos veinte minutos más allá de ese punto, cuando tenía que detenerse, dar media vuelta y encontrar el camino de regreso a casa sin pedir ayuda. A lo largo de todo un mes, había empleado la primera mitad de todos los días libres en jugar a perderse y, en ocasiones, se perdía de verdad. Ninguna de las veces pedía indicaciones ni ayuda, y tampoco las habría aceptado, a menos que se las ofreciesen ancianas con bastón, porque a ellas les suponía una gran alegría ayudar a una mujer que estuviese perdida.

En mitad de Salizada San Francesco, recordó que una de aquellas mañanas había estado en esa misma plaza y se había dicho que era un ama de casa veneciana que buscaba utensilios de cocina: una prensa de ajos, un rallador para parmesano, un sacacorchos, un embudo. En ese momento, transcurridos tantos años, pero con la mayoría de esos utensilios aún a la vista en el escaparate, no sintió incertidumbre alguna acerca de dónde estaba. Casi sin pensar, giró a la izquierda, después a la derecha, pasó por un puente, luego por otro y fue directa hacia el hospital y a Rosa Salva, que ya había abierto.

Una vez allí, se permitió otro café y esa vez pudo comerse el brioche. Ya se había olvidado del chico, pero decidió dirigirse a la *questura* y estaba tan segura de la ruta como un cazador nativo americano siguiendo las huellas de un ciervo.

Era poco después de las ocho, pero subió a su despacho, redactó el informe sobre los acontecimientos de la noche anterior y comunicó que había tomado la decisión de acompañar al chico al que nadie había recogido en la comisaría y se había asegurado de que llegase a casa sano y salvo. Citó el nombre, buscó la fotografía que había hecho de la ficha, la mandó con el escrito y añadió que el informe del sargento supervisor de San Marco contendría copias de las fichas que habían rellenado todos los chicos involucrados en el incidente.

Media hora después, cuando el agente de la entrada la llamó para decirle que el *commissario* Brunetti había llegado cinco minutos antes, Griffoni bajó una planta y fue a su despacho.

—*Avanti* —voceó él cuando llamó a la puerta.

Al entrar encontró a Brunetti asomado a la ventana, apoyado con los brazos para no caerse, con la cabeza vuelta hacia la derecha mientras observaba el jardín abandonado que había al otro lado del canal.

—¿Qué haces, Guido? —le preguntó en cuanto lo vio.

Él se apartó del alféizar y cerró la ventana.

—Intentaba ver las flores —dijo mientras se sacudía el polvo de las manos.

—¿Hay alguna ya?

—Ayer había muchos capullos. Tenía curiosidad.

—Cambia la cosa, ¿verdad? —comentó Griffoni, y se explicó—: Cuando empiezan a florecer.

Sin pensar, Brunetti dijo:

—La primavera siempre me da la sensación, o la esperanza, de que se nos brinda otra oportunidad.

—¿Otra oportunidad de qué? —preguntó Griffoni, y fue a la silla donde solía sentarse cuando hablaban.

Él volvió al escritorio y movió hacia la izquierda unos documentos, una libreta y un ejemplar de *Il Gazzettino* de ese día.

—Si te dijese que es una oportunidad de hacer las cosas mejor, ¿te reirías?

—Depende de a qué te refieras con hacerlo mejor.

—Uy, pues no sé: las personas rotas con las que tratamos y las cosas malas que vemos y que la gente hace.

Griffoni tardó un buen rato en contestar, pero al final dijo:

—No, no me reiría.

Brunetti esperó la llegada del «pero» que sospechaba que ella iba a añadir, y no lo decepcionó.

—Pero los capullos y las flores no hacen que las personas se comporten de manera diferente de la habitual.

—¿Te refieres a los chicos de anoche? —preguntó él, y señaló unas hojas de papel que tenía sobre la mesa.

—Es un buen ejemplo con el que empezar.

—¿Qué opinión te merecieron? —preguntó Brunetti.

—Estuve un rato con ellos, Guido. Y me dieron miedo.

—¿Por qué? ¿En qué sentido?

—Si allí no hubiese habido dos agentes armados... —Entonces recordó que ella también llevaba pistola y se corrigió—: Tres agentes armados, de hecho, no tengo ni idea de qué habría pasado si hubiésemos perdido la calma.

—¿No crees que exageras, Claudia?

—Es probable —admitió ella, y sonrió—. Pero la cosa podría haberse puesto violenta. Estaban a tope de testosterona: se olía en el ambiente.

—Pero no pasó nada —dijo Brunetti, y colocó una mano sobre la documentación, como si fuese un talismán, además de un comunicado—. ¿Ya has redactado el informe?

—Sí. Y hasta lo he releído antes de enviarlo.

—Yo he leído el de Macaluso —dijo Brunetti—. Andolfatto y él estaban de guardia y, cuando todos los padres ya se habían marchado con sus hijos, lo escribió y lo mandó.

Antes de que ella pudiera preguntárselo, Brunetti añadió:

—Por lo que veo, antes de que tú llegases se lo hizo pasar un poco mal a los chavales.

—¿Físicamente? —preguntó Griffoni con asombro indisimulado.

—No, por supuesto que no; él no haría eso. Pero les dejó claro lo que podían hacer y lo que no, lo que podían decir y lo que no.

—¿Y?

—Y se convirtieron en un rebaño de corderitos. O al menos eso es lo que ha escrito.

Griffoni asintió con la cabeza.

—¿Cómo lo hace?

—Una vez me contó que ve muchas películas norteamericanas de polis y cacos, las de los años cuarenta y cincuenta. Las de tipos duros.

—¡Ay, por favor! —exclamó ella—. Ojalá yo lo hubiera sabido antes de hacer ese cursillo.

—¿Cuál? —preguntó Brunetti.

—El de Parma.

—¿El de cómo tratar a las personas durante el primer interrogatorio?

—Sí —dijo, y se metió los dedos entre el pelo a ambos lados de la cabeza.

Pero entonces sonrió y soltó un resoplido que podría haber sido una risotada.

—Lo único que decían era que había que garantizar que se respetaban los derechos de la persona detenida —dijo— y que nunca había que expresar una opinión negativa, ya sea de palabra o por obra, del delito que hubieran cometido. O delitos.

Brunetti abrió la boca con la intención de decir algo, pero calló, consciente de que no tenía nada que decir que valiese la pena. Cambió de tema:

—Volvamos a lo de anoche. Cuéntame lo que pasó.

—Seguramente está todo en el informe del sargento —respondió ella, y señaló los documentos que había sobre la mesa.

—Cuéntamelo igualmente.

Griffoni elevó la comisura derecha de la boca con impaciencia mientras decía:

—Eran veintidós, todos de la ciudad. Sin mucho que hacer después de cenar. Nada bueno que ver en la tele. Así que ¿por qué no cometer algún acto violento y algún robo si ven algo que les gusta?

—En los móviles o en la nube habrá quedado constancia de todo lo que se dijeron —dijo Brunetti, y clamó al cielo con la mirada solo de pensar en lo descuidados que eran—. ¿Hubo planificación?

—No, como es de imaginar. —Después de eso, se dio unas cuantas palmadas en los muslos y añadió—: Son inútiles. —A continuación habló en voz un poco más alta, con un acento tal vez un poco más pronunciado—: Están pegados a los móviles y no pueden dar ni cinco pasos sin ellos. Aun así, no tienen suficiente sentido común para tener cuidado con lo que escriben y con los mensajes que se mandan. —Negó con la cabeza: esa falta de cuidado la desesperaba—. ¿Qué querrías que aprendiesen a hacer?

Claudia alzó una mano, pero la bajó de nuevo antes de que se le descontrolase. Vio la expresión de su compañero y no dijo nada, lo miró fijamente y luego habló:

—Guido, me conoces desde hace tiempo y sabes que no soy ninguna histérica.

Él asintió con la cabeza.

—Así que créeme cuando te digo que ese montón de chavales me dio miedo. —Hizo una pausa muy larga antes de seguir—: Soy mujer. Eso cambia la manera en que la posibilidad de violencia afecta a una persona. Quizá pienses que lo sabes, pero no lo has sentido. No como lo siente una mujer.

Él asintió de nuevo, bien para darle la razón o bien para indicar que escuchaba. Al final, repuso:

—De acuerdo, en grupo somos peligrosos.

Griffoni se recostó en la silla y dijo con sorpresa patente:

—Es la primera vez que un hombre admite eso delante de mí.

—Los jóvenes sí lo hacen —repuso Brunetti.

Ella sonrió y asintió con la cabeza.

—Pero en realidad no lo comprenden.

—¿Y los mayores sí? —preguntó Brunetti.

Griffoni no pudo evitar sonreír.

—Lo comprenden. Pero no lo admiten.

Brunetti movió los labios; podía ser una sonrisa, aunque seguramente no lo era.

—No estoy seguro de entender el motivo de que nosotros, los hombres, casi siempre incluyamos la violencia en la lista de opciones cuando hay que reaccionar a algo.

Griffoni se quedó callada, interesada en lo que fuese a decir el *commissario*.

—Ya sabes que las peleas domésticas son las peores —continuó él—. Es casi como si los hombres tuviéramos la cabeza demasiado pequeña para que nos cupiese a la vez la ira y el amor. Así que si un bebé llora durante mucho rato o una mujer le dice a un hombre que piensa que bebe demasiado, el amor se abandona y domina la ira.

—No siempre —protestó Griffoni.

—Ya lo sé. Lo que quiero decir es que aquí no traen a muchas mujeres por haberles hecho daño a sus hijos o a su pareja.

Griffoni se movió nerviosa en la silla, como si esta hubiera decidido que ya no quería que la *commissario* se sentase en ella.

—¿Podemos cambiar de tema? —pidió.

—¿De qué quieres hablar?

—De cómo puede ser que un chaval listo y decente de quince años estuviera anoche merodeando por ahí con esa pandilla.

—¿Te refieres al que llevaste a casa sin pensarlo mucho? —Antes de que ella pudiera preguntárselo, añadió—: Macaluso lo menciona en su informe.

—Sí —respondió Claudia, y agregó—: Yo también lo menciono y explico que no había forma de contactar con su padre. Así que tal vez mis actos no fuesen tan precipitados.

—Este asunto ya es complicado de por sí.

—¿Qué oculta tu tono de voz?

—No se trata de qué, sino de quién —contestó Brunetti.

—Uy, uy, uy. Me suena a problemas.

—Podría ser, sí —dijo él.

—Cuéntame.

—El juez Alfonso Berti, jubilado.

Ella tensó la cara y entornó los ojos. Él la observó buscar una respuesta sin más información que un nombre y se fijó en su expresión cuando la halló.

—El chico que me silbó se llamaba Berti.

Tras decir eso, Griffoni negó con la cabeza como si acabase de romper un jarrón en una tienda de antigüedades y hubiera descubierto que era un jarrón de Constantinopla del siglo IX.

—Y su abuelo es conocido por ser un hombre muy desagradable.

—¿Y cómo me afecta eso a mí? —preguntó ella.

—Depende de tu informe —respondió Brunetti, y después señaló el ordenador y le preguntó—: ¿Lo tengo ahí?

—He venido hace un rato a redactarlo. No se puede mencionar el nombre de ninguno de los chicos, ya lo sabes.

Brunetti asintió con la cabeza.

Griffoni hizo un gesto hacia el ordenador, cerró los ojos y apoyó la cabeza en el respaldo de la silla.

—Tal como no se cansa de decirme la mujer de la limpieza —empezó a decir proyectando la voz hacia el ventilador inactivo del techo—, «*siamo nelle mani del Signore*». Así que, si no te importa, me quedaré aquí sentada, en manos del Señor.

Brunetti encendió el ordenador y escribió la dirección de la versión digital de *Il Gazzettino*.

La única mención pública del incidente de San Marco aparecía al final de la sección titulada «Venezia» y competía con un artículo sobre el cierre de una clínica veterinaria del Lido: «Un triste golpe para los residentes, tanto los cuadrúpedos como los bípedos». El segundo relataba que un grupo de al menos doce jóvenes se había reunido en la *piazza*, donde se había desatado una discusión sobre el desempeño del equipo local de fútbol. De eso habían pasado a gritos e insultos, hasta que una unidad de la comisaría de policía los había detenido para después mandarlos a casa, con lo que habían puesto fin a las molestias que habían causado a los que todavía estaban en la *piazza*.

Brunetti se sorprendió haciendo una lista de los que podrían ser los responsables de suavizar de aquel modo el comportamiento de la banda. Solo una intervención de las altas esferas podía eliminar de forma tan efectiva cualquier indicio de peligro en el comportamiento de los chicos, ya que *Il Gazzettino* solía estar ávido de historias de delitos a las que hincarles el diente y acabar salpicando las paredes de sangre. Un conato de reyerta en la Piazza San Marco podría haber dejado una estela que llegase a *The New York Times*, pero allí había sufrido una muerte natural con poco más que un gemido.

¿Era posible que la historia se hubiera tratado como un tema de escasa importancia y hubiera acabado al final de la sección debido al *femminicidio* más reciente, que había tenido lugar en Spinea, cerca de Mestre? Ese artículo proporcionaba la ración de sangre diaria de la primera plana e informaba de que el sospechoso le había asestado trece puñaladas a su esposa y después había ido en coche a la comisaría más cercana de los *carabinieri* para entregarse.

Aparte de eso, la única explicación que Brunetti veía plausible era que algún padre o familiar de uno de los muchachos se hubiera cobrado algún favor de alguien que tenía el poder en el periódico de modificar la historia que se había publicado. La persona más probable era el juez Berti, que podría haberlo hecho con tan solo una llamada de teléfono.

Brunetti se volvió hacia su compañera, que aún parecía estar comunicándose con el ventilador del techo.

—Puede que todos estemos en manos del Señor —dijo—, pero quizá tú también estés en manos del juez Alfonso Berti, aunque esté jubilado.

Y se concentró en la pantalla del ordenador.

4

—Aquí no hay gran cosa —dijo Brunetti, y cerró la página de *Il Gazzettino*—. ¿A qué hora has entregado el informe?

—Antes de las nueve, así que tiene que estar ahí —dijo Griffoni, y señaló el ordenador de Brunetti.

Él soltó un sonido gutural, entró en el sistema interno de la *questura* y abrió el archivo «Altercados públicos». En cuestión de segundos, tenía el informe delante y leyó acerca de su «deseo de hacer comprender a los sospechosos que la ley es un asunto serio y que tenían que respetarla al máximo». Se había dirigido a todos los jóvenes detenidos para interrogarlos con «el mismo respeto por sus personas» y había tenido cuidado de hacerlo llamándolos «*signore*» y por el apellido. Ellos, a su vez, la habían tratado con la misma formalidad.

En cuanto habían sido conscientes del peso

legal de su autoridad, todos los jóvenes se habían mostrado cooperantes con las medidas impuestas por la ley. Además, parecían contentos con que informasen a sus padres de la situación y de que, de ese modo, estos participasen en garantizar el bienestar de sus hijos yendo a la comisaría para llevárselos sanos y salvos a casa. El padre de uno de los chicos no estaba disponible, de modo que la *dottoressa commissario* Claudia Griffoni, tras informar al agente de turno y actuar *in loco parentis*, había acompañado al chico a su casa, donde cinco vecinos lo habían recibido y le habían asegurado a la *dottoressa commissario* Griffoni que se ocuparían de que llegase sano y salvo a manos de su padre, que se aseguraría de que este llegara a clase a su hora.

Cuando Brunetti terminó de leer el informe, se volvió hacia ella y le habló con un tono de voz teñido de admiración y próximo al asombro:

—Ay, qué astuta eres. Ni siquiera conoces al juez Berti, pero le has echado azúcar al depósito de cualquier tanque de guerra que podría haberte echado encima; puede que hasta hayas convertido a ese viejo cabrón en un admirador tuyo.

Griffoni se irguió en la silla, estiró los brazos hacia arriba, entrelazó las manos, las movió de izquierda a derecha unas cuantas veces a modo de celebración y después las dejó caer sobre el regazo.

—Qué evasivo eres siempre, Guido. ¿Por qué no dices de una vez que el juez Berti no te cae bien?

—De pronto, se puso seria—. Ya te lo he contado: su nieto me silbó cuando entré.

Brunetti estaba a punto de decir que le parecía una reacción masculina totalmente normal, pero se temía que su compañera fuese a malinterpretar ese cumplido tan torpe, así que le preguntó:

—¿Te silbaron?

—El típico ruido que aprenden en las películas. Así que le pregunté cómo se llamaba y le di una lección improvisada de cómo dirigirse con educación a las personas.

—Seguro que lo impresionaste.

—No antes de citar la ley acerca de faltarle al respeto a un funcionario público mientras desempeña su trabajo.

—Ah —contestó Brunetti—. Ya me parecía por el informe que algo había, con tanta reverencia a la ley.

—No es típico de mí, ¿verdad? —preguntó sonriente.

—¿Tuviste que pegarle a alguno con la culata de la pistola?

—No. En cuanto se dieron cuenta de que Macaluso, Andolfatto y yo no estábamos de broma, se les fue la valentía por... No, eso no es lo que quiero decir. Ninguno tiene valentía: para eso necesitan estar rodeados de su pandilla y, entonces, no es valor, sino testosterona. En cualquier caso, se calmaron. Hubo alguno que hasta se quedó dormido mientras esperaban a que aparecieran los padres a recogerlos.

—¿Quieres hablar de eso?

—No hace falta. Eran padres y temían por sus hijos. —Lo pensó unos instantes y después añadió—: Me imagino que tendrán que reflexionar un poco, ahora que saben a qué se dedica el pequeño Giovanni cuando les dice que va a hacer los deberes de Latín a casa de su amigo. —Se quedó pensativa y agregó—: Hubo alguna pareja que parecía conmocionada, como si el mundo hubiera sufrido un cambio terrible. Y luego había otras que simplemente tenían cara de estar molestos porque los hubieran sacado de la cama para recoger a su hijo. —Dejó pasar un buen rato antes de continuar—: Hubo tres mujeres que vinieron solas.

—¿Y el chico que acompañaste a casa?

Griffoni sonrió.

—Era un buen chaval. —Antes de que Brunetti pudiese objetar algo, dijo—: En serio, Guido.

Griffoni trató de buscar algún dato convincente de que Orlando era un buen chaval, pero no se le ocurrió nada aparte de que era educado, inteligente y tenía sentido del humor. Le dio cierta vergüenza percatarse de que hacía tiempo que esos eran sus requisitos para que un hombre fuese su amante.

Decidió recular.

—Quizá lo juzgué en comparación con los demás.

—¿Y bien? —preguntó Brunetti.

—Que, en comparación, era un príncipe azul. —Dejó eso en el aire unos instantes y luego añadió—: Ni que decir tiene que allí no había mucha competencia. —Dicho eso, se revolvió en la silla hasta que encontró una postura más cómoda—. ¿Por qué lo hacen? —preguntó—. Había padres que estaban muy afectados. Supongo que no tenían ni idea o no querían saber nada. Pero alguno ya debía de saberlo. Si sospechas que tu hijo va por ahí dando palizas, haces algo, por el amor de Dios.

Brunetti apagó la pantalla del ordenador y apoyó la barbilla en la palma de la mano derecha con el codo sobre la mesa. Las conversaciones sobre jóvenes que cometían delitos siempre lo dejaban con una especie de resaca. Cualquier tipo de conversación seria al respecto lo dejaba atribulado durante días. ¿El huevo o la gallina? ¿Qué influenciaba más el comportamiento de los jóvenes: los padres o los amigos? ¿O la sociedad en la que vivimos?

Con intención de cambiar de tema y también, o eso esperaba, el humor, Brunetti comentó:

—Patta quiere que vaya a verlo.

—¿Cuándo?

—Cuando vuelva de Treviso.

La respuesta parecía haber confundido a Griffoni, así que se explicó:

—Ya te lo conté, Claudia, tiene una clase allí.

—¿Todavía va? —preguntó ella con sorpresa sincera—. El ataque fue hace meses.

Brunetti no pudo más que encogerse de hombros, ya que no quería entrar en una discusión con ella; siempre acababa en la incómoda posición de tener que defender a Patta.

Unos meses antes, cuando Patta regresaba a casa después de trabajar, dos jóvenes que estaban charlando al pie del puente que había delante de su casa se habían abalanzado sobre él a unos metros de su portal. Ocupado buscando las llaves en el bolsillo de la chaqueta, el *vicequestore* no les había prestado atención hasta que uno de ellos lo agarró por la espalda mientras el otro le sacaba la cartera del bolsillo de atrás en tan solo un segundo.

Patta se había soltado y se había girado a tiempo de propinarle un puñetazo en la tripa al que lo había sujetado; el otro, mucho más grande y rápido que Patta, lo empujó con el hombro contra el parapeto del puente. El *vicequestore* tropezó con los escalones, no consiguió agarrarse a la barandilla, cayó y se golpeó la cabeza con el parapeto.

Cuando consiguió levantarse, los chicos ya se habían ido y solo quedaba el sonido de sus pisadas al correr.

Patta no tenía ninguna lesión grave, pero estaba muy afectado. Cuando entró en casa y le contó a su esposa lo que había sucedido, ella insistió en que fuesen al hospital a que le hicieran una radiografía de la cabeza. Quizá tuviese una pequeña conmoción. Tenía un buen arañazo en la sien derecha; se le había pelado, y poco a poco la zona se le puso azul y después negra.

Con tal de contarle al público que habían asaltado, robado y tumbado al *vicequestore* de la ciudad delante de su casa, *Il Gazzettino* habría sido capaz de imprimir la primera plana con tinta roja, así que Patta hizo caso de su esposa y dijo que había tropezado en un puente y se había dado un golpe en la sien con la barandilla.

La autoestima de Patta había sufrido un daño muy superior al de su físico: ¿cómo era posible que no hubiese sabido defenderse? ¿Qué habría pasado si su esposa hubiese estado con él? Para evitar que aquello se repitiera, Patta decidió prepararse tomando clases de artes marciales. Y, dado que las clases las hacía en una comisaría de policía mucho mejor equipada de Treviso, todos los martes lo llevaban a la hora de comer y lo devolvían a la *questura* en coche y en barco, tal como ocurriría si estuviese ocupándose de cualquier asunto policial en tierra firme. A lo largo de las semanas y los meses durante los cuales había asistido a las clases, y a medida que perdía peso, la verdad se filtró a través del sistema poroso de las raíces de la ciudad, puesto que entre los trabajadores del hospital adonde Patta había acudido tras la agresión y los de la *questura* había un canal de información directo.

Las pruebas de lo bien que le estaba sentando

al *vicequestore* eran tan evidentes (la pérdida de peso, la mejora en el temperamento, el ocasional ejercicio de la paciencia) que nadie le tenía en cuenta que se tomase la libertad de asistir a esas clases, y se añadió una historia más relacionada con él a las leyendas concernientes a su cargo en la *questura di Venezia.*

—Ha perdido más de cinco kilos —dijo Griffoni.

—¿Cómo lo sabes? —preguntó Brunetti.

—Se lo dijo él mismo a la *signorina* Elettra.

Sorprendido por esa familiaridad insólita entre Patta y su secretaria, Brunetti preguntó:

—¿Sabes cómo salió el tema?

—Se puso un traje nuevo y ella lo felicitó, le dijo que era más atrevido que los que acostumbraba a llevar.

Brunetti tardó unos instantes en responder, pero al final dijo:

—Un cumplido de la *signorina* Elettra es como salir en la portada de *L'Uomo Vogue.*

Griffoni cruzó las piernas y se miró los zapatos como si quisiera asegurarse de que aún llevaba los mismos que se había puesto al salir de casa. Se encogió de hombros como quien no tiene nada que perder y dijo:

—Es que tenía una sola hilera de botones y, por lo tanto..., enseñaba más.

Y, tal vez porque Brunetti aún parecía confundido, añadió:

—También lo alabó por estar tan dedicado a su programa de vitalidad.

Las últimas palabras cayeron como una lluvia de pétalos en la cara de Brunetti.

—El «programa de vitalidad» del *vicequestore* Patta —susurró, y después dijo solo moviendo los labios, sin articular ningún sonido—: Sublime. —Negó con la cabeza varias veces, maravillado ante la capacidad de la *signorina* Elettra de seducir a las personas con unas pocas palabras amables—. Vitalidad —susurró de nuevo, miró a Griffoni y sonrió.

Le sonó el teléfono. Debía de ser Patta, que querría hablar sobre las pandillas de críos y la mala imagen que daban de la ciudad y qué les pasaba a esos chavales si se podía saber. Tienen todo lo que quieren, van a buenas escuelas, tienen comida en la mesa, hacen vacaciones en verano y, sin embargo, ahí los tienes, dando problemas y, encima, en Piazza San Marco, cuando podrían haber ido a Castello, donde nadie se molestaría por el ruido que pudiesen hacer. Más importante aún era que allí había pocos turistas a los que molestar.

—Brunetti —dijo al contestar la llamada.

Patta era una de las pocas personas de la *questura* que siempre llamaba primero a la línea fija. Brunetti estaba convencido de que lo hacía porque así averiguaba quién estaba trabajando en el despacho y quién estaba haciendo recados cuando debería estar sentado a su escritorio.

—¿Podría venir a mi despacho, Brunetti? —le pidió Patta.

El tono relajado y casi cálido de su voz inquietó al *commissario*. No se lo había pedido por favor, pero la expresión daba toquecitos en la ventana de la pregunta.

—Por supuesto, *dottore* —dijo Brunetti—. Tardo unos minutos.

Patta hizo un sonido que sonó a un «*grazie*» muy educado y colgó; Brunetti se quedó con el teléfono en la mano, contemplando el sitio de donde habían salido las últimas palabras de su superior.

—¿Qué pasa? —le preguntó Griffoni.

Él se encogió de hombros.

—Seguramente querrá continuar con la política oficial —sugirió Griffoni—: que eran grupos de chicos jóvenes que volvían a casa después del entrenamiento de fútbol y que todo ese ruido era puro entusiasmo por un deporte limpio y saludable.

—Eso mismo pensaba yo —respondió Brunetti, y se puso en pie—. Pero déjame que vaya a oír cómo lo expresa.

La *signorina* Elettra no estaba en su mesa, así que Brunetti atravesó su despacho y llamó a la puerta del *vicequestore* Patta.

—*Avanti*.

El *commissario* se sorprendió al ver que su superior estaba delante de la ventana abierta con las manos en los bolsillos. No podría haber tenido un aspecto más relajado aunque se hubiera presentado a trabajar en pijama. Reparó en que llevaba el pelo más corto que la última vez y en que el corte lo hacía parecer un hombre joven que intentaba darse un aire más adulto, en lugar de un hombre de más de cincuenta que soñaba con tiempos mejores y más tempranos.

—Ah, Brunetti, me alegro de verlo.

Él asintió con la cabeza y sonrió; se acercó al escritorio de Patta y, sin que él se lo pidiera, se sentó en una de las sillas.

Con las manos aún en los bolsillos, el *vicequestore* fue sin prisa al escritorio. Se sentó y entrelazó las manos, el consabido gesto de Patta que acostumbraba a indicar que iba a hacer algún tipo de petición.

¿Qué podía querer?, reflexionó Brunetti. Sabía que no tenía ninguna relación con las bandas juveniles y no había abusado de sus poderes legales, al menos últimamente. No se había puesto el traje de color gris oscuro con el forro rojo ni había ningún miembro de la prensa que le hubiese pedido hablar con él. Brunetti decidió que el silencio ayudaría a que la reunión acabase antes, así que le ofreció una sonrisa amigable y se miró las manos, cuyos dedos había entrelazado.

—Tengo que pedirle un favor, Brunetti —dijo Patta sin preámbulos—. Aunque quizá sea más acertado decir que quisiera hacerle una sugerencia.

Al menos no había dicho que iba a hacerle un favor a él. La última vez que eso ocurrió, el favor había sido permitirle asistir en su lugar a un congreso de fin de semana sobre el calado de las organizaciones criminales en el mundo de las criptomonedas, que se celebraba ni más ni menos que en Taranto.

De eso hacía años, y Brunetti había olvidado si Taranto era la ciudad más contaminada de Europa o solo la más contaminada de Italia. En cualquier caso, la industria siderúrgica de Taranto era el latido del corazón de la ciudad, la principal creadora de empleo del sur de Italia y la fuente más probable del polvo rojo que llenaba las mentes (por no hablar de los pulmones) de muchos de sus residentes.

El *commissario* había pasado un día y medio en la ciudad y había optado por marcharse medio día antes y pagar él mismo un billete de avión a Milán, junto con otros dos agentes de policía que habían salido huyendo del lugar después de poco más de un día.

Brunetti asintió y sonrió pensando que sería mejor hacerle un favor a Patta que recibir uno suyo.

—Si está en mis manos, *vicequestore*. —Al darse cuenta de lo irrisorio que había sonado, se apresuró a añadir—: Con mucho gusto.

—Muy bien. —Sin más preámbulo, Patta dijo—: He recibido una serie de llamadas.

—Ah —se permitió decir Brunetti como si se le hubiese escapado.

Parecía una reacción más segura que hacerle una pregunta. De ese modo, Patta podía continuar con sus generalizaciones opacas para evitar que lo oyesen refiriéndose a alguien en particular. O a un juez en concreto.

—A la persona que me ha llamado, que tiene muchos contactos en la ciudad, le preocupa que el episodio de humor exultante que se dio cerca de la basílica se malinterprete o que los hechos se exageren de algún modo.

Brunetti puso su cara más seria y dijo:

—Señor, los dos informes que he leído de los acontecimientos indican simplemente que una serie de menores de edad se comportaron de forma muy energética. —Hizo una pausa, miró a Patta y añadió—: No obstante, rompieron dos escaparates.

Patta sonrió y le quitó importancia con un gesto de la mano.

—Eso ya está solucionado, Brunetti.

—Comprendo —dijo el *commissario*.

En circunstancias normales quizá habría expresado alguna objeción o habría señalado que ese «episodio» no era el primero. Sin embargo, repuso:

—Me alegro de que se haya resuelto con tanta facilidad.

—Simple humor exultante, Brunetti —le confirmó su superior—. Me alegro de que esté de acuerdo conmigo.

Él fue incapaz de hacer nada más que asentir con la cabeza.

—El mayor de todos tiene solo dieciséis años —añadió Patta.

Brunetti comprendió que no le hacía falta consultar el código penal para traducirlo: «Imposible llevarlo a los tribunales». El *vicequestore* hizo una pausa momentánea y luego añadió:

—Así que creo que lo mejor será dejarlo como está.

Brunetti resistió la tentación de repetir la expresión «humor exultante». Lo que dijo, sin rastro de emoción en la voz, fue:

—Entendido, *vicequestore*. —Y, entonces, con tono neutro, inquirió—: ¿Eso es todo, *dottore*?

Patta le ofreció una sonrisa reducida a la mínima expresión y alzó la mano derecha como si quisiera evitar que saliese del despacho a toda prisa.

—Simplemente me gustaría dejarle clara la delicadeza con la que hay que tratar este asunto.

Repitió la sonrisa.

Brunetti le devolvió el gesto con la sonrisa más anodina de las que le dedicaba a su superior. Asintió con la cabeza, apoyó las manos en las rodillas y se levantó. Se recordó que esa noche cenaba con Paola en casa de sus suegros y, solo de pensarlo, encontró el consuelo suficiente para atravesar el despacho y marcharse de allí. Al salir, cerró la puerta sin hacer ruido.

5

Acordarse de que esa noche cenaría con los padres de Paola ayudó a Brunetti a no pensar en la conversación con Patta. En los últimos años había aprendido a apreciar la compañía de sus suegros y les deseaba de todo corazón una salud duradera. *Il conte* había empezado a pedirle a su yerno que hablase un poco más alto, y la *contessa* se había resignado a leer con gafas, pero ambos seguían muy espabilados y se informaban de los temas de actualidad; además, *il conte* todavía controlaba todos sus negocios y la *contessa* no había dejado de ser una ávida lectora.

Cenaron en el comedor familiar que tenía vistas al Gran Canal y se usaba, tal como decía su nombre, solo para las comidas con miembros de la familia. A menudo, servían algo cuya preparación había supervisado la *contessa* o que ella y Paola habían cocinado juntas. En la mesa cabían cuatro cómodamente, seis si se apretaban un poco. Esa noche estaban todos; Chiara y Raffi en sus respectivos asientos, que eran los mejores de la mesa, puesto que miraban hacia el canal y las habitaciones de delante de un *palazzo* del que solo conocían el nombre.

Mientras se terminaban el plato principal, una *gallina faraona ripiena*, y la cena tocaba a su fin, la *contessa*, respondiendo a una pregunta que le había hecho Paola, dijo que estaba leyendo la *Eneida* por primera vez.

—No sé cómo se me había escapado —dijo—. En la escuela nos daban la tabarra con los que consideraban los clásicos, pero por algún motivo se les olvidó la *Eneida*.

—¿En una escuela italiana? —preguntó Brunetti, incapaz de disimular la sorpresa.

—Suiza —respondió ella tras dudar un instante—. En Lausana.

—¿Y hablaban francés? —preguntó Brunetti, pensando que quizá eso tenía algo que ver con la ausencia de Virgilio en el currículo estudiantil.

La *contessa* sonrió, tal vez recordando los días pasados, y dijo en ese idioma:

—Inglés, querido.

—Ay, *mamma* —intervino Paola, con la mano suspendida sobre el plato a causa de la sorpresa—, siempre hablas como si solo os hubieran enseñado a tejer manteles de ganchillo y a andar en línea recta haciendo equilibrios con algún libro de esos que fortalecen la moral sobre la cabeza.

No cabía duda de que esa era la versión que Paola le había dado a Brunetti de la educación de su madre, aunque a él nunca le había cuadrado con los evidentes conocimientos literarios de la *contessa* y su capacidad de leer en tres idiomas distintos. ¿Acaso no había hecho unos años antes una referencia a *Beowulf*?

Paola dejó el tenedor y preguntó con curiosidad verdadera:

—¿Se consideraba una buena escuela?

—Eso creo —respondió la *contessa*.

Antes de que alguien más pudiera hablar, *il conte* se volvió hacia su esposa y le preguntó:

—Entonces, ¿cómo puede ser que no te hiciesen leer la *Eneida*? —Y luego, con tono indignado—: ¿De qué otro modo aprende un hombre a comportarse?

—Perdona —dijo Paola—, ¿aprender a qué?

—Lo que he dicho: a comportarse.

—¿Comportarse de qué modo? ¿Dónde? —preguntó Paola.

Se había olvidado del plato y del tenedor que tenía delante.

La respuesta de su padre fue inmediata.

—Del modo en que se supone que debían comportarse los romanos. Al menos, en tiempos de Virgilio.

—¿Cuándo era eso? —interrumpió Chiara.

Tras mirarla unos instantes con ademán especulativo y sin intentar ocultar la sorpresa porque no lo supiese, el abuelo respondió:

—Más o menos cuando nació Jesucristo.

—¿Qué les decían y quién se lo decía? —preguntó Chiara con interés palpable y sin ser para nada consciente de que había interrumpido a su abuelo, algo que sin duda estaría muy alto en la lista de cosas de cómo no comportarse de *il conte*.

—Debían de tener tutores privados —contestó *il conte* con la misma naturalidad con la que habría dicho que llevarían sandalias.

—¿Y se creían lo que les decían los tutores? —preguntó Chiara, y añadió—: ¿Incluso si el tutor de un amigo decía algo completamente diferente?

—Ese era el problema —respondió *il conte*, y sonrió como siempre hacía cuando uno de sus nietos planteaba una pregunta inteligente—. Cada uno podía tener una serie de normas y valores muy diferentes.

—¿No eran esclavos muchos de los tutores? —preguntó Raffi. Sin molestarse en esperar la respuesta, continuó—: Eran prisioneros de guerra, ¿no? Y, como los romanos declaraban guerras por todo el mundo, podían ser de cualquier parte y tener sus propias ideas y opiniones.

—Y todo un sistema moral —añadió Chiara, quien se dio cuenta de que Raffi se había despistado con la llegada de la tarta de almendras, lo que le dio espacio para jugar con la idea—. Hoy en día pasa lo mismo: todo el mundo tiene *influencers* a quienes hace caso para no tener que pensar qué le gusta y qué no, porque ya hay alguien que le dice qué elegir.

A ninguno de los demás comensales se les ocurrió un comentario con el que responder a eso, así que Paola dijo algo sobre que era tarde, que al día siguiente había clase y que deberían marcharse.

Una vez fuera, en la calle, Brunetti propuso que fueran por el camino largo, pasando por el puente de la Accademia. A sus hijos no les hizo falta ningún *influencer* para saber que ellos preferían el camino corto, que les evitaba subir y bajar los peldaños del puente de la Accademia y de Rialto. Se separaron en Campo San Barnaba.

Brunetti y Paola retrocedieron hacia la Accademia, ambos en silencio y cómodos con ello. A esas horas los barcos funcionaban con la frecuencia nocturna, pero ante la posibilidad de ir a pie y cogidos del brazo, no se molestaron en mirar la hora del siguiente *vaporetto*. Un acuerdo tácito los hizo detenerse en lo alto del Ponte della Accademia, donde la luna los esperaba sin molestarse en ocultarse detrás de nada. Ninguno de los dos supo qué decir acerca de la perfección que se extendía ante ellos a ambos lados del puente. A menudo, Brunetti sucumbía a la tentación de hacer bromas sobre la belleza exagerada de la ciudad, pero esa noche esa misma belleza lo silenció y no pudo hacer más que contemplarla muy pensativo y continuar hacia casa.

Aunque Paola había mostrado interés en lo

que su padre tuviese que decir sobre los tutores y cómo aprendían los hijos a comportarse, no se había unido a la conversación y tampoco intentó resucitarla durante el paseo. Por su parte, Brunetti ya había decidido que no tenía ganas de volver a un debate sobre hijos y la formación de sus mentes y espíritus. Habían pasado décadas desde que él había leído la *Eneida* y sabía que no volvería a hacerlo; su única esperanza era que sus hijos se decantasen por la *pietas* y no por el *furore* y se ahorrasen el peso de vivir siempre al servicio de algún gran ideal.

Cuando llegaban al final de los escalones del puente, Brunetti le aflojó un poco el brazo a Paola, pero lo mantuvo a buen recaudo. Giraron hacia Campo Santo Stefano. Al frente estaba la estatua de un Niccolò Tommaseo de barba espesa: un escritor cuya obra Brunetti no había leído. En sus peores momentos consideraba que la estatua señalaba uno de los puntos álgidos de la vulgarización de la ciudad. Apoyado en una pila de libros, Tommaseo enseguida se había granjeado el mote de *Il Cagalibri* y, por lo tanto, estaba destinado a que se lo señalaran a todos los turistas que pasaban por allí. Servía a la ciudad no como escritor, sino como fuente de mofa o quizá como el detalle que les hacía ganarse la propina al final de la visita.

Ninguno de los dos decía nada, sino que ambos aprovechaban la ocasión de ver la ciudad vacía, la ciudad en la que ambos habían crecido. Continuaron puente arriba y puente abajo y entraron en Campo Sant'Angelo. Todos los restaurantes estaban cerrados y se cruzaron con muy pocas personas.

Paola se detuvo en seco y se volvió a mirar las ventanas de uno de los apartamentos del último piso que había a su izquierda. Se soltó del brazo de su marido y señaló la única ventana de la hilera que estaba iluminada. Dentro colgaba un gran retrato de una mujer, tan lejos que no había manera de distinguir la época ni el estilo. Tampoco importaba.

—Qué bonito, ¿verdad? —preguntó Paola—. Me refiero a que no podamos saber nada de ella.

Brunetti, que identificaba una pregunta retórica en cuanto la oía, le apretó el brazo y dijo:

—Piensa en las vistas que tienen. —Hizo un gesto con la mano que abarcaba todo el *campo*—. Me gusta mucho porque casi no hay tiendas. No puedes hacer más que contemplar su belleza. O comprarte un periódico.

Si era necesario, Brunetti era capaz de no hacer caso de los puestos de suvenires sobre ruedas que todos los días llevaban de un lado a otro de la ciudad, y esa noche escogió no acordarse de ellos. La fealdad lo molestaba menos en ausencia de la luz del día.

Paola asintió con la cabeza y continuaron andando por Calle della Mandola. Ambos continuaron guardando silencio mientras atravesaban

Campo Manin antes de pasar por la derecha del edificio más feo de toda la ciudad y salían al Campo San Luca.

—¿Te acuerdas...? —empezó a decir Paola, y le dio unas palmadas en el brazo con la mano libre—. ¿Te acuerdas de cuando aquí había un Standa? —Se detuvo y se volvió hacia él con evidente sorpresa—. *Oddio*, no me acuerdo de cuántas plantas tenía: cuatro o cinco. Vendían de todo —añadió con aire nostálgico.

Brunetti la contempló un momento con expresión impasible y después se rio, y cuando ella lo miró confundida, él le dio unas palmadas en el brazo y le dijo:

—Pues mira el edificio, cariño. Seguro que tiene las mismas plantas ahora que antes.

Vio cómo le cambiaba la cara de confusión a comprensión, vergüenza y risa. Se dio unos toquecitos en la sien, pero no volvió a mirar el edificio. Ambos continuaron en silencio hasta que Paola se fijó en el reloj que había en la fachada del banco de Campo San Luca.

—Es la una pasada, Guido —dijo.

Debían proseguir hasta casa.

Brunetti, embelesado por el silencio y la soledad, no hizo ademán de ir hacia casa. Se acercó al escaparate de una tienda de ropa y miró el interior; tiempo atrás, allí se vendían libros. Al menos la *pasticceria* seguía en el mismo sitio, aunque los dueños de la agencia de viajes se habían dado por vencidos y la habían cerrado. Dio unos golpecitos en el cristal para llamar la atención de Paola y dijo:

—Si puedes comprar un billete de avión a Bali con el *telefonino*, no necesitas una agencia de viajes, ¿verdad?

Ella no se molestó en responder.

Brunetti miró de escaparate en escaparate, de puerta en puerta. Si no le fallaba la memoria, tiempo atrás las oficinas de *Il Gazzettino* habían estado allí (quizá aún lo estuvieran), a la izquierda de la *pasticceria*. Se detuvo a fijarse mejor en la puerta; de haber llevado encima un ramo de flores, se habría acercado, se habría arrodillado y las habría dejado allí en honor a un periódico que no cesaba de entretenerlo, hacerlo enfadar y, a menudo, de informarlo. Con el paso de los años había aprendido a interpretar las caras que aparecían en las fotos de las primeras planas. Si en primera plana aparecía la foto de una mujer atractiva, sobre todo si tenía el pelo largo, era porque la habían asesinado, normalmente su marido o su compañero. La mayoría de los hombres robustos vestidos con ropa informal habían muerto de algún *malore* repentino, mientras que los más jóvenes habían sido víctimas de *una lunga malattia*, a menos que hubiera sido en un accidente de tráfico volviendo de la discoteca a las tres de la mañana, en cuyo caso la causa del accidente era el inevitable *colpo di sonno*. Siempre el sueño, nunca el alcohol ni las drogas.

—¿Vienes? —voceó Paola, y se dirigió hacia Rialto.

A Brunetti lo sorprendió darse cuenta de que casi no habían visto a nadie desde que habían pasado por la Accademia. Paola frenó el paso y él la alcanzó por la derecha y la cogió del brazo. Pasaron por un Campo San Bortolo vacío y giraron hacia el puente, que estaba igual de vacío. Al llegar a la cima, se colocaron en el lado de la izquierda y apoyaron los antebrazos en el parapeto bajo. Miraron hacia la distancia, donde el canal viraba hacia la izquierda. El agua estaba casi inmóvil y no se veía ninguna embarcación.

Contemplaron el agua, las fachadas, las luces titilantes del único restaurante que aún estaba abierto, las banderas del Comune, que ondeaban con una brisa irrisoria.

De más adelante les llegó el sonido de las voces de Campo San Giacometo, el murmullo de muchas voces que recordaban al susurro del mar y se elevaban y se disipaban y se volvían silenciosas durante unos instantes, hasta que alguien daba un grito y el ciclo comenzaba de nuevo.

Al bajar del puente, normalmente habrían seguido recto hasta llegar al puesto de quesos, donde habrían girado a la izquierda para ir a casa. Sin embargo, Brunetti estaba disfrutando de la ausencia de contacto con humanos y sus voces, así que propuso que girasen ya y fueran por la Riva del Vin; de ese modo, como mínimo, podían detenerse de vez en cuando y echarle un vistazo al que ambos consideraban el puente más bonito del mundo. Así, cogidos del brazo, prosiguieron hacia casa.

Brunetti se despertó temprano. Miró a Paola, que estaba tumbada a su lado en una posición que evocaba la de los habitantes de Pompeya que habían muerto durante la erupción del Vesubio. Llevaba una prenda holgada y tenía las piernas recogidas, la cabeza apoyada en un brazo y el otro extendido hacia delante en una posición inútil. La miró dormir un momento y se fijó en cómo se le movían los hombros con la respiración una y otra vez. La tapó con la manta y se tumbó bocarriba con la intención de dar rienda suelta a su imaginación.

Dado que no estaba despierto del todo, la mente de Brunetti acabó regresando a la conversación de la noche anterior sobre la *Eneida*. No cabía duda de que los libros ya no eran las piedras angulares sagradas de la cultura y la sociedad, sobre todo no de la sociedad en la que Paola y él vivían. ¿Cuándo había sido la última vez que había oído a alguien mencionar algún libro durante una conversación normal? ¿Cuándo había oído por última vez que alguien usara un personaje de un libro, sobre todo de un clásico, como medida de un comportamiento humano positivo o negativo? Harry Potter había servido para eso, pero Harry ya debía de ser padre, tal vez abuelo, y a la magia la había sustituido...

Pensando en libros, se quedó de nuevo medio dormido y la memoria le trajo a la cabeza unas fotografías horribles del museo de Bagdad y del saqueo que había durado días, mientras la biblioteca se reducía a cenizas. Todavía recordaba la foto de la primera plana de uno de los periódicos nacionales (¿importaba de cuál?): un patio abierto y un hombre rodeado y hundido hasta los tobillos de lo que parecían manuscritos que se consumían poco a poco en el fuego. Se habían publicado artículos de académicos indignados y bibliotecarios en duelo, comentarios de iraquíes sencillos (y, a veces, analfabetos) que lloraban el asesinato de su cultura.

Se obligó a dejar de pensar en eso, abrió los ojos y vio a Paola de pie junto a la cama. Con un par de cafés. Los dejó en la mesilla y se hizo un hueco a su lado.

—¿Dónde estabas? —le preguntó, y le dio un café.

Él se quedó donde estaba, mirando las nubes que surcaban el cielo de la ciudad.

—Pues la verdad es que en ninguna parte. Estaba pensando.

—¿En qué?

—En libros.

—Libros —repitió ella—. ¿Alguno en particular o en libros en general?

—En general.

—¿Y qué piensas de ellos?

—Cosas muy generales.

—Dime una.

—Que tenemos que protegerlos.

Ella apartó la vista y miró al otro extremo del dormitorio sin decir nada. Cogió su café, que estaba a su lado.

—Cuéntame —dijo, y bebió un sorbo de su tacita.

Sin intención de hacer la conexión, Brunetti preguntó:

—¿Te acuerdas de haber leído durante la guerra de Irak algún artículo sobre el director de un museo, no me acuerdo de dónde, que se negaba a decirle a la gente que había tomado la ciudad dónde habían escondido los mejores objetos?

Hizo una pausa y deseó que Paola, la de la memoria infalible, le echase una mano y le dijera dónde había sucedido; pero ella no habló.

—Los había ocultado en algún lugar del desierto, había hecho que los trabajadores los enterrasen antes de huir. Cuando lo capturaron, le dijeron que lo matarían a menos que les contara dónde estaban las cosas. Y él se negó. Creo que leí que lo habían torturado, pero como aún se negaba a decir dónde estaban enterradas, lo mataron.

Paola dejó la tacita y el platillo en la mesilla de noche. Apretó los labios y le preguntó:

—¿Te creíste esa historia?

—En la medida en la que me creo las historias

sobre virtudes que la mayoría no tenemos —respondió Brunetti.

—¿Qué significa eso?

—No lo tengo claro —dijo él, y se bebió el último sorbo de café antes de continuar—: Creo que la mayoría estaríamos dispuestos a morir por las personas a las que amamos: nuestros hijos, nuestra familia. Pero ¿por cosas?

Paola sonrió de oreja a oreja y dijo:

—Suena a uno de esos exámenes sorpresa que ponen los profesores de Filosofía.

—¿Como el equivalente ético de «¿Cuántos gatos ves en este árbol?»? —preguntó.

—Algo así —respondió Paola, y asintió con la cabeza—. Y al final no es más que una trampa para que la gente proclame su valentía moral. Pero nadie sabe lo que harían en una situación real. La mayoría de nosotros ni siquiera somos capaces de decidir cuánta propina darle al camarero, y mucho menos sabríamos de antemano qué haríamos si hubiera armas de fuego y sangre por todo el suelo. —Acto seguido, levantó la mano y preguntó—: ¿Cómo hemos acabado hablando de esto?

Él se encogió de hombros.

—No tengo ni idea —dijo, y prosiguió—: El director del museo estaba dispuesto a dar su vida por unos objetos. No entiendo cómo encuentra una persona el coraje para hacer eso.

Paola frotó la colcha de lino con las yemas de los dedos y después lo miró.

—Puede que pensase en sus hijos, al menos en parte —dijo.

Brunetti no entendió, pero tampoco la interrumpió.

—Puede que pensase que tenían derecho a su cultura.

Lo había dicho sin tono de sorpresa, pero era evidente que se trataba de una pregunta.

Él la respondió.

—¿Y pensaba que su cultura era más importante que su vida? —dijo.

—¿Acaso no lo es? —le preguntó Paola, y continuó—: *La epopeya de Gilgamesh*, los templos y palacios, la música, la comida, todas las cosas que demostraban lo que eran: lo que nos enseñaron a llamarlo en la escuela, la cuna de la civilización, ¿no?

Al ver cómo la miraba, Paola agregó:

—Yo no podría escoger eso, no tengo tanta valentía. Pero no cabe duda de que lo entiendo.

Como si esa idea lo hubiera conducido a la suya, Brunetti añadió:

—Y tenemos la influencia de una cultura que, en teoría, pone la vida humana por encima de las cosas materiales.

Ella enderezó la espalda sentada en el borde de la cama y le clavó una mirada repentina, como si necesitase que él le indicase de un modo u otro si hablaba en serio o no. Para comprobarlo, dijo:

—Me alegra que hayas añadido el «en teoría». Me gusta.

6

Lo que Brunetti y Paola habían oído desde el puente era otra erupción de las bandas juveniles; esa vez había sido cerca de Rialto, en Campo San Giacometo. Había empezado un poco antes de la medianoche, cuando dos pandillas se habían disputado el derecho a estar en ese espacio público. La escalada habitual del tono y del volumen había continuado hasta que el ruido empezó a incordiar a un grupo bastante más numeroso de estudiantes universitarios que se habían reunido en el vecino Campo Erberia para consumir alcohol y drogas en paz. Aumentó el volumen, empeoró el humor y, entonces, uno de los integrantes de las pandillas de chavales cometió el error de lanzarles una botella a los estudiantes y le dio a una chica en el hombro. Los jóvenes que estaban a su alrededor formaron una hilera para protegerla que no tardó en convertirse en un frente agresivo que se sirvió del peso de los cuerpos en movimiento para empujar a las pandillas, mucho menos numerosas, hacia la *riva* y a tres de sus integrantes al Gran Canal. A continuación, los demás echaron a correr y se recuperó la calma. Nadie se ofreció a ayudar a los tres chavales de la pandilla a salir del agua, así que tuvieron que nadar como perritos hasta el muelle del *traghetto* y trepar como pudieron por los escalones que subían a Campo della Pescaria, desde donde escaparon con oprobio.

Quince minutos más tarde, cuando llegó la patrulla de agentes a pie a la que había alertado un grupo de transeúntes (evidentemente, no los estudiantes universitarios), las cosas habían vuelto al nivel de ruido habitual y no quedaba ni rastro del altercado. Ni que decir tiene que los universitarios no tenían ni idea de qué hablaba la policía cuando les preguntaron qué había sucedido. Brunetti no se enteró de quién había provocado el ruido que habían oído hasta la mañana después de la pelea, cuando la gente que tomaba café en el Caffè del Doge lo comentaba con evidente regocijo.

Cuando entró en su despacho, el teléfono estaba sonando. Lo cogió al séptimo tono.

—Brunetti.

—Ah, *commissario* Brunetti —dijo una mujer con acento estadounidense. Continuó hablando en italiano, despacio y con mucho cuidado—: Soy Marylou Wilson y su *capo*, el *vicequestore* Patta, me ha sugerido que lo llame.

Una estadounidense que hablaba italiano con cautela y a quien Patta lo había recomendado. Brunetti no tardó en sospechar que su jefe le había ofrecido a la *signora* Wilson sus servicios o su tiempo, cosa que implicaba que o bien era rica o que tenía muchos contactos, si no ambas cosas, pero no hasta el punto de que Patta tuviera que molestarse él mismo en ocuparse de lo que fuera que necesitase; no si el *vicequestore* consideraba que podía endosársela a él. ¿Ayuda con un permiso de residencia? ¿Un amarre para un barco? ¿Problemas con un vecino?

Brunetti decidió responder en inglés, pensando que eso quizá le facilitase la tarea de explicar por qué lo había llamado.

—¿En qué puedo ayudarla, *signora*?

Ella hizo una pausa breve antes de contestar, como si estuviera pensando si aceptar la ayuda que le ofrecía mediante el cambio de idioma. Al final, le habló en inglés:

—Conocí al *vicequestore* anoche, *commissario*. No quiero que piense que soy una vieja amiga suya que busca que la traten de manera especial.

La mujer no había tardado mucho en comprender cómo funcionaban algunas cosas. O tal vez ese proceso fuese algo internacional. Debía de serlo si ella pensaba que ser una vieja amiga de Patta le imponía a Brunetti un grado mayor de obligación.

—Encantado de ayudarla, *signora*. Pero primero necesito saber de qué se trata.

—Solo de información.

—¿De qué tipo? —preguntó él con cuidado de no mostrarse impaciente.

—Sobre un hombre que me han recomendado como posible empleado. —Al cabo de una pausa breve, dijo—: El *dottor* Patta me dijo que el nombre le sonaba, pero no recordaba de qué contexto, así que me sugirió que hablase con usted, *commissario*.

—¿A qué puesto optaría, *signora*? —preguntó Brunetti, y se dio cuenta de que debía de haber sonado muy abrupto.

Quizá fuese una característica del inglés.

—Quiero que me ayude a instalarme en mi nueva casa, que me ayude con todos los procedimientos administrativos, como cambiar el suministro de gas y electricidad a mi nombre, ocuparse de enviar la documentación a las oficinas correspondientes, buscar a alguien que revise la calefacción y el aire acondicionado y me consiga una empleada del hogar y una cocinera de confianza.

Brunetti no conocía a nadie que trabajase en ese negocio en auge que era proporcionarles un servicio personalizado a los extranjeros y se lo dijo. Después añadió:

—Creo que ha dicho que ya le han recomendado a alguien.

—Así es. El *vicequestore* dijo que le sonaba el

nombre, pero que no lo había conocido en persona. —Enseguida añadió—: Tampoco había oído nada malo sobre él.

El *commissario* se percató de que no había nombrado a la persona que le había hecho la recomendación.

—¿Podría decirme cómo se llama, *signora*?

—Dario Monforte.

El nombre también le resultó familiar a Brunetti, familiar en un sentido positivo, como si hubiera arriesgado la vida para impedir un robo o hubiese conseguido que un potencial suicida se bajase de un tejado. Se acordó de la historia que le había contado Griffoni acerca del chico al que había acompañado a casa: el apellido del padre era Monforte. Y después cayó en la cuenta: la única vez que Brunetti había oído ese nombre, su padre había hecho una señal para protegerse del mal.

—¿Le corre mucha prisa, *signora*?

Ella tardó unos instantes en responder a la pregunta.

—No, mucha no. Podría esperar un mes más. Pero preferiría tener a alguien lo antes posible.

—Podría indagar hoy mismo —dijo Brunetti, aunque el nombre y el hecho de que su respuesta automática al oírlo hubiera sido positiva no dejaban de darle vueltas en la cabeza—. ¿De qué modo puedo ponerme en contacto con usted? —preguntó.

Ella le proporcionó su número de *telefonino* y

le dio las gracias por escucharla y por acceder a ayudarla. Entonces, otra vez en italiano, dijo:

—*È stato un piacere, commissario.*

Brunetti recordó la ocasional elegancia verbal que empleaba su padre cuando le hacían algún tipo de petición y respondió:

—*Dovere.*

Como si una solicitud que pasara por Patta se convirtiese en un deber.

Brunetti introdujo el nombre «Dario Monforte» y Google perdió la cordura de manera temporal. El *commissario* bajó hasta el final de la página y descubrió que había más de diez con artículos sobre él y después más y más, sin fin. Regresó a la primera página y les echó un vistazo a los títulos. Leyó la palabra *Nasiriya* escrita de todas las formas posibles y, cuando la memoria lo iluminó, estuvo a punto de caerse de la silla. Claro que sí, cómo no. Susurró el nombre en voz tan baja que, de haber tenido a alguien sentado a su lado, no lo habría oído.

—El Héroe de Nasiriya.

Se maravilló de que incluso un nombre tan poco común como Monforte hubiera quedado enterrado en la memoria común debido al lugar y su infamia. Continuó leyendo solo los titulares y, cada vez que se topaba con la palabra *Nasiriya*, encajaba una nueva pieza.

Más de veinte años antes, una bola de fuego que era el resultado de un atentado suicida había iluminado el cielo de Nasiriya y había provocado un caos ardiente entre las tropas italianas que formaban parte de la operación de mantenimiento de la paz (un oxímoron que Brunetti no se las había apañado para permitirse comprender).

A pesar de que la explosión había tenido lugar en Irak, al sur de Bagdad, en cuestión de horas la nube de terror que se había creado había cubierto toda Italia y, antes de disiparse, llegó a extenderse por muchos países del mundo.

A media mañana de un día templado de noviembre, un camión con más de trescientos kilos de explosivos detonó justo delante de la entrada del cuartel general italiano de Nasiriya, reventó paredes y ventanas incluso al otro lado del Éufrates, mandó a la tumba a diecinueve italianos, además de a nueve iraquíes, y provocó heridas tan graves a tantas otras personas que los centros de quemados de toda Europa estuvieron llenos durante años.

El país se sobrecogió y después lloró. Era el peor desastre militar desde el final de la Segunda Guerra Mundial. Durante días, los periódicos prácticamente no hablaban de otra cosa; las fotografías eran las típicas imágenes de catástrofes y resultaban aterradoras, sobre todo para cualquiera que leyese que el vehículo era un camión cisterna.

Los cadáveres fueron repatriados mediante

transporte militar; las banderas ondearon a media asta en memoria de las víctimas, por respeto. El funeral conjunto se celebró en San Paolo Fuori le Mura, en Roma, con los ataúdes cubiertos por banderas; fotografiaron al presidente de la república junto a la cama de uno de los supervivientes. Los hay que creen que Italia es un país sin corazón, sin embargo, por si sirve de algo, nadie puede negar que los italianos honran a sus fallecidos.

Pasados los primeros días, algunos periodistas asomaron la cabeza por la trinchera y mencionaron que la protección había sido insuficiente, que entre la carretera y el patio del cuartel general no había bloques de cemento ni barriles llenos de arena. Se informó de que, por suerte, en ese momento un veneciano había rescatado a dos de sus camaradas de aquel infierno. Había abandonado la seguridad que ofrecía uno de los edificios que habían sobrevivido a la deflagración y había atravesado el patio apocalíptico a la carrera para salvar a uno de sus compañeros y llevarlo a un lugar seguro para después volver entre las llamas y sacar a otro a rastras; después de eso, el dolor que había atravesado la fina protección del uniforme le había impedido continuar y había quedado marcado de por vida.

Durante casi una semana, Dario Monforte podría haber sido una estrella del fútbol, a juzgar por el interés que generaba y los artículos, la admiración y el amor que le dedicaban. La foto de él vestido de uniforme, apuesto y orgulloso, estaba en la portada de las principales revistas semanales y parecía que *Il Gazzettino* no podía ir satisfecho a imprenta sin colocar alguna foto suya entre sus páginas. Su valentía desmentía que los italianos fuesen cobardes, que escapasen del peligro y careciesen del coraje propio de los hombres. Al día siguiente de estrecharle la mano al presidente de Italia, enviaron a Monforte al centro de quemados de Barcelona y, más o menos después de eso, había desaparecido de la vida pública.

A pesar del tiempo que había estado en las primeras planas de *Il Corriere*, *La Repubblica* e *Il Gazzettino*, el hombre que regresó a Venecia al cabo de una ausencia de más de seis meses, que había pasado en una unidad de quemados de Barcelona y otra de Copenhague, a duras penas apareció en la página número quince de *La Nuova Venezia*.

Por el décimo aniversario de la masacre, hubo un resurgimiento del interés que Nasiriya había despertado. Brunetti pensó que el uso de la palabra *aniversario* en aquel contexto era tan grotesco que no le quedó más remedio que apartar la vista de la página. Diez años más tarde, la conmemoración había pasado casi desapercibida. El *commissario* dio por supuesto que había llegado al final de la información útil y se dijo que era hora de irse a comer a casa.

Cuando cerró la puerta del portal y empezó a subir por la escalera, Brunetti sacó el móvil y llamó a Patta. Al cabo de seis tonos y dos tramos de escalera, el *vicequestore* respondió diciendo:

—Ah, Brunetti, estaba a punto de llamarlo yo.

Él resistió la tentación de decir: «Y yo soy la reina de Saba». Lo que dijo, en cambio, fue:

—Me ha llamado la *signora* Wilson.

Hizo una pausa suficientemente larga para que Patta hablase, pero como no lo hizo, Brunetti le preguntó:

—¿Sabe usted algo acerca del tal Monforte al que quiere entrevistar, *vicequestore*? —Entonces añadió—: He leído los artículos sobre sus actos heroicos en Irak, así que su valentía no está en tela de juicio.

Como Patta no decía nada, prosiguió:

—Así que debería ser aceptable.

Entonces, Patta intervino por fin:

—Quiere que vaya yo en persona a hablar con él.

Brunetti buscó la manera de rechazar la petición que sabía que estaba por venir, pero no se le ocurrió ninguna idea. Sabía de sobra que Patta le diría que acababa de surgirle algo de vital importancia que le impedía ir a ver a la *signora* Wilson y, dado que él ya había hablado con ella, era la persona indicada para visitarla en su nombre.

De pronto, Brunetti se cansó de todo eso: de la falsa educación y afabilidad, del resultado predecible de todas las escenas. Patta todavía no se había quitado el vestuario, pero Brunetti se había cansado del guion.

—Un momento —dijo, sin «por favor» ni nombrar su título.

Era una orden directa, sencilla y sin adornar. Patta dejó de hablar el tiempo suficiente para que Brunetti cerrase la puerta y se dirigiera al estudio de Paola. Sacó una hoja de papel del escritorio y dijo:

—¿Cuál es la dirección?

Esperó a que Patta se la diese.

—¿A qué hora?

Lo anotó también.

—Allí estaré —dijo, y colgó.

Unos minutos después de las cuatro, Brunetti llamó a un timbre en Fondamenta Venier; al cabo de poco, la puerta se abrió de golpe. Se encontró en el interior de un edificio cuya silueta había visto durante gran parte de su vida: un vestíbulo largo con vigas y ventanas enrejadas que daban a un canal a un lado y a otro canal al otro extremo del edificio. A través de unas puertas grandes y gruesas se accedía a ambos canales; en ese momento estaban abiertas para permitir la entrega de cajas, muebles, maletas y más cajas. Había un espejo enorme envuelto, según parecía, en cientos de metros de plástico de burbujas. De haber sido una persona la que estaba envuelta de ese modo, habría pasado a mejor vida ya hacía rato. Brunetti vio cartones abandonados, un par de botas de agua de color marrón, cables eléctricos que reptaban de un lado de la sala al otro.

La luz de la tarde se vertía a través de los barrotes de las ventanas de la pared izquierda. Brunetti vio las habituales arañas enormes colgando de la viga central, que seguramente eran originales de la época en que se construyó el edificio, y los seis soportes metálicos con decoración floral de las paredes, tres a cada lado, que se habían adaptado al uso eléctrico en algún momento. La luz se derramaba por todas partes, pero aquella sala seguía pareciendo un lugar oscuro y algo siniestro.

Cruzó el atrio y se detuvo un momento para comprobar si sus zapatos habían dejado huellas en el suelo. Pero no.

Al llegar al fondo giró a la derecha y subió por la escalera a la primera planta y después a la segunda. La puerta estaba abierta y justo al otro lado había una mujer alta que llevaba un cárdigan de color lapislázuli, el mismo azul de sus ojos. A pesar del maquillaje invisible era evidente que tenía entre cincuenta y setenta años. El pelo de color acero, que llevaba con un corte masculino y juvenil, le caía por delante de las orejas. Estaba tan erguida que podría haber trabajado como guardia de palacio en cualquier país europeo donde aún reinase un monarca.

—¿*Commissario* Brunetti? —preguntó.

Él reconoció la voz y asintió; ella se arropó con el cárdigan.

—Nadie me había avisado de lo frías que podían ser estas casas —dijo la mujer en inglés.

Le estrechó la mano y se hizo a un lado para dejarlo pasar. Brunetti sabía que era muy probable que dentro hiciese más frío que fuera. Y así era.

—Acompáñeme a mi estudio. Tengo una estufa eléctrica.

Tras seguirla hasta allí, Brunetti vio las seis barras incandescentes, que contra aquel frío no servían de mucho. Ella se detuvo y señaló el calefactor antes de mirar al *commissario* y dedicarle una amplia sonrisa.

—Por eso quiero contratar a alguien que sepa qué hacer con la calefacción.

Brunetti le dio la razón asintiendo con la cabeza, pero no se acercó a la estufa. Con curiosidad por saber cómo se corría la voz en Venecia, le preguntó:

—¿Le importaría decirme, *signora*, cómo encontró al *signor* Monforte?

—Me habló de él una amiga francesa que vive aquí desde hace años.

Sonó el timbre. La *signora* le dijo que se quedase allí, donde no hacía tanto frío, y fue al telefonillo.

—Es el segundo piso —la oyó decir Brunetti desde el final del pasillo, y después oyó el clic que abría la puerta de abajo.

Al cabo de unos minutos, ella regresó al estudio con un hombre vestido de negro: zapatillas de deporte negras, pantalón negro de algodón con puños abotonados en el tobillo y una raya roja en la cara externa de las perneras y una *bomber* negra con cremallera y muchos bolsillos. Tenía unos cincuenta y pocos años y era robusto y sólido. No era alto, pero ocupaba mucho espacio y gran parte del aire que lo rodeaba.

Desde el otro lado de la habitación, Brunetti le vio en la frente una hilera de marcas rojas del tamaño de un botón que se escondían bajo el pelo, donde tres calvas pequeñas se disimulaban entre la espesa cabellera morena.

Monforte saludó a la mujer en italiano y le hizo una pequeña reverencia cuando ella le ofreció la mano. Brunetti se dio cuenta de que el gesto no la había molestado.

Entonces el hombre se acercó a él, le tendió la mano derecha y dijo:

—Dario Monforte.

Monforte tenía los ojos de color gris pálido y se veían aún más claros en contraste con su tez de navegante. Tenía la zona de alrededor de la comisura externa de uno de los ojos algo tirante, donde la piel se había contraído alrededor de otra mancha roja, aunque esa era más pequeña que las del resto de la cara.

Brunetti le estrechó la mano y estaba a punto de presentarse cuando la *signora* Wilson lo interrumpió:

—*Signor* Monforte, le presento a mi amigo

Guido Brunetti. Ha accedido a venir y..., bueno, me ayudará a no olvidarme de nada de lo que necesito preguntarle, las cosas que se me podrían pasar. —La *signora* Wilson prosiguió—: Me gustaría que usted le echase un vistazo a la propiedad para ver qué mejoras se le ocurren.

Monforte asintió con la cabeza y preguntó:

—¿Quiere que lo haga ahora?

—¿Sería posible? —preguntó ella—. La verdad es que dentro de media hora viene el pintor, así que tal vez usted podría echar un vistazo y hacer un cálculo estimado.

Monforte la miró un largo instante, y Brunetti se percató del momento en el que el hombre decidía no trabajar para esa mujer, no trabajar para alguien que lo trataba como a un trabajador cualquiera. No obstante, asintió con la evidente curiosidad que tendría cualquier veneciano por ver el *palazzo*. Como él no decía nada, ella añadió:

—Me gustaría que me señalase todo lo que encuentre.

Monforte sonrió un poco antes de hablar en italiano, aunque pronunciando todas las palabras con claridad.

—¿Como la cerradura de la puerta de la calle? —Hizo una pausa para ver cómo reaccionaba ella a eso y después añadió—: Y el óxido de los barrotes de las ventanas de la planta baja. Podría haberlos apartado si hubiese querido y devolverlos a su sitio con el dorso de la mano.

El acento era puro del Véneto. Brunetti supuso que se sentiría más cómodo hablando en el dialecto local.

El *commissario* asintió y le preguntó a Monforte:

—¿Qué le pasa a la cerradura?

El hombre sopesó la pregunta unos segundos y luego contestó con tono neutro:

—Creo que tiempo atrás era una buena cerradura, pero desde fuera se ve un reguero de óxido por toda la puerta. Eso es buscarse problemas.

Se hizo el silencio. Monforte cambió de tono.

—Si instala una buena, con la posibilidad de añadir una barra extensible de hierro que encaje en un par de cilindros metálicos en la parte superior e inferior del marco, aquí no entra nadie a menos que tengan la llave o les abra usted.

La sonrisa que dibujó después de decir eso le resultó a Brunetti muy forzada.

Mientras la *signora* Wilson pensaba qué decir a continuación, él se fijó en el dorso de las manos del hombre; parecía que se las hubiera destrozado un gato a arañazos, solo que las cicatrices eran más oscuras que la sangre, casi negras.

Monforte le pidió a la *signora* Wilson que le enseñase el resto de esa planta y después preguntó si las dos plantas superiores también eran suyas; se mostró satisfecho cuando ella dijo que había alquilado el *palazzo* entero.

—Bien. Así es más fácil para usted —dijo.

—¿Más fácil en qué sentido? —preguntó ella.

—Para saber quién entra.

Al ver su expresión, Monforte se explicó:

—En el edificio no hay vecinos, por lo que no tiene que dejar entrar a sus amigos, así que no habrá desconocidos en la escalera.

Brunetti, que había vivido toda la vida en Venecia, solo se había cruzado una vez con un desconocido en la escalera y resultó que era el electricista, que volvía de colocar una antena de televisión comunitaria en el tejado del edificio.

La *signora* Wilson asintió con la cabeza.

—Y, por lo tanto, no hace falta tanta seguridad —dijo.

El tono sorprendió a Brunetti: irónico, casi provocador.

Monforte parecía ofendido por el comentario, pero no contestó. Miró un momento a Brunetti y, como este no decía nada, se dirigió de nuevo a la *signora* Wilson.

Ella le propuso enseñarle el resto de las habitaciones y le preguntó a Brunetti si le gustaría acompañarlos. El *commissario* cedió a la curiosidad, y fueron arriba. Las habitaciones de la tercera y la cuarta planta eran poco más que rectángulos donde había ventanas y un montón de cajas de cartón y muebles envueltos en plástico protector. Contra la pared había cuatro o cinco cuadros desembalados y, a mano derecha, alguien había colocado un montón de pedazos de plástico de burbujas bien doblados. Por las ventanas de una de las fachadas de la tercera planta solo se veía el edificio del otro lado de la calle, mientras que por los otros tres lados se veían más fachadas y ventanas, pero a mayor distancia. Brunetti dejó la vergüenza de lado, se asomó y vio los jardines de abajo.

El edificio contaba con el lujo de tener una *altana*, ese espacio esencial, sin tejado y con barandilla, que se elevaba sobre unos pilares por encima del de la casa. Decía la sabiduría popular que, siglos antes, las mujeres de las casas subían allí a sentarse al sol y aclararse el pelo.

Brunetti siempre había opinado que los propietarios no querían otra cosa más que mirar a su alrededor y maravillarse con las vistas. Cuando salió a la *altana*, el panorama lo encandiló de inmediato. Durante un momento pensó que podía estirar el brazo, coger las cúpulas de la Salute y metérselas en el bolsillo sin hacer ruido. Se planteó guardarse también el campanario, pero pensó que sería demasiado largo y se le saldría, de modo que se volvió y se conformó con llevarse San Francesco della Vigna en su lugar.

Monforte, por su parte, movió varias veces la manija de la puerta de cristal que se abría a la *altana*, examinó las bisagras que la unían al marco y negó con la cabeza de forma muy dramática y con gran disgusto mientras hacía girar la llave un par de veces en la cerradura. En ningún momento mostró interés alguno por las vistas.

La *signora* Wilson le preguntó qué opinaba que había que hacer, y Monforte, con un aire casi desafiante, le dijo que había que cambiarlo todo para evitar que se estropease con la lluvia.

Mientras estaban allí arriba, la *signora* Wilson le preguntó a Monforte, que no había dicho nada de las habitaciones, qué sugerencias tenía. Él contestó que, aparte de lo que ya había dicho, había un problema muy serio de ruido por culpa del cercano campanario. El cristal fino de las ventanas no se lo evitarían ni un poco.

—Pero yo diría que eso forma parte del encanto de vivir en Venecia —protestó la *signora* Wilson.

Brunetti sabía que se le ponía una expresión de particular hostilidad cuando veía a turistas comiendo sentados en los escalones de los puentes, y creyó ver una muy similar en la cara de Monforte al oír la palabra *encanto*.

—Ese campanario tan encantador que ha visto, *signora*, está a menos de diez metros de las habitaciones de atrás —dijo Monforte con un tono que normalmente se dedica a los niños—. Por eso se lo he señalado.

La *signora* Wilson levantó la mano para llamarle la atención y replicó:

—Mi arquitecto dice que no se pueden cambiar las ventanas sin pagar un permiso especial que es muy caro.

Monforte asintió para indicar que la había oído.

—Esos permisos no existen, *signora* —dijo—. Usted lo pide, paga la solicitud y le paga al arquitecto y al despacho por el diseño y por tramitar esa solicitud. Y luego, al cabo de unos meses o puede que años, la Sopraintendenza deniega la solicitud, ya que hay una ley que prohíbe instalar doble cristalería en determinados edificios. Como por ejemplo este.

Levantó las manos como si se rindiera, fue hacia la escalera, estiró el brazo y la cogió a ella del suyo antes de empezar a bajar. Cuando llegaron a la puerta de su apartamento, la *signora* Wilson le preguntó a Monforte si tendría la amabilidad de entregarle un resumen por escrito de las ideas y sugerencias que le había hecho y una estimación del presupuesto. Brunetti tardó un poco en traducir el italiano que hablaba ella, aunque solo fuese para sí. También había percibido el desagrado tácito que había entre ambos y sospechaba que ella no aceptaría el plan propuesto, sin importar lo que implicase.

Sin percatarse del tono de la pregunta de la *signora* Wilson, Monforte le sugirió que empezase con lo mínimo necesario: cambiar la mayoría de las cerraduras, instalar la barra de metal en la puerta y encargarle a un herrero rejas nuevas para las ventanas de la planta baja. Después de eso, levantó una mano.

—El presupuesto es gratis, *signora* —dijo, como si tratase con una viuda pobre que tuviera que ahorrar todo el dinero que pudiese.

Sin haber oído, al parecer, la provocación sarcástica del tono de Monforte, ella contestó:

—Ya tiene mi dirección de correo electrónico, *signor* Monforte; me lo puede enviar allí.

—Tengo que esperar a que el matemático calcule la cifra estimada —repuso—. Es muy bueno, muy eficiente, y eso que solo tiene quince años.

—Espero que le pague lo suficiente —dijo la *signora* Wilson, intentando que aquello pareciese una broma.

Le sonó el móvil y bajó la vista para leer el mensaje que le había llegado.

Brunetti se dio cuenta de que Monforte la miraba con detenimiento: era una mirada más benévola que la anterior, pero sin llegar a ser benévola. El *commissario* estaba seguro de que, si ella la hubiera visto, le habría dicho que no se molestase en enviar el presupuesto.

Después de teclear una respuesta corta, la *signora* Wilson se guardó el móvil en el bolsillo y miró al *signor* Monforte. Le dio las gracias por haber ido y lo acompañó a la puerta.

Cuando se hubo marchado, la mujer regresó a donde estaba Brunetti.

—¿Qué opina? —le preguntó.

—Parece honesto y concienzudo —respondió él, y se preguntó si la presencia de otro hombre había afectado el comportamiento de Monforte.

—Sí —contestó ella.

Fue hasta una ventana con vistas al canal y

pasó unos instantes contemplando el tráfico de embarcaciones. A Brunetti se le pasó por la cabeza que, en lo que a la *signora* Wilson respectaba, él ya le servía de tan poco como Monforte y trataba de decidir la mejor manera de deshacerse de él.

Ella se volvió y le preguntó:

—¿Se supone que el matemático es su hijo?

Brunetti se encogió de hombros y solo dijo:

—No lo sé. Puede ser.

Dejó pasar más tiempo y, cuando ya era evidente que ninguno tenía nada más que decir, él añadió:

—Estoy seguro de que tomará la decisión adecuada.

Y se dirigió hacia la puerta.

Sorprendida de que se hubiera dado permiso a sí mismo para marcharse, la *signora* Wilson solo tuvo tiempo de decir:

—Ah, sí.

Pero Brunetti ya estaba junto a la puerta. El *commissario* se detuvo, esbozó su mejor sonrisa y esperó a que ella le abriese. Le dio las gracias por la oportunidad de ver el *palazzo*, se despidió con educación y regresó a la *questura*.

7

A la mañana siguiente, camino del trabajo, Brunetti iba acompañado del recuerdo de lo que había leído acerca de Dario Monforte y lo que había visto en el corto espacio de tiempo que habían compartido en casa de la *signora* Wilson. Reflexionó sobre los diferentes pasos del auge, la fama y la rápida desaparición del candelero de Monforte, una vez que el presidente le había estrechado la mano.

Mientras caminaba, Brunetti trató de reconstruir la línea cronológica. Los estadounidenses, descontentos con cómo estaban las cosas en Oriente Medio, hicieron sonar el silbato de la guerra, y los italianos enviaron unos pocos cientos de hombres para llevar a cabo una tarea que se consideraba segura en un lugar considerado seguro. Y lo había sido durante unos meses, hasta que había dejado de serlo.

Se dirigió a la oficina de los agentes con la esperanza de que allí estuviese Vianello, pero entonces se acordó de que el *ispettore* no había vuelto de las vacaciones, así que subió dos plantas más, directo al despacho de Griffoni, y llamó a la puerta.

—*Avanti* —dijo ella.

Brunetti había adoptado la costumbre de respirar hondo antes de entrar en aquel espacio reducido, como si fuera preciso coger suficiente oxígeno para toda la visita. Pero desde que Griffoni había conseguido encajar el escritorio dentro del armario, allí dentro cabían dos personas sin pensar de inmediato en cuevas y minas y celdas carcelarias.

Griffoni estaba sentada en su silla con el ordenador sobre el regazo, de modo que él no vio lo que estaba mirando. La *commissario* reparó en su expresión, sacó la otra silla, la colocó a su lado y dio unas palmaditas en el asiento. Él se sentó, y Griffoni dejó el ordenador en el escritorio y volvió la pantalla hacia ambos para que él también pudiese verla.

Brunetti distinguió un pasillo largo con suelo de madera y una puerta abierta, a mano derecha de la persona que había grabado el vídeo. Al final del pasillo aparecía un animal marrón con algo peludo colgando de las fauces. La imagen no era muy nítida, y Brunetti se preguntó por un momento qué clase de animal era: tal vez una rata gigante o una de esas capibaras sudamericanas o un perro pequeño de color marrón que había atacado a su dueño, lo había matado mientras dormía y le había arrancado la cabellera.

Se inclinó hacia delante y observó al animal mientras este avanzaba y depositaba lo que resultó ser un conejo de peluche entre una ardilla gris y un tejón blanco y negro que también eran de peluche y ya estaban en el suelo. Brunetti miró a Griffoni sin saber qué decir. Ella levantó la mano en silencio.

El animal volvió al fondo del pasillo, entró en otra habitación y enseguida salió con un jersey rosa a rastras que llevó hasta el montón y metió con cuidado entre la ardilla y el tejón.

Retrocedió unos pasos, avanzó de nuevo para meter el jersey un poco más con el hocico y volvió a la habitación del final del pasillo. Cuando se alejaba, Brunetti se percató de la cola en forma de pala y susurró:

—Es un castor.

El castor apareció esta vez con una tira larga de papel de envolver. El animal tardó un tiempo en encontrar el sitio perfecto y, al final, el papel arrugado sirvió como contrafuerte para la ardilla de peluche.

Brunetti miró a Griffoni, que seguía concentrada en la pantalla.

—Claudia, creo que ya es suficiente por hoy.

Ella pulsó una tecla y el animal desapareció.

—Un amigo que trabaja en la unidad antimafia de Messina me lo ha enviado para ilustrar cómo es su trabajo con el nuevo Gobierno.

Hizo una pausa y Brunetti indicó inclinando la cabeza que comprendía, tal como ella o quizá su amigo de Messina debían de esperar.

—¿Y esos somos nosotros? —preguntó, y señaló la pantalla oscura—. ¿Nosotros intentando tapar agujeros y construir presas?

Ella se inclinó hacia delante y cerró el portátil.

—Supongo que algo parecido. Nosotros y los magistrados que saben qué presas están en peligro.

Iba a seguir hablando, pero Brunetti la interrumpió:

—Creo que prefiero no hablar de este Gobierno.

—De acuerdo —respondió ella—. En ese caso, háblame de la estadounidense que Patta te ha enviado a ver.

—Vaya con los secretos de la *questura* —repuso él muy seco, pero sonriendo. En lugar de responder a la pregunta de su compañera, le hizo otra—: ¿Te acuerdas de lo de Nasiriya?

Tras vacilar solo un momento, ella dijo:

—Por supuesto. Me acuerdo hasta de dónde estaba cuando me enteré.

—Ahora él vive aquí —continuó Brunetti.

—¿El que los salvó?

Cuando él asintió, Griffoni dijo casi a modo de disculpa:

—No me acuerdo de cómo se llamaba.

—Dario Monforte.

Brunetti se fijó en cómo le cambiaba la cara y en cómo se ponía en guardia nada más oír el nombre.

—¿El padre que apaga el móvil cuando se acuesta?

—El mismo. Tiene un hijo al que llama «el matemático».

—¿Cómo...? —empezó a decir Griffoni, pero la pregunta se le escapó.

—Alguien se lo recomendó a la señora estadounidense.

—¿Para qué?

—Para ayudarla a instalarse; con el papeleo y los formularios y para buscarle una empleada del hogar y alguien que cocine.

—No escatiman en nada estos norteamericanos, ¿verdad? —repuso sonriente.

Sin hacer caso de la pulla, Brunetti dijo:

—Lo que no entiendo es de dónde saca alguien el coraje para hacer lo que hizo. —Se contempló el dorso de las manos con los dedos abiertos—. No paraba de pensar en eso mientras la señora estadounidense hablaba con Monforte. Tiene unas cicatrices en las manos y en la cara que creo que son quemaduras. —Brunetti negó con la cabeza—. Nadie lo obligó a hacerlo, nadie se lo ordenó. Estaba a salvo. Y entonces, al menos es lo que recuerdo leer en su momento, volvió a... —Se frotó las manos, primero una y después la otra, y al final dijo—: A mí no me ha parecido un tipo muy heroico.

Si eso había sorprendido a Griffoni, lo disimuló bien.

—No llevan un cartel que lo indique.

—¿Cómo? —preguntó Brunetti, recién llegado de adondequiera que lo hubiese llevado el recuerdo del encuentro en casa de la *signora* Wilson—. ¿Quiénes?

—Los héroes —contestó Griffoni—. No llevan carteles.

Si él pensaba dar alguna explicación, no pudo porque a Claudia le sonó el móvil para indicar que le había llegado un mensaje. Lo leyó rápido, apartó la vista unos instantes y después volvió a mirarlo antes de pasarle a él el teléfono.

«Tengo su bufanda y quiero hablar con usted —leyó Brunetti—. ¿Vale? ¿Cuándo? ¿Mismo lugar?»

Brunetti levantó la vista y su expresión formuló la pregunta.

—Es de Orlando —dijo ella—. El chico al que acompañé a casa el otro día.

No había manera de disimular el placer que denotaba su voz, al menos no para Brunetti.

Ambos tardaron un rato en decir algo, hasta que él preguntó:

—¿Mismo lugar?

—El bar que hay cerca de su casa.

—¿La bufanda?

—Ya te lo conté: hacía frío, él llevaba una chaqueta vaquera y una camiseta. —Entonces, con tono más convincente—: Una bufanda.

—Entiendo. ¿Tienes idea de por qué quiere hablar contigo?

—Podría ser por cualquier cosa —respondió ella, como si hablar fuese algo que le sonara pero no comprendiese.

Releyó el mensaje, estudió la expresión de Brunetti durante unos segundos y después tecleó una respuesta y pulsó el botón de la flecha, con lo que mandó el mensaje al empíreo.

8

Identificó la pregunta que le hacía Brunetti con su expresión y aclaró la situación:

—Está explicado en el informe: dijo que su padre apaga el móvil a las once, así que pensé que la mejor opción era asegurarme de que llegaba a casa. A esas horas ya casi era de día y no sabía qué hacer con él; lo que tenía claro era que no quería dejarlo en la comisaría.

Hizo una pausa, y Brunetti inclinó la cabeza para indicar que comprendía.

—Se me adelantó y llegó antes que yo. Quién sabe, puede que hubiera un cambio de papeles y él entrase en casa para ver si su padre estaba bien.

Brunetti asintió con comprensión parental y después meneó la cabeza.

—Yo todavía lo hago cuando volvemos muy tarde.

Griffoni sonrió como si hubiera reconocido a un viejo amigo y dijo:

—Me acuerdo de cómo era, de abrir la puerta una vez más para asegurarme del todo de que nadie se había colado en casa y se la había llevado.

Ahí estaba: otra alusión a su hija. Cuando la habían enviado a Venecia, Griffoni había dicho que no tenía hijos, pero desde entonces se le habían escapado una o dos menciones.

Brunetti no dijo nada, pero la miró sin que ella se diese cuenta y vio lo encantadora que estaba al recordar un miedo que ya había superado. Ella calló y negó con la cabeza como si mirase una lista de números que no cuadraban.

—Ahora son los hijos los que se aseguran de que los padres estén bien. —Al cabo de un momento, Griffoni preguntó—: ¿Vamos a convertir esto en un sermón sobre la culpa de los padres?

Brunetti le sonrió.

—Hay una lista muy larga de cosas a las que culpar por cómo salen los críos, no solo a los padres.

Griffoni empezó a nombrarlas antes que él.

—La escuela y los maestros, los propios niños, internet. La ausencia de castigos físicos, el uso de castigos físicos, la retirada de crucifijos de las aulas.

Mientras Griffoni pensaba más ejemplos, Brunetti se puso muy serio e intentó superarla con algunas explicaciones científicas:

—Cables de alta tensión, PFAS en el agua de boca, el calentamiento global, la ralentización de la corriente del Golfo, los pesticidas y los fertilizantes químicos.

Ella rompió a reír y abandonó la búsqueda de más causas posibles.

—Puede que sea una moda, como la de los tatuajes.

—Esperemos que dentro de uno o dos años dejen de hacerlo —repuso Brunetti.

—Suelen dejar de hacerlo a partir de cierta edad —replicó Griffoni. Reflexionó un tiempo sobre el tema y al final dijo—: Su padre y los padres de otro de los chicos son los únicos que no han respondido a la invitación a hablar con los servicios sociales.

—En ese caso, tal vez alguien de los servicios sociales debería ponerse en contacto con ellos —sugirió Brunetti.

—Veo dos opciones —respondió ella al instante—: con el primero podemos pedir a servicios sociales que nos permitan hablar con él y, al cabo de unas semanas, puede que nos digan que sí, pero solo si hay alguien de la agencia presente para garantizar que no lo intimidamos con las preguntas o con nuestra mera presencia. Podemos entrar con delicadeza en el tema de las bandas juveniles, pero en cuanto pronunciemos esas palabras, el trabajador social sacará el silbato azul, lo hará sonar y gritará: «¡Falta!». Y si lo intentamos otra vez o si el chico reacciona de manera contundente a cualquier cosa que digamos, la entrevista se acabará y nos prohibirán volver a hablar con él.

Brunetti casi nunca tenía que tratar con los servicios sociales, y en ese momento dio gracias por ello. No obstante, Griffoni era una mujer con mucha imaginación y dada a cierta exageración, de modo que pensó que lo mejor sería averiguar en ese momento hasta qué punto lo que acababa de decir era leyenda o experiencia personal.

—¿Puedo pedirte una nota a pie de página?

—¿Una nota a pie de página? —preguntó ella, pero estaba claro que había entendido a qué se refería Brunetti.

—¿Qué trabajador social en concreto ha dicho y hecho esas cosas y a quién se las hicieron y dijeron?

En lugar de contestar, Griffoni removió en el bolso hasta que encontró una libreta roja muy desgastada. La abrió y se puso a pasar las páginas poco a poco, sin dudar en humedecerse el dedo siempre que hiciera falta.

Por fin, emitió un sonido de satisfacción, pasó unas cuantas páginas más y después regresó al punto que había anclado con la mano izquierda. Con tono neutro, afirmó:

—Voy a ahorrarte lo peor y te leeré solo lo que dijo el jefe de servicios a menores. —Pasó página y la revisó con la mirada, hizo lo mismo con la siguiente y luego paró y musitó—: Aquí. «Lo siento, *commissario*, pero no podemos continuar. Es evidente que al sospechoso le ha afectado mucho el uso de la palabra *ataque*. No se ha emitido ningún juicio respecto de si el ataque tuvo lugar o si en determinada circunstancia el sospechoso era el atacante.» —Pasó una página y después otra y continuó—: «Si bien lo vieron acompañado de la demandante, no hay pruebas físicas que demuestren que él fuese el atacante». —Griffoni miró a Brunetti y sonrió de oreja a oreja—. Tengo seis páginas más de lo mismo. —Dio un salto adelante y abrió la libreta por una página que tenía la esquina desgastada—. «Lo siento, *commissario*, pero debo interrumpirla. Como ve, al sospechoso le afecta profundamente la declaración de la demandante y solicita que se ponga fin a la entrevista.» —Cerró la libreta y la dejó caer dentro del bolso. Con voz suave, Griffoni añadió—: Guido, si quieres hablar con el chico en presencia de alguien de los servicios sociales, eres libre de hacerlo, pero en ese caso deberías limitar las preguntas a su nombre y segundo nombre, quizá, su edad y puede que el nombre del instituto en el que estudia. Si quieres correr riesgos, puedes preguntarle a qué curso va y si saca buenas notas. Pero te aseguro que hasta eso es un riesgo enorme.

Al ver que la confusión de Brunetti no cesaba, añadió:

—Es una invasión de su intimidad.

Él guardó silencio un tiempo mientras intentaba recordar los correos electrónicos del Ministerio del Interior relativos al «tratamiento respetuoso» de las personas interrogadas. Se acordó de uno que recomendaba que siempre se tratase a los sospechosos de usted, tuvieran la edad que tuviesen.

—Entonces ¿qué propones? —le preguntó.

—Que vayamos a comer algo en el local que hay a la vuelta de la esquina de Salizada San Francesco, donde dejé a Orlando con sus vecinos. Le he contestado que iríamos a verlo allí. —Y, con una expresión muy seria, añadió—: Además, el sándwich de huevo y pimiento rojo es sensacional, y a lo mejor tenemos suerte y de postre nos llevamos algún cotilleo interesante.

Mientras caminaban, Brunetti reparó en lo cómodo que era trabajar con una compañera que, a pesar de no compartir nada de su vida privada, consideraba que los chismes eran una ayuda muy valiosa a la hora de recopilar información. Sin duda, era un comportamiento muy femenino (aunque Brunetti no lo dijo en voz alta), pero se preguntó si el gusto por el chismorreo también formaba parte del carácter napolitano. Si supiese más sobre Griffoni, quizá podría contestar a esa pregunta.

Ninguno de los dos habló durante un rato y, de repente, a Brunetti le salió acabar con el silencio con una pregunta:

—¿Trabajaste mientras estudiabas en la universidad? Aunque solo fuese para comprar los libros, por ejemplo.

Ella lo miró, dio la apariencia de estar mirando hacia el pasado y dijo:

—Fui guía turística en Nápoles. Una especie de guía privada.

—¿Qué significa eso?

—Quiénes consiguen ese trabajo lo determina..., bueno, factores que no son ni lo bien que conoces la ciudad y su historia ni lo que hayas estudiado en la universidad.

Hizo una pausa, y él se fijó en cómo ella volvía a su pasado.

—Adoro la ciudad, así que siempre era un placer que me pagasen por pasear y ver las cosas que me gustaban y hablar de ellas.

—¿Y lo de «privada»? —preguntó Brunetti.

Griffoni se detuvo delante de una *gelateria* que todavía no había abierto tras el invierno, dio la apariencia de pensar en la respuesta y después continuó andando.

—Hay un sindicato, bueno, un grupo de personas que tienen formación y permiso del ayuntamiento para hacer las visitas. —Hizo otra pausa dramática y añadió—: Yo tenía las dos cosas.

—¿Formación? —preguntó él.

—Por supuesto. Crecer en Nápoles implica escuchar las historias que cuentan tus familiares y amigos. Si lo llamas «formación», parece más oficial.

—¿Y la licencia?

Griffoni la desestimó con un gesto de la mano. Cuando hablaba de Nápoles, hacía gestos más exagerados.

—No hacía falta. El tipo que llevaba la agencia de viajes en la que yo trabajaba tenía un amigo que le debía un favor, y ese tenía un primo que se ocupaba de la membresía del sindicato. Así que me dieron un carné del sindicato con mi foto y me puse a trabajar.

—¿De guía?

Ella asintió con la cabeza.

—Lo hice hasta que acabé los estudios y decidí hacerme policía.

—¿Y entonces?

—Llamé a mi amigo y le dije que quería salirme del sindicato.

—¿Qué te contestó?

—Que lo dejase en sus manos y que se alegraba de que hubiera usado un carné falso, porque era muy fácil cambiar la fotografía para que lo usara otra persona. Que así se ahorraba mucho papeleo.

Brunetti dio un traspié, pero recuperó el paso y no dijo nada. Giraron a la izquierda y ella frenó la marcha para mirar los escaparates de las tiendas que había a ambos lados de la calle. Se detuvo delante de una donde vendían bombillas y electrodomésticos pequeños; para saber qué más, había que entrar.

Después de inspeccionarlos todos, se dirigió a Brunetti.

—Nápoles es diferente.

—¿Un planeta diferente? —inquirió él con su voz más dulce.

Pensó en contarle de qué había trabajado los veranos cuando era universitario, pero decidió no hacerlo. Durante el verano del segundo año, Brunetti había tenido una serie de trabajos variados que a menudo se solapaban. Hacía el reparto del carnicero de su barrio sin avergonzarse en absoluto de que le pagase en carne. Durante dos semanas había trabajado con una cuadrilla del ayuntamiento, limpiando un canal; el trabajo era duro, mugriento, deslomante y, para colmo, era principios de agosto. Habían drenado el canal y lo que había que hacer era sacar años de sedimentos que se habían acumulado en el fondo, meterlos a paladas en carretillas y subirlas por unas rampas provisionales de madera. Después empujaban las carretillas por la *riva* y depositaban los sedimentos en las barcazas que flotaban al otro lado de la presa temporal que bloqueaba parte del *rio*. Nadie se había molestado en pedirle el carné de identidad y le pagaban en metálico. No le había hecho falta ninguna licencia.

9

Llegaron a Salizada San Francesco un poco antes de las dos, ambos ya hechos a la idea de que comerían *tramezzini*, aunque él más a regañadientes que ella. Brunetti había llamado a Paola para disculparse y había resistido la tentación de preguntar qué comida iba a perderse. Entró en el bar detrás de Griffoni; ella fue a la barra a ver qué ofrecían ese día. Él se acercó por detrás, le musitó algo al camarero sobre los sándwiches y se dirigió a una mesa del fondo con cara de mal humor. Por muy horrible que fuese, Brunetti no renunciaba a la comida ni siquiera cuando sabía que no iba a disfrutarla.

En la barra había tres hombres, todos mayores; habían perdido la facilidad de trato y hablaban entre ellos en el tono de voz más bajo de los jubilados.

Griffoni comentó las opciones disponibles con

el camarero, pidió los *tramezzini* y un litro de agua mineral del tiempo y fue a sentarse con Brunetti. Si él quería vino, podía ir a la barra y pedirlo él mismo: ella nunca bebía a mediodía.

El camarero fue a la mesa y les puso un plato vacío a cada uno y otro con los *tramezzini* amontonados. Regresó a la barra y volvió con una botella de agua y dos vasos y lo dejó todo sobre la mesa.

Cuando ya se iba, dijo:

—*Buon appetito, professoressa.*

Pronunció la última palabra con mayor énfasis, pero no precisamente con respeto.

Brunetti sirvió agua para los dos, dejó que ella escogiera un sándwich antes que él y después dejó la botella y se puso uno de jamón y huevo en el plato.

—*Professoressa?* —le preguntó.

Ella le dio un mordisco pequeño a uno de pimiento, berenjena y huevo, y sonrió.

—El otro día, cuando estuve aquí, les dije que era la profesora de Matemáticas de Orlando. Pensé que él no querría que supiesen que la policía lo llevaba a casa.

—Por lo que dices, no parece el tipo de chaval al que la policía tuviera que llevar a casa. —Y después, en voz más baja—: ¿Has consultado las fichas de menores?

—No me ha dado tiempo —respondió ella nerviosa; como le daba vergüenza tener que admitirlo, se explicó—: No se me da bien entrar en páginas muy protegidas, así que solo me arriesgo a hacerlo si es totalmente necesario.

—¿Te dijo algo más de su padre?

—No. Al parecer, no tiene madre; o como mínimo no vive con ellos.

Brunetti miró por la ventana sin hacer caso de los sándwiches que tenían en la mesa y después le echó un vistazo al plato y vio que la mayoría de los *tramezzini* seguían allí.

—¿Qué hacemos ahora? —preguntó a continuación.

—Esperamos a que aparezca.

—Te veo muy segura de que vendrá. —Brunetti ladeó la cabeza y enarcó las cejas—. El hecho de que el camarero te haya reconocido —dijo— y de que le haya hecho tanta gracia poner el título de profesora en tela de juicio sugiere que sabe quiénes somos y a quién esperamos.

—Supongo que es uno de los grandes placeres de vivir en una ciudad pequeña.

De pronto, la puerta del bar se abrió de golpe y un grupo de chicos con mochilas entró dando voces. Griffoni estaba de espaldas a la puerta, así que fue Brunetti el que tuvo que observarlos. El más alto, que llevaba un corte de pelo muy actual con los lados y la parte trasera muy cortos y la parte de arriba más larga, que le sobresalía por encima de la frente como la luz de un foco reflector, pidió una cerveza; los demás, tras vacilar un instante, pidieron Gingerinos. Apiñados, chocaron y se empujaron mientras se quitaban las mochilas y las dejaban en el suelo; el camarero abrió la cerveza y la sirvió en un vaso y después sacó las tres botellas pequeñas y sus correspondientes vasos y los puso en la barra. Cada uno cogió su bebida y se volvió para ver quién había en el bar, con el mismo ademán engreído y agresivo de los actores de los *western* malos.

Uno de ellos miró hacia el fondo y, al ver a Griffoni, soltó un «Ay» de sorpresa, pero enseguida lo borró con un «*Dottoressa*» dicho con muy poco interés y al volumen normal; después cogió su bebida y le dio un sorbo.

Dejó el vaso en la barra y fue a la mesa de Griffoni y Brunetti. Llevaba la chaqueta sin abrochar, así que se veía lo delgado que era; los vaqueros le llegaban solo hasta la mitad de los calcetines, pero eso podía ser tanto una moda como una señal de que estaba creciendo. La bufanda roja no se veía por ninguna parte.

La camiseta llevaba tres líneas de texto serigrafiado, pero por culpa de la chaqueta únicamente se veían las cuatro letras del centro. Brunetti solo pudo leer una «i» mayúscula, debajo la letra «m» y abajo del todo las letras «me». Como la «i» era mayúscula, debía de ser la primera letra de una frase, tal vez «*Io*» seguido de algún tipo de afirmación personal. Esas afirmaciones solían hablar de amor, de modo que la «m» encajaba en «*amo*» a la perfección en la segunda línea. Pero

¿qué era lo que amaba? Las letras centrales eran «m» y «e».

Todo eso pasó por la mente de Brunetti en el tiempo que el chico tardó en acercarse a la mesa. El *commissario* se levantó y esperó a que Griffoni le estrechase la mano al chico y después se presentó diciendo que era su compañero. Le ofreció la mano y, mientras este se la estrechaba, dio un paso a la derecha, puesto que había dado por supuesto que el chico se volvería. Pero el chico se soltó y, atendiendo a la invitación de Griffoni, se sentó a la mesa. La única palabra que se le ocurrió a Brunetti fue «*caramelle*», y no debía de ser la correcta porque los caramelos no necesitaban publicidad.

El chico estaba demasiado flaco y por eso parecía más bajo de lo que era. Tenía los ojos marrones y, en ese momento, no veían nada más que a Griffoni.

El camarero los miró; Orlando volvió a la barra y, sin decirles nada a sus amigos, cogió la mochila y el vaso y regresó a la mesa.

Sin dudarlo, se sentó y dijo, aunque con cuidado de hablar en voz baja:

—Me alegro de que hayan venido.

Miró a Griffoni con una mezcla de anhelo e incerteza.

—Me dijiste que irías a clase, pero te dejé aquí, así que me alegra volver y ver que sobreviviste a la experiencia.

—Nunca llego tarde a clase —repuso Orlando muy serio.

Griffoni se acordó de la conversación y le preguntó:

—¿Ni siquiera a las aburridas?

La expresión del chico se iluminó, tal vez por darse cuenta de que la *commissario* se acordaba de lo que le había dicho.

—No, no es por eso. La primera clase siempre es la de Matemáticas. —Agachó la cabeza y dijo—: A veces incluso llego pronto.

Brunetti, que daba la apariencia de seguir la conversación, no apartaba la vista de los chicos y los ancianos. Los jóvenes les habían dado la espalda: ¿qué podía interesarles menos que unos adultos? En cambio, los viejos los observaban sin disimulo.

Griffoni sonrió y dijo:

—Tu secreto está a salvo conmigo, y estoy segura de que el *commissario* Brunetti se compromete de igual manera.

Brunetti asintió con la cabeza. Pensaba hacer de policía silencioso.

—¿Ha traído un testigo porque le dije que quería hablar con usted? —preguntó el chico con un matiz de celos o de sospecha en la voz.

—No ha venido como testigo, pero tal vez no sea mala idea tener uno —contestó ella.

—¿Para protegerme porque soy menor?

Griffoni no pudo reprimir una carcajada.

—Orlando, si hay alguien que aquí esté en peligro, no eres tú.

—¿A quién se refiere? —quiso saber él.

—A mí. No debería hablar contigo sin testigos —dijo, y al ver que él se sorprendía, añadió—: Y tampoco sin un motivo serio.

Brunetti se fijó en cómo reaccionaba el chico a la tranquilidad con la que hablaba su compañera.

—¿Se refiere al episodio del otro día? —preguntó Orlando.

Griffoni se tragó la risa y repitió la palabra *episodio* como si fuera algo de la televisión.

Orlando se rindió:

—Vale, ha sido una tontería llamarlo así.

Los tres guardaron silencio unos instantes y, cuando Brunetti volvió a echar un vistazo alrededor del bar, vio que cerca de ellos había tres o cuatro personas sentadas a otras mesas, además de unos cuantos hombres que bebían vino blanco en la barra. Uno de ellos los observaba mientras hablaba por el móvil.

—Orlando, no deberíamos estar aquí —dijo Griffoni con cierta impaciencia—. Eres menor de edad y nosotros somos agentes de policía. No hay nadie de los servicios sociales que nos haga de testigo y, por lo tanto, nada de lo que digamos serviría de nada. Me refiero a nivel legal.

La expresión del chico se volvió más tensa mientras digería todo eso.

Brunetti los interrumpió:

—Puesto que la *commissario* se ha involucrado en este asunto, hablar contigo en una situación sin monitorizar la pone en una situación vulnerable. —Luego se explicó un poco más—: Cuando me ha contado lo del mensaje que le has enviado, me he ofrecido a acompañarla. —Entonces, antes de que Orlando pudiera intervenir, dijo—: Para que no hablase contigo a solas.

El chico se apoyó en la mesa con la intención de levantarse, pero se le enganchó la manga en la silla y no lo consiguió. Tiró de ella, atrapado. Brunetti se inclinó hacia delante y se la soltó, pero Orlando ya no intentaba ponerse en pie y se quedó allí quieto.

De pronto, empezó a hablar con urgencia:

—Pero soy yo el que ha pedido hablar con usted.

Era evidente que estaba ansioso por demostrar su buena fe, por lo que se sacó el móvil del bolsillo y lo puso sobre la mesa. Después lo agarró y comenzó a desplazar la pantalla hacia arriba y hacia abajo.

Por fin dio con el mensaje que le había enviado, estiró el brazo hacia la cara de Griffoni y le puso el móvil a distancia suficiente para que lo pudiese leer.

—Mire, mírelo —dijo él con las manos temblorosas de los nervios—. Yo le he pedido que venga. No me lo ha pedido usted a mí. Cualquiera puede verlo. —La miró fijamente, con toda su atención—. Yo jamás la haría correr riesgos, por nada del mundo.

—Y por eso estamos aquí, Orlando —dijo Griffoni.

Brunetti, que la conocía desde hacía años, nunca la había oído hablar con ese tono ni le había visto esa expresión de ternura.

—He pensado que a los dos nos haría falta ayuda, por eso le he pedido al *commissario* Brunetti que me acompañase.

Después de decir eso, cambió el tono y se refugió en el que su compañero estaba acostumbrado a oír. La parte seria y emocional había desaparecido: a partir de ahí hablaría con normalidad, pero Brunetti vio en la mirada de Orlando el efecto que había tenido sobre él.

El chico la miró desde el otro lado de la mesa, enfrentado al poder de la voz de la *commissario*. Brunetti apretó los puños y se dijo que no relajaría las manos hasta que uno de los otros dos dijese algo. Al cabo de un tiempo que pareció muy largo, Orlando habló en poco más que un susurro.

—Va a pasar algo. Algo grande. No sé lo que es ni cuándo será, pero Gianpaolo está como loco con el tema. Dice que en cuanto nos ocupemos del Lido, seremos los mejores de la ciudad, más fuertes que los de Mestre y más grandes que los de Marghera.

—¿Gianpaolo? —inquirió Griffoni, como si le

hubieran presentado a alguien y no estuviera segura de haber oído bien el nombre.

La evidente indiferencia de la pregunta le restaba al menos diez centímetros a la altura de Gianpaolo y al menos la misma medida a su importancia.

El tono de Griffoni había sido tan desdeñoso que hasta Brunetti había tenido ganas de defender a Gianpaolo.

Fue Orlando quien lo intentó:

—Va a mi instituto, pero un curso por delante, y los profesores lo dejan en paz porque saben que no le tiene miedo a nadie.

Era obvio que para Orlando eso significaba un cumplido.

—¿Cómo es? —preguntó Griffoni.

—Pues muy duro. Es el que toma las decisiones.

—Ya veo —respondió ella—. Eso es bueno.

Brunetti, que observaba a Orlando, se volvió hacia Griffoni, que le preguntó al chico:

—¿Te ha contado algo del tema?

Orlando cerró los ojos y negó con la cabeza como si esa doble muestra de ignorancia fuese más convincente.

—No tengo ni idea. Nadie sabe nada, solo que será algo grande.

A Brunetti lo sorprendió el cambio de tono al decir eso último, como si de pronto hablase un hombre. Orlando había dicho «mejores», «fuertes» y «más grandes», y él era tan flaco que una ola mediana lo tumbaría.

Como si de pronto allí hiciese demasiado calor para él, Orlando se abrió la chaqueta. Brunetti vio la camiseta y leyó el mensaje: IO AMO I NUMERI, pero no le cabía en la cabeza que alguien declarase su amor por los números.

El chico miró a Griffoni y se sonrojó. Sacó las manos de donde las tuviera debajo de la mesa y se las miró. Al final, dijo:

—Aunque lo supiese, no podría decírselo. Creo. Porque esta vez habrá prob...

Entonces, como si hubiera entrado en trance, dio la impresión de que Orlando levitaba sin moverse de la silla, de que se elevaba despacio, pero en la misma posición, con las piernas dobladas por las rodillas. La silla estaba al menos un metro por encima del suelo y ocultaba la silueta que tenía detrás. Orlando tensó el rostro y se quedó pálido; las manos, en los reposabrazos de la silla, tenían ronchas rosáceas; cerró los ojos atemorizado.

La causa no tardó en desvelarse: detrás del chico había una presencia acechante y silenciosa que sostenía la silla por los brazos en el aire, como si no pesara nada, y la sacudía arriba y abajo; con cada movimiento, Brunetti le veía un lado de la cara. El hombre había llegado hasta la mesa sin que ninguno de los tres se diese cuenta, un logro destacable, teniendo en cuenta su corpulencia. No era alto, pero ocupaba todo el espacio que había a su alrededor.

Brunetti se fijó en la mano que se le veía y en las finas cicatrices que le cubrían el dorso. Hasta ese momento no se había dado cuenta de que se trataba de Dario Monforte ni de que tenía un aura de peligrosidad tangible.

El *commissario* vio el resplandor de un metal en la muñeca de Monforte, luz reflejada por lo que sospechó que sería un Rolex. Resultó ser cierto, observó cuando el hombre bajó la silla al suelo. Brunetti tenía razón: era un Submariner, pero ¿adónde iba alguien a hacer submarinismo a mil metros de profundidad con eso en la muñeca para ponerlo a prueba? A la laguna seguro que no, y seguramente al Adriático tampoco.

Orlando se aferraba con fuerza al asiento de la silla y tenía la cabeza gacha. Al cabo de un tiempo, levantó la mirada y se volvió hacia su padre, pero no intentó siquiera fingir que lo que había ocurrido era un viejo juego familiar, un poco de agresividad consentida entre hombres.

Brunetti se levantó despacio.

—Me sorprende verlo otra vez tan pronto, *signor* Monforte —dijo, casi como si encontrarse precisamente allí fuera lo más normal del mundo—. Esta es mi compañera, Claudia Griffoni.

Ella asintió con la cabeza, pero no se movió de la silla. Entonces, con afabilidad exagerada, Brunetti añadió:

—El mundo es un pañuelo. Aquí uno siempre se encuentra con gente que acaba de ver.

Monforte se acercó un paso hacia él.

—No estoy aquí por casualidad —dijo—. Me ha llamado un amigo para decirme que la policía estaba interrogando a mi hijo.

Brunetti dejó pasar unos instantes y después preguntó con sorpresa evidente:

—¿Interrogando?

Miró a Griffoni, que se encogió de hombros y enarcó las cejas. La *commissario* miró a Monforte un momento y dijo:

—Intentábamos decidir qué sándwich comernos. Yo ya casi me había decidido por el de huevo y atún cuando de pronto este joven, que nos ha invitado a venir, se ha elevado en el aire ante nosotros. —Entonces, con una expresión casi contrita, agregó—: Discúlpeme. Yo también soy policía y lo que intentaba era comer, no llevar a cabo un interrogatorio.

La sonrisa que le ofreció el hombre fue rígida y formal. Apretó los puños y los mantuvo un poco alejados de las caderas, como si tuviera pensado utilizarlos de un momento a otro. No obstante, tuvo la fuerza de voluntad suficiente para alejarse de la silla y relajar los brazos. Griffoni le ofreció la mano, y Monforte se la estrechó como si fuese un trozo de gasa que podría romper si la sostenía demasiado tiempo. Se la soltó, pero no le quitaba ojo.

—*Signora* —dijo—, fue muy amable por su parte asegurarse de que Orlando llegaba bien a casa la otra noche. —Entonces, antes de que ella pudiera responder, añadió—: Y que le diese de comer por el camino.

Griffoni se rio al oírlo.

—Me alegro de que las clases empiecen tan pronto —repuso—: si hubiera estado con él todo el día, habría tenido que hipotecar la casa.

Se levantó de la silla y se colocó detrás. El chico se apresuró a ponerse también en pie. A Brunetti se le pasó por la cabeza que si fuese posible fusionar a su compañera con el chico, entre los dos seguirían ocupando menos espacio que Monforte.

El hombre le puso el brazo a su hijo alrededor de los hombros, miró la hora y dijo:

—La comida está lista, Orlando.

Él se volvió hacia su padre y quiso decir algo, pero Monforte se lo impidió.

—Ahora no.

—De acuerdo —contestó Orlando, y se apartó de la mesa.

Inclinó la cabeza mirando a Brunetti y después a Griffoni. Se agachó a recoger la mochila, la abrió y de dentro sacó la bufanda de Griffoni, lavada, bien doblada y recién planchada.

—Se la he lavado —dijo cuando se la devolvió—. Gracias por venir a buscarla.

Ella esbozó una sonrisa fugaz, cogió la bufanda por uno de los extremos y dejó que se desplegase como una cascada de color rojo centurión que llegaba hasta el suelo. La dobló a lo largo con la comodidad de haberlo hecho mil veces y se dio dos vueltas al cuello con ella.

Sin decir nada más, Monforte volvió a coger a su hijo por los hombros, lo dirigió hacia la puerta y salieron a la calle, donde enseguida desaparecieron de su vista.

Griffoni se agachó para coger el bolso. Inclinó la cabeza en dirección a Brunetti y fue hacia la puerta. Justo en ese momento, un grupo de chicas risueñas la abrieron; una de ellas se la aguantó a la *commissario*, y luego entraron de golpe y ocuparon toda la entrada hasta que formaron en fila junto a la barra.

Cuando Brunetti consiguió pasar entre las chicas, pagar la comida y salir, Griffoni ya estaba en mitad de la calle. La alcanzó, y ambos emprendieron el camino de regreso a la *questura* en silencio.

10

Volvieron por Salizada Santa Giustina y Calle Zorzi y después por San Lorenzo. Se detuvieron sin haberlo acordado en el puente de delante de la *questura*. A Brunetti siempre le había parecido un lugar molesto: la iglesia cerrada que tenía a la espalda no le ofrecía ningún consuelo, igual que la residencia de ancianos de la derecha; menos aún el edificio de la *questura*, al otro lado del puente. Esos tres mundos —el espiritual, el físico y el legal— les ofrecían muy poco solaz a los que iban allí buscando ayuda o tranquilidad. La iglesia no funcionaba como tal desde hacía décadas, el asilo mantenía a la gente en silencio y en la *questura* querían que hablasen, aunque siempre en detrimento de otra persona o de sí mismos.

Se volvió hacia Griffoni y dijo:

—Es un chico muy listo.

—¿Por traerme la bufanda?

—Es la excusa perfecta para convencer a su padre de que no habíamos ido a hablar de lo que hacía Orlando en San Marco.

Ella se balanceó unas cuantas veces agarrándose a la barandilla del puente, se cansó de hacerlo y paró.

Él se giró y miró hacia el cielo azul del *bacino*.

—Me pregunto qué es lo que preocupa a Monforte —dijo—. No hacía falta que viniera a hablar con nosotros.

—Es natural preocuparse si la policía quiere hablar con tu hijo —argumentó Griffoni—. Todo el mundo en un radio de quinientos metros sabía que éramos policías. Eso no lo dudes.

A Brunetti no le quedó más remedio que darle la razón. Sonrió.

—Su comportamiento me ha parecido peculiar; como si quisiera demostrar al mismo tiempo que es fuerte y afable. Si una de esas cosas no nos haría pasar de él, la otra sí.

Al darse cuenta de que era un comentario demasiado vago, Brunetti no pudo más que encogerse de hombros.

—Puede que sea una vieja costumbre, de cuando era *carabiniere* —dijo Griffoni—. Se comporta como si se creyera listo, pero en realidad no lo es. Al fin y al cabo, hacen falta tres *carabinieri* para cambiar una bombilla, ¿verdad?

Si pensaba que Brunetti diría: «Uno para sujetar la bombilla y otros dos para darle vueltas a la escalera», se equivocaba. Él la miró sorprendido y dijo:

—Eso es. Era *carabiniere*. Eran los *carabinieri* los que estaban en Nasiriya, no el ejército, y la medalla al valor se la dan a los *carabinieri*.

Griffoni susurró:

—Claro, los *carabinieri*.

A Monforte lo habían mandado al extranjero para mantener la paz y, entonces, después de Nasiriya, había pasado temporadas largas en hospitales fuera de Italia y durante un tiempo había sido un héroe nacional. Y todo eso había sucedido mientras llevaba el uniforme de los *carabinieri*. Después había desaparecido poco a poco. ¿Ocuparse de los deseos de extranjeros adinerados daba como para permitirse un Rolex?

Un grupo de turistas cruzó el puente encabezado por un guía que sostenía en alto una bandera pequeña de Grecia; siguieron a su líder hacia la *riva* que conducía a la iglesia griega.

Dos gaviotas tomaron tierra en el tejado del edificio que había a mano izquierda y se enzarzaron en una terrible batalla de graznidos. Continuó un rato que a los *commissari* se les hizo muy largo, hasta que una de las gaviotas emprendió el vuelo seguida de la otra, ambas en silencio.

Brunetti se volvió a mirar hacia la iglesia vacía; tal vez san Lorenzo pudiera echarle una mano. O quizá no. A falta de su ayuda, siempre había un poder superior.

—¿Se lo pedimos? —propuso Griffoni.

—Sí.

La *signorina* Elettra era, dicho claro y mal, fácil de convencer; pero como había información que transmitir y la puerta abierta de su despacho daba al pasillo principal de la *questura*, Brunetti pensó que lo mejor sería ir al de Griffoni: muy poca gente tenía la necesidad de subir a la cuarta planta del edificio y aquel pasillo largo y deprimente nunca formaba parte de los itinerarios del *vicequestore*.

Aunque eran los únicos que usaban la escalera en ese momento, subieron al despacho de Griffoni hablando en voz baja.

—La última vez que entré en el sistema de los *carabinieri* no tuve ningún problema —respondió la *signorina* Elettra a la pregunta de Brunetti acerca del alcance de sus poderes—. Debo decir que ahora se protegen mucho mejor, pero en cuanto hable con mi amigo de Caltanissetta, estoy segura de que encontraré la forma de entrar.

—¿Caltanissetta? —preguntó Brunetti para que se lo confirmase.

Era uno de los baluartes de la Mafia, así que pronunció el nombre en voz baja y con cierta trepidación.

—Caltanissetta —repitió ella con certeza y comodidad.

Continuaron hasta la cuarta planta e hicieron

una pausa mientras Griffoni metía la llave en la cerradura. Abrió la puerta y les mostró los cambios que había hecho.

—Qué bien —dijo la *signorina* Elettra—. Muy acogedor. Y la idea de meter el escritorio en el armario: fabulosa. Piense cuánto espacio ahorraríamos si todo el mundo hiciera lo mismo.

El problema de los asientos lo resolvieron en un periquete, a pesar de que casi no había sitio ni para dos personas. Brunetti les cedió las sillas a las mujeres y luego cerró la puerta del despacho y sacó medio escritorio del armario. La mitad que quedaba fuera se podía usar como asiento. Si la maniobra se llevaba a cabo en el orden correcto, se conseguía intimidad y espacio suficiente para sentarse.

Sin preámbulos, Griffoni le explicó a la *signorina* Elettra lo que les gustaría que ocurriese: que la investigación de las bandas juveniles continuase a su cargo y, tal vez con la ayuda de la *signorina*, echarles un vistazo a los archivos de menores.

Había otra búsqueda que querían que ella llevase a cabo: un *carabiniere* jubilado llamado Dario Monforte, herido durante la masacre de Nasiriya.

—¡Cielo santo! —exclamó la *signorina* Elettra sin poder evitarlo—. Cuando yo era joven, era uno de mis héroes. —Guardó silencio unos instantes, tal vez pensando en esa época más inocente—. Me temo que era más crédula que ahora, así que pasaron unos cuantos años antes de que me pusiera a indagar sobre la historia.

Dado que le pareció extraño que hiciera un comentario así hablando de un héroe, Brunetti le preguntó:

—¿Y qué averiguó?

La *signorina* Elettra movió la silla uno o dos milímetros y dijo:

—Que era una de esas figuras a las que mi profesor de Historia siempre llamaba *héroes por conveniencia.*

Brunetti esperó, pero no dijo nada más.

—¿Y a qué se refería?

—A los que llegan en el momento adecuado; como aquel chico ruso... ¿Cómo se llamaba? Staj... Staj no sé qué más. El que extrajo toneladas y toneladas de carbón justo cuando la producción flaqueaba. Nada mejor que eso para subirle la moral a la gente.

Griffoni y Brunetti esperaron sin decir nada y su silencio la alentó a continuar y la animó a explicarse, cosa que al final hizo.

—Hacía años que no pensaba en esto. La masacre fue terrible: tantos chicos muertos, tantos iraquíes muertos. Fue un desastre que se podría haber evitado; el servicio secreto los había avisado tres veces de que había un ataque en ciernes. Pero no hicieron caso de las advertencias y no se molestaron en poner barreras que obligasen a los vehículos que entraban a frenar.

»Pero en cuanto tuvimos un héroe, todo cambió y el fiasco se convirtió en un caso de heroísmo extraordinario. ¿Acaso no había arriesgado la vida para salvar a sus compañeros y había pasado un sufrimiento horrible por ello?

Brunetti no llegaría a cerciorarse de hasta qué punto la *signorina* Elettra tenía acceso a información privilegiada y por eso había acabado pensando que su ordenador era una criatura medio viviente, capaz de escurrirse por cualquier túnel o deshacer cualquier nudo, pero solo si ella estaba al mando. La visión que tenía el aparato de los acontecimientos y las opiniones acerca de las personas eran a menudo comparables con las de ella, pero en cuanto a algunos asuntos diferían mucho respecto de la fe que ponían en los recursos disponibles.

—¿Dudó usted de su heroísmo? —preguntó Brunetti.

—No, en realidad no —respondió la *signorina* Elettra en voz baja—. Pero me pareció que era muy conveniente.

Tanto Brunetti como Griffoni se encogieron de hombros para indicar que no recordaban la cronología de los acontecimientos.

Él se giró un poco para mirar a sus dos compañeras y se percató de que, aunque eran más o menos del mismo tamaño y talla, la *signorina* Elettra parecía ocupar bastante menos espacio en una de aquellas dos sillas idénticas. Tenía las piernas vueltas con delicadeza hacia la izquierda como para dejarle más sitio a Griffoni y las manos entrelazadas en el regazo con modestia (una palabra que lo sorprendió por su precisión). En ese momento se dio cuenta de hasta qué punto su sentido del decoro la volvía casi invisible: llevaba años observando cómo engañaba a la gente con él.

Griffoni se había apoyado en el respaldo de la suya y tenía las piernas cruzadas. El pie anclado daba golpecitos en el suelo, como si buscase un lugar adonde ir.

La *signorina* Elettra los miró primero a una y luego al otro, carraspeó y dijo:

—No querría ser impertinente, de verdad, pero para poder indagar con libertad en este asunto de los *carabinieri*, necesitamos la aprobación del *vicequestore*. De otro modo, no tendremos ningún tipo de autoridad.

Se metió un mechón díscolo detrás de la oreja. Con el paso de los años, Brunetti había aprendido a distinguir entre las diferentes sonrisas que se manifestaban en el rostro de la *signorina* Elettra. Estaba la sonrisa de diario para los placeres sencillos, que usaba todos los martes por la mañana cuando volvía del mercado de las flores; estaba la sonrisa triunfal de cuando se demostraba que alguien que le caía bien tenía razón con sus pensamientos o sospechas; una sonrisa muy enigmática que alguna vez le había visto cuando hablaba por el *telefonino* a última hora de la tarde, y estaba esa: la leve sonrisa de culpabilidad que esbozaba cuando le daban rienda suelta para hacer un mal uso de las normas, tradiciones o leyes, todo por el bien común de sus amigos y, por extensión, de la humanidad.

—Pero creo que eso se puede arreglar —dijo como si nada, como si le hubieran pedido que llamase a un restaurante y preguntase si se podía sumar una cuarta persona a la reserva—. Podemos contar con el desprecio que siente por los *carabinieri*.

Tras una pausa, que sin duda hacía para que Brunetti y Griffoni recuperasen el resuello, continuó:

—Casi nunca se encuentra gran cosa sobre menores en internet, ni siquiera en nuestros archivos, a menos que sean campeones de ajedrez o hayan ayudado a salvarle la vida a alguien. —Hizo una nueva pausa y después añadió otra posibilidad—: O que hayan matado a sus padres.

Les dio la oportunidad de intervenir, pero ninguno la aprovechó.

—No obstante, en alguna parte tiene que haber información. Y sobre el *signor* Monforte la habrá en abundancia —añadió.

Dicho eso, la *signorina* Elettra se cruzó de brazos y volvió a mirar por el ventanuco que había en lo alto de la pared del despacho de Griffoni. Inmóvil, sin hacer caso de ellos, como si fuera un oráculo, dijo:

—Me gustaría señalar que, si he comprendido lo que acaban de decirme, vamos a meternos a investigar unos acontecimientos que tuvieron lugar hace más de veinte años en un país que en la actualidad sufre unos niveles de violencia que en algunos momentos iguala la de una guerra civil y atañe a gente que desconocemos.

A Brunetti lo entusiasmó oírla hablar en la primera persona del plural.

La *signorina* Elettra calló, pero los *commissari* sabían que no había terminado de hablar, que aquello era una mera pausa para presentar una idea o algo relevante para un hecho de interés.

—Y, que yo vea, el motivo no es otro que la simple curiosidad humana.

Eso los dejó mudos. Pero solo durante un momento. Brunetti le sonrió y, con un tono del todo normal, le preguntó:

—¿Acaso hay un motivo mejor?

La *signorina* Elettra asintió con la cabeza. Entonces se levantó, le hizo otro cumplido a Griffoni por haber resuelto el problema del espacio en su despacho de forma tan inteligente y dijo:

—Voy a pensar cómo abordar el tema con el *vicequestore*.

Sorteó la silla como pudo, pasó junto a la de Griffoni, por delante de las piernas de Brunetti y, al salir del despacho, cerró la puerta sin hacer ruido.

El silencio era tal que ambos oyeron el roce suave de las medias de Griffoni cuando descruzó las piernas. Con intención de no interrumpir la quietud, Brunetti se puso en pie, deslizó el escritorio al interior del armario para que tuviera más espacio (por irrisorio que fuese) y se marchó.

Una vez en su despacho, cerró la puerta y fue a la mesa. Le habría gustado tomarse un café, pero sacó la silla y se sentó. Tenía un archivo nuevo sobre el escritorio; era del agente Alvise, a quien, dado que era el que más cerca vivía de ellos, le había pedido que averiguase lo que pudiera acerca de Orlando y su familia.

Así pues, dos días más tarde, tenía un informe de cuatro páginas.

En el Ufficio Anagrafe y vestido de uniforme, Alvise había averiguado que Anna Maria Vitucci tenía treinta y un años, era soltera y tenía un hijo, Orlando, de quince años, y cuyo padre era Dario Monforte. Cuatro años antes, había cancelado su residencia y en el formulario solo había escrito que se marchaba del país.

Aunque era el menos espabilado de la comisaría, Alvise les infundía confianza a las personas con las que hablaba gracias a sus modales afables y su patente simplicidad. Por indicación de la *signorina* Elettra, se había quitado el uniforme y había ido al bar de cerca de Salizada San Francesco a ver qué averiguaba sobre Anna Maria y su familia. Cuando ya se había tomado varios vinos blancos y un café, la mujer de la barra le contó que el hijo de la *signorina* Vitucci era un buen chico y que su padre lo cuidaba bien.

En un segundo párrafo declaraba que unos

años antes la *signorina* Vitucci le había dicho a algunos vecinos (cuyos nombres y direcciones aparecían en el informe) que había encontrado a otro compañero y se marchaba de Venecia para irse con él a España, donde trabajaba de platero. También se llevaba una pequeña anualidad que le había dejado su abuela, que había fallecido cuando Anna Maria tenía veinte años. Dos de las mujeres con las que Alvise había hablado le habían dicho que la decisión de marcharse había sido sabia, pero que debería haberse llevado a su hijo.

Incluso Alvise se había percatado de la diferencia entre la evaluación que hacían las mujeres de Monforte y la admiración que varios de los vecinos le tenían. «*Proprio bravo. Forte. Un vero uomo.*» Mientras leía esta parte, Brunetti no pudo evitar musitar: «Un hombre de verdad». Tan fácil de decir y tan difícil de definir.

Alvise consideró digno de destacar que la mayoría de las personas con las que había hablado se habían parado a pensar la respuesta antes de hablar de Monforte. Aunque nadie le había hecho ningún comentario negativo, Alvise detectó expresiones de sospecha e inquietud en algunas caras, casi todas de mujeres, cuando mencionaba a Monforte. Alvise también se había enterado de que este se ganaba la vida con modestia, instalando y haciendo el mantenimiento de sistemas de seguridad para hogares y oficinas.

Al chico, Orlando, le iba bien en el instituto,

pero no estaba entre los muchachos más populares del barrio.

Brunetti acabó de leer el informe, sorprendido de que precisamente Alvise hubiera escrito un texto tan claro. A pesar de que en realidad lo hubiera redactado su compañero Cristiano, las observaciones y percepciones eran todas de Alvise.

Brunetti recordó otros momentos en los que, quizá a fuerza de ser una persona que se interesaba por las vidas y el bienestar de aquellos con los que hablaba, el agente había escuchado historias de la peculiaridad humana. A Alvise siempre le tocaban los más raros. Estaba la anciana que vivía cerca de Santa Fosca e insistía en poner comida para los gatos callejeros que recordaba de cuando ella era joven y, al final, había acabado alimentando a las ratas. Fue a Alvise a quien se le ocurrió darle un gato de peluche y decirle que era un tipo especial de gato que no comía y al que solo se podía acariciar y querer. La mujer dejó de dar de comer a las ratas. Cuando les habló de ella a sus compañeros, la añadieron de inmediato a la lista de «Los descarriados de Alvise».

A pesar de que a la jornada de trabajo aún le quedaban horas, Brunetti decidió que ya estaba harto y cedió ante el deseo de irse a casa a tumbarse en el sofá y leer sin que la llegada o la presencia de otra persona lo interrumpiese.

No mucho antes, Paola había encontrado entre sus libros el ejemplar de Brunetti de las cartas del marqués de Custine, un noble francés que había viajado por Rusia en el siglo XIX. Se lo había devuelto a su marido y le había dicho que parecía interesante, pero que en ese momento ella estaba leyendo *Washington Square* y con eso tenía tristeza de sobra.

Brunetti descubrió que el punto de lectura seguía en su sitio y decidió continuar desde allí: el marqués no había llegado más que a San Petersburgo. Tumbado en el sofá del estudio de Paola, hojeó el libro para ver si había subrayado o señalado algún párrafo. Se acordaba de que los juicios del marqués habían sido de una negatividad abrumadora y, en ese momento, al volver a las líneas que había subrayado en el texto, se maravilló ante las cosas de las que el marqués se percataba y señalaba. Rusia no era un lugar de felicidad: «El país más desolador de la tierra». Opinaba que la amabilidad de la gente carecía de valor, puesto que era «la costumbre de ser sumisa».

Custine y Brunetti habían partido a principios de 1839 y, llegado agosto, el marqués había visto muy poco que le gustase: ni la gente ni la aristocracia ni los edificios ni las ciudades. «La nobleza rusa da más vueltas que un girasol; te hablan sin ningún interés en lo que dicen, sin apartar la mirada de los favores imperiales que los ciegan.»

Tal vez el hecho de que no hubiera gracia imperial que granjearse había hecho que los nobles venecianos fuesen tan diferentes, ya que a estos siempre les interesaba lo que ellos mismos decían.

11

El lunes por la mañana, Brunetti llegó tarde a la *questura* y en su mesa encontró varios documentos grapados con pulcritud y con una nota de la *signorina* Elettra escrita a mano en la que decía que había conseguido la mayoría de la información en los registros municipales y gubernamentales y admitía que lo demás se lo habían proporcionado amigos.

Los documentos eran acerca de Dario Monforte, cuya vida había sido azarosa y había dejado un amplio rastro documental. Había nacido cincuenta y cuatro años antes en Mestre; su padre había sido conductor y repartidor de una de las lecheras y elaboradora de productos lácteos más grandes del noreste del país, y su madre limpiaba en la escuela de primaria de su barrio. Tenía dos hermanos y dos hermanas, y Dario era el más pequeño de los cinco.

El expediente escolar mostraba que, en cuanto a las notas, era un estudiante medio, pero cumplidos los doce años ya había participado en uno o dos «incidentes»; Brunetti conocía el idioma de la burocracia lo suficiente para saber que *incidentes* significaba «peleas». El chico siempre había insistido en que lo habían provocado y en que se defendía de insultos o golpes. Al mismo tiempo, era un alumno popular, tanto entre los chicos como entre las chicas. Era ingenioso, se mofaba de los maestros y del director y hasta del cura que acudía dos veces a la semana a dar la clase de Religión.

Cuando ya tenía la edad de ir al *liceo*, su temperamento parecía haber mejorado y lo aceptaron en el Morosini de Venecia, donde completó el bachillerato con buena nota y después sorprendió a los profesores con la decisión de no ir a la universidad y alistarse en los *carabinieri*. Toda esa información procedía del expediente educativo oficial y también de la memoria de Nino Pedrini, que durante años había ido a la misma clase que él y trabajaba en el archivo digital de la *questura*.

Con su expediente escolar, Monforte entró en el cuerpo policial y fue subiendo de rango con paciencia, hasta que, con solo veintiocho años, fue ascendido al rango de *maresciallo capo*.

Dado que era inteligente y estaba deseoso de medrar, al cabo de tan solo unos años lo ascendieron a intendente, lo asignaron al Gruppo Intervento Speciale y lo enviaron a Irak para ayudar con la misión de paz de la zona de Nasiriya, a unas horas de distancia de Bagdad. Allí le adjudicaron la tarea de asegurarse de que a los más de tres mil soldados italianos de los que había constancia de que habían participado en esa misión no les faltase ningún tipo de suministro, desde comida a ropa interior.

Brunetti paró de leer y miró el título de la página siguiente: «Operación Antigua Babilonia», el nombre de la intervención italiana en Irak. A continuación decía: «Secreto/Restringido/Disponible para el personal con rango de coronel o superior». Debajo, en letras rojas: «No compartir con las fuerzas iraquíes».

—*Maria Santissima* —dijo Brunetti tal como hacía su madre en momentos de gran sorpresa.

Entonces se dio cuenta de que aferraba la hoja de papel como si le fuera la vida en ello. Poco a poco, a fuerza de voluntad, fue soltando los dedos uno a uno, cogió el documento con la mano izquierda y lo dejó sobre la mesa, delante de él. Lo alisó con la palma, fijándose sobre todo en la esquina arrugada.

No era la primera vez que se preguntaba cómo hacía la *signorina* Elettra para conseguir toda esa información con tanta rapidez y eficiencia, y, si ella podía, ¿tenía todo el mundo esa misma habilidad? ¿Para qué la utilizaban?

Tampoco era la primera vez que no tenía respuesta para esa pregunta.

Continuó, aunque ya sabía lo que venía: el 12 de noviembre de 2003.

En julio de ese mismo año, proseguía el informe, hubo incidentes. Un avión militar italiano se salió de la pista de aterrizaje al tomar tierra en la base aérea de Brindisi. Tres soldados que volvían a casa resultaron heridos, aunque no de gravedad. Descubrieron que lo que viajaba en la bodega y se había descrito como «una caja de madera» contenía, aunque empaquetados por separado, cuatro paneles de mármol tallado, cada uno del tamaño de un ordenador portátil, y un joyero de terciopelo donde había treinta y siete sellos asirios de oro, tanto planos como cilíndricos, todos con el retrato del rey Asurnasirpal II, algunos en los que aparecía en su carro de caza, matando animales. En otra caja acolchada había siete copas metálicas de distintos tamaños. También encontraron dos tablillas más grandes en las que se representaban escenas de masacres, esta vez humanas. Lo que la documentación correspondiente denominaba «caja de madera» era en realidad uno de los ataúdes que se usaban para repatriar los cadáveres de los soldados italianos que morían en combate. La caja no llevaba ningún tipo de identificación: ni lista de los contenidos ni nombre del remitente ni de la unidad que debía reclamarla.

Una nota al margen del documento que Brunetti estaba leyendo decía que habían trasladado la caja al almacén de munición y que, al parecer, dos días después había desaparecido.

La desaparición, más que la llegada, dio pie a una serie de comunicados apresurados entre el centro de mando de Roma y los hombres a cargo de las tropas de Nasiriya. Al parecer, sin ningún tipo de resultado.

En agosto de ese mismo año, alguien se dejó un petate de los que llevan las tropas de infantería en un vuelo de Nasiriya a Aviano en el que viajaban treinta y cinco *carabinieri*. Cuando el personal de limpieza lo encontró, descubrieron que dentro había tres ejemplares del Corán: uno de Córdoba de 1367, otro de El Cairo de 1573 y otro de Isfahán de 1593. Todos llevaban el sello de la biblioteca de Bagdad. Nadie acudió a reclamarlos y los ejemplares pasaron sin ser vistos a manos de coleccionistas privados, donde aguardarían a que se restableciese la paz y la seguridad en Irak, momento en el que serían devueltos. Siguen en esas manos protectoras, en espera de que eso suceda.

Y en noviembre tuvo lugar el ataque suicida que la mayoría de los italianos recuerdan como la masacre de Nasiriya, donde los *carabinieri* tenían el cuartel general. Un camión de combustible, dos conductores, ambos muertos por disparos antes de que el camión pudiese chocar con el cuartel. Aun así, aun así, el vehículo estalló a la entrada del patio y en un instante se llevó por delante las vidas de, tal como Brunetti recordaba, dieciocho soldados italianos y un civil, por no hablar de las muertes que provocó en la calle ni de las víctimas que sobrevivieron, pero con quemaduras provocadas por el líquido que contenía el camión cisterna.

Brunetti cerró los ojos solo de pensar en los supervivientes. Una cisterna de combustible. Un viejo recuerdo de una foto de poco después de la explosión intentó metérsele en la cabeza, pero se lo impidió.

Para mantenerlo a raya, se concentró en el informe, ansioso por volver a ver el nombre de Monforte.

Sin embargo, en la siguiente página no aparecía más que el nombre, el rango y la edad de los *carabinieri* que habían fallecido en la explosión. Brunetti no fue capaz de leer la lista.

El nombre de Monforte reapareció al inicio de la página siguiente: era uno de los muchos *carabinieri* a los que habían trasladado en un avión medicalizado a Italia y a diversos centros de quemados de Europa. Dos años más tarde le habían dado permiso para jubilarse con la garantía de contar con los servicios médicos militares de por vida.

Alguien llamó a la puerta, y Brunetti dijo:

—*Avanti*.

Tal como pensaba, era Griffoni con su copia del informe en la mano. Cruzó el despacho y se sentó delante de él.

—Nasiriya, Dios mío —fue todo lo que pudo decir—. Alguien con quien yo iba a clase...

Soltó esa idea y se quedó un rato sentada sin dejar de menear la cabeza y contemplar los documentos que tenía en el regazo.

—Los hombres de Nasiriya no se merecían eso —dijo al final.

Brunetti creyó conveniente no mencionar que formaban parte de un ejército extranjero que había invadido y ocupado el país, y se limitó a decir:

—Quizá los hombres del camión tuvieran otras quejas.

Griffoni no dijo nada.

—El mes pasado se vendió un Corán por siete millones de libras esterlinas en Christie's —le dijo Brunetti, quien pensó que ella respondería, pero no fue así—. Y he leído que en la biblioteca de Bagdad había cientos de miles de libros y manuscritos.

—No importa cuánto cuesten —repuso ella, cosa que lo sorprendió—. Es su historia... y, de repente, se redujo a cenizas.

Brunetti cogió los papeles que la *signorina* Elettra le había dejado y esperó a que Griffoni lo mirase. Cuando ella lo hizo, le dijo:

—Tengo un amigo que trabaja para la Interpol. En el Departamento de Arte.

—¿Dónde? —preguntó ella, como si tuviera importancia.

—En Roma.

—¿Y qué hace?

Antes de que Brunetti respondiese «esto y aquello», Griffoni sonrió y dijo:

—Si me contestas «esto y aquello» o me dices que le interesan muchas cosas, me marcho.

Él asintió para indicar que comprendía, pero lo hizo de manera que ella no preguntase nada más. Cogió el teléfono y marcó un número; sonó seis veces y respondió un hombre.

—Ah, qué alegría que me llames. Hacía mucho tiempo.

Brunetti pensó con cierta inquietud que, a pesar de eso, se acordaba del número. ¿Acaso lo tenía grabado en la memoria para siempre?

—No me gusta molestar a la gente a menos que sea importante —dijo Brunetti.

—Ojalá predicases eso en la calle —repuso el otro.

En un segundo plano, el *commissario* oyó voces y, algo más lejos, una voz que daba una serie de anuncios cortos. Atendiendo a la prohibición no escrita que prevalecía en ese tipo de llamadas de no hacer preguntas sin importancia, Brunetti continuó:

—¿Sabes si en la actualidad están sacando cosas viejas de Irak? No tiene que ser que vengan directamente de allí, pero que en principio hayan salido de allí. —Después de una pausa, añadió—: Para el mercado europeo.

—¿Cosas muy antiguas? —preguntó el hombre.

—Sí.

—¿Pequeñas, medianas o grandes?

Como Brunetti no contestaba, el hombre dijo:

—¿Te refieres a la cabeza de Nefertiti, un dios o una diosa de tamaño natural o a los mármoles de Elgin?

El *commissario* tardó un momento en responder.

—Creo que la cabeza de Nefertiti y ejemplares del Corán. —En respuesta al «ajá» gutural que oyó, Brunetti dijo—: Te llamo dentro de veinte minutos.

Y colgó.

De inmediato, Griffoni se inclinó hacia delante.

—Creo que sé de alguien que estuvo allí —dijo.

—¿Dónde? —preguntó Brunetti.

—En Nasiriya.

—¿Quién?

—No lo conozco, la verdad. Pero el primo de mi casero, creo que se llama Lino, estuvo allí. Lo sé porque siempre lo visita el 12 de noviembre.

Antes de que Brunetti pudiese responder, ella propuso:

—Puedo pedirle al casero que averigüe si podríamos ir a hablar con él.

Él asintió con la cabeza, pero a Griffoni le quedó claro que no le interesaba mucho.

La *commissario* se puso en pie, levantó la documentación para indicar que estaba de acuerdo, salió del despacho y cerró la puerta.

Cuando ya habían pasado los veinte minutos, Brunetti llamó a su compañero, que le dijo que, tal como no se había atrevido a decir antes de comprobarlo, los objetos procedentes de saqueos en Irak se habían convertido en algo muy común en el mercado internacional de antigüedades y que era sorprendente la cantidad de ventas que se llevaban a cabo de forma abierta. Una serie de páginas de internet tenían listados de precios y fotografías de los artículos: estatuillas de bronce, vasijas pequeñas de cerámica que lo mismo podían ser de cualquier parte y de fabricación muy reciente o provenir de la Babilonia de hace dos mil años; incontables tablas cuneiformes; sellos; páginas sueltas de lo que podía ser el Corán o algún texto sobre procesos agrícolas. Todo eso estaba a un clic de distancia y mucha gente normal y corriente lo compraba para tener algo que colgar en la pared.

—Sin embargo, algunos de los mejores artículos están ocultos y su compraventa es tan secreta que no la podemos impedir.

Brunetti casi lo oía pasar las páginas de sus recuerdos.

—Me han dicho que hay unos cuantos marchantes especializados, por llamarlos de alguna forma, que hasta ahora no han sacado la mercancía buena de verdad. Algunas cosas se las arrebatamos, pero si tenemos en cuenta que se robaron quince mil piezas del museo, no es que estemos avanzando mucho.

Hizo una pausa y esperó a que Brunetti hiciera algún comentario. Al ver que guardaba silencio, dijo:

—Eso es todo lo que tengo de momento.

—¿Quince mil? —inquirió Brunetti.

Intentó no pensar de cuántos objetos estarían hablando si alguien hubiera saqueado la Accademia o San Marco. Con eso en mente, se le ocurrió preguntar:

—Por el amor de Dios, ¿para qué quiere un oficinista de Milán un vaso de cerámica que tiene dos mil años?

—Yo mismo me lo pregunto a menudo. He detenido a más de uno. Intentamos que sirvan de ejemplo para disuadir a la gente, y a unos cuantos les he preguntado por qué querían lo que sea que hubieran comprado.

—¿Y qué dicen? —preguntó Brunetti.

—La mayoría, que si tienen algo de hace dos mil años la gente pensará que son interesantes.

Brunetti cerró los ojos y se los frotó.

—Que Dios nos asista —dijo.

El otro se rio.

—He detenido a gente que ha vendido pedazos de la Vera Cruz —dijo—, así que supongo que Él no sirve de gran ayuda. *Ciao*, Guido.

—*Ciao*, Francesco —respondió Brunetti, y colgó.

12

Por costumbre, Brunetti fue directo al despacho de la *signorina* Elettra, donde ella lo recibió con un entusiasmo que a él no le pareció el habitual.

—Qué interrupción tan agradable; aunque quizá sea la recompensa por haber terminado los análisis de desempeño del *vicequestore* —comentó, aunque «análisis de desempeño» lo dijo en inglés.

—¿Qué es eso? —preguntó Brunetti, sabiendo cuánto le gustaba a Patta la jerga extranjera.

—Cuando yo iba a primaria, las llamábamos fichas —respondió. Al ver que él sentía curiosidad, continuó—: Hace unos años el *vicequestore* decidió que redactaría un párrafo que resumiese el desempeño profesional de ese año de cada agente y que los guardaría y los tendría a mano en caso de que se los pidieran sus superiores.

—¿Y los escribe él? —preguntó Brunetti confuso.

—No, no, no —contestó ella—. Me los dictó hace tres años, y yo... Bueno, supongo que podría decirse que yo los actualizo.

Brunetti se quedó helado; sentía curiosidad, pero no se atrevía a preguntar.

Cuando era evidente que no iba a hablar ni siquiera con rodeos, la *signorina* Elettra dijo:

—La verdad es que es muy sencillo y me ahorro mucho tiempo.

—¿Cómo?

—Cuando se le ocurrió la idea, tomé notas sobre lo que decía de cada persona y después hice una macro que cada año asigna los textos al azar a personas distintas. Fue muy sencillo, y como el *vicequestore* no se molesta en leerlos y tampoco contienen nada negativo, los informes se quedan olvidados en el archivo y no resucitan hasta el año siguiente. Pero nunca queda nadie en desventaja.

Brunetti cerró los ojos y dijo, hablándole al techo:

—Sé que muy pronto me despertaré y esto me parecerá del todo normal.

Sin hacerle caso, la *signorina* Elettra tapó el bolígrafo y apartó los papeles a un lado. Lo miró y sonrió, cambió la expresión y el tono de voz a los que él conocía mejor y preguntó:

—¿Qué puedo hacer por usted, *signore*?

—De momento nada, solo quería darle las gracias por el informe. No era consciente de que los archivos y los de Caltanissetta pudiesen ser un recurso tan abundante y... —empezó a decir Brunetti, pero no tenía ni idea de cómo continuar.

Ella sonrió: la protección de cualquier base de datos era un jardín en el que le encantaba jugar.

Él fue hacia la puerta.

—Disculpe, *commissario*, se me había olvidado decirle que Bocchese lo buscaba.

—¿Bocchese? —Brunetti no trató de ocultar su sorpresa—. ¿Le ha dicho lo que quería? —preguntó.

Se preguntó si Griffoni o él habían enviado algo al laboratorio y después se habían olvidado, o si Bocchese tenía que enmendar los resultados de algunas muestras que hubieran comprobado sus técnicos o corregir el calibre de una pistola en algún informe o decirle que el forense había llamado para avisar de que el cadáver que tenían en el depósito había muerto de un ataque al corazón.

—No —contestó ella—. Solo ha dicho que quería hablar con usted en cuanto llegase.

—Gracias —respondió Brunetti con total desconcierto.

¿Bocchese? ¿Una de las personas más sibilinas de la *questura* había dicho que quería hablar con él? Fue a su despacho y marcó el número del jefe de laboratorio, pero nadie le cogió el teléfono. Miró la lista de nombres y números de móviles que tenía guardados en el *telefonino*, pero el de Bocchese no estaba, solo el de su casa.

No le quedaba más remedio que bajar y preguntarle a Bocchese qué quería. La puerta del laboratorio estaba abierta. Dos técnicos de bata blanca trabajaban en una de las mesas del fondo. Entre ellos, sobre la mesa, vio algo que parecía una prenda de ropa, tal vez una chaqueta vaquera de color azul y talla grande. Uno tensaba la tela mientras el otro le pasaba una especie de aspiradora en miniatura arriba y abajo, arriba y abajo.

Brunetti los llamó desde la entrada:

—¿Dónde está el jefe?

El ayudante más joven, Rodella, respondió:

—¿No está en su despacho, *signore*?

Brunetti se acercó, miró dentro y, como era de esperar, allí estaba Bocchese, de pie delante de una mesa mucho más pequeña, pegando con cinta adhesiva el plástico de burbujas con el que había envuelto un objeto pequeño que parecía una caja de sal. Al otro lado del escritorio había un sobre marrón del tamaño suficiente para que cupiese dentro. Mientras Brunetti observaba, Bocchese metió el paquete en el sobre y lo cerró. El *commissario* permaneció callado a su espalda mientras Bocchese escribía su nombre en una hoja de papel del tamaño de una tarjeta de visita y la pegó en la solapa cerrada del sobre.

Hecho eso, se dio la vuelta para saludarlo.

—¿Querías hablar conmigo? —le preguntó Brunetti.

Tuvo cuidado de que pareciese que estaba encantado de poder hacer esa pregunta. En general se llevaba bien con Bocchese, por taciturno que fuese, pero había tardado mucho tiempo, por no decir años, en crear las circunstancias que lo hacían posible. Aun así, últimamente se había dado cuenta de que Bocchese estaba menos comunicativo y mucho menos amigable.

—Sí.

Iba ser una de esas conversaciones, se dijo Brunetti. Muy bien, agárrate, que vienen curvas.

—¿Te importa si me siento? Llevo todo el día de un lado para otro. —Se sentó en la silla para las visitas, permitió que su lado gruñón saliera a la luz y añadió—: Ni siquiera he comido.

—Para ti eso es un desastre, ¿no? —repuso Bocchese sin sarcasmo ni empatía; sin ningún tono indicativo de nada.

El jefe de laboratorio rodeó el escritorio y se sentó enfrente de él.

En ese momento, Brunetti se fijó en Bocchese y tuvo que morderse la lengua para no preguntarle si estaba bien. De menor tamaño y altura que Brunetti, encorvado, ese día Bocchese podría haber sido su padre, de tanto que parecía haber menguado; esa era la única palabra adecuada para lo que el *commissario* veía. La cabellera, que nunca había sido abundante, parecía más rala, aunque quizá fuese porque no se había lavado el pelo desde hacía días, se le pegaba al cuero cabelludo y reflejaba la luz de forma muy rara. Estaba pálido y demacrado, los ojos cansados. Tenía tan mal aspecto y parecía tan agotado que Brunetti no sabía qué decir.

—¿Querías hablar de algo en particular? —le preguntó.

Como el jefe de laboratorio no contestaba, buscó desesperado un tema neutro y dio con el amor de Bocchese por la belleza, sobre todo el que manifestaba por las estatuillas de bronce de los siglos XV y XVI, algunas de las cuales le había enseñado a Brunetti y por las que sentía un orgullo desmedido. Eran algunas de las pocas cosas que siempre trataba con afecto.

Con evidente entusiasmo fingido, Brunetti le preguntó:

—¿Tienes alguna estatuilla nueva?

Bocchese no se habría sorprendido más si Brunetti lo hubiera tocado con una picana eléctrica. Retrocedió en la silla y se aferró a los reposabrazos con tal fuerza que se le quedaron los nudillos blancos, y Brunetti pensó que había oído algún que otro chasquido de tanta presión.

—¿Por qué dices eso? —exigió saber Bocchese con la voz tan ahogada como blancos tenía los nudillos.

—No, por nada —dijo Brunetti alegre, o con la alegría que pudo, teniendo en cuenta que Bocchese estaba sentado a dos metros de él, paralizado de la sospecha—. Me gusta ver las piezas que vas encontrando. Siempre son muy bonitas.

Bocchese lo contempló con los ojos muy abiertos y los labios apretados.

—¿Te ríes de mí, Guido? —le preguntó con saña.

El tono asustó al *commissario*. Se le pasó por la cabeza que su compañero estaba sufriendo algún tipo de crisis, aunque Brunetti no tenía ni idea de qué señales habría de eso. Estaba claro que tenía la cara roja y el cuerpo tieso.

Durante un momento, pensó salir del paso con alguna broma, pero no se le ocurría cómo hacerlo. Al final, se inclinó hacia delante, puso la palma de la mano sobre la mesa como si lo hiciera sobre el antebrazo de Bocchese y dijo:

—Enzo, escúchame una cosa. Eres uno de los pocos amigos que tengo aquí. Tú, Vianello, la *signorina* Elettra, Griffoni, Pucetti y Alvise: pondría mi vida en las manos de cualquiera de vosotros.

Hizo una pausa hasta que le quedó claro que Bocchese lo había oído. Esperaba que también lo hubiese entendido.

—Así que no, no me río de ti. No sé a qué te refieres. En cualquier caso, te respeto y me alegro de conocerte.

—¿Y lo de las estatuillas qué?

—¿Qué estatuillas? —dijo Brunetti, demasiado afectado para acordarse con exactitud de lo que había dicho, aunque recordaba la reacción exagerada de Bocchese.

—Me has preguntado si tenía alguna nueva.

A juzgar por su tono de voz, parecía una acusación.

Tranquilo, sin levantar la voz, sonriente, Brunetti repuso:

—Hace diez años que te pregunto lo mismo. Desde que me enseñaste la primera y te dije que me parecía bonita.

De pronto, Bocchese apoyó los codos en la mesa y se tapó la cara con las manos. Brunetti oyó que respiraba cada vez más despacio, y entonces el jefe de laboratorio inspiró hondo y se destapó los ojos. Luego lo miró y dijo:

—Si tanto te gustó, ¿puedes decirme qué era?

Ay, ¿dónde estaban Paola y su memoria perfecta? Brunetti miró por la ventana que había detrás de Bocchese y se puso a reconstruir la escena.

—Tenías el escritorio allí —dijo, y señaló a la derecha—, y yo vi la estatuilla sobre la mesa, pero de lado, y me acuerdo de que te pregunté qué era, y tú me contestaste que esa no era la pregunta adecuada, que debería haber preguntado quién era. Me dijiste que era Venus y la conocías tan bien que parecía que fuese tu esposa.

Mientras Brunetti hablaba, Bocchese relajó la expresión, como si hubiera decidido que sí quería respirar el aire que tenía alrededor.

—Llevaba una especie de túnica larga que le

tapaba el pie izquierdo, y recuerdo que te pregunté cómo conseguían que los pliegues fuesen tan perfectos. Y tú me lo explicaste, aunque he olvidado lo que me dijiste.

Calló y miró a Bocchese, que ya se parecía más a sí mismo. El jefe de laboratorio se enderezó un poco.

—Sí —dijo—. Me acuerdo de esa Venus. Todavía la tengo. Florentina. De principios del siglo XV.

Después de eso, dejó de moverse y clavó la mirada en el fondo de la sala, donde los dos miembros de su equipo continuaban trabajando con la chaqueta, haciendo lo que fuera que tuviesen que hacer con ella. Brunetti los observó. El que sujetaba la chaqueta la abría para que no se arrugase, y el de la aspiradora la pasaba arriba y abajo por el interior de la prenda.

—¿Qué hacen? —preguntó, pensando que sería sensato hacer que los ánimos volviesen a la normalidad.

—Están tomando muestras de ADN de la chaqueta de un sospechoso al que pillaron intentando vender un reloj robado.

—¿Por qué?

—Se dedica a eso: se sube al *vaporetto* y le da a algún turista con la mochila; lo hace chocar contra otra persona y entonces lo agarra para que no se caiga; al mismo tiempo le quita el reloj y se lo pasa a alguien que va con él. Lo hace justo cuando el barco está atracando y son los primeros en bajarse, mucho antes de que la víctima se dé cuenta de que le falta el reloj. A este lo han detenido al menos diez veces e insiste en que no sabe de qué hablamos. Así que estamos buscando en su chaqueta el ADN del hombre al que le robó. Si lo encuentran en el tejido, significa que ha estado en contacto con él.

Brunetti miró a los del laboratorio y se dio cuenta de que llevaban guantes de plástico y manejaban la chaqueta con mucho cuidado. Intentó sonreírle a Bocchese con complicidad y le dijo:

—Las máquinas nos van a convertir en seres obsoletos.

Bocchese no respondió. Brunetti decidió que no iba hablar más, sino que iba a dejar que fuese su compañero el que reanudase la conversación.

Antes de que eso ocurriera, uno de los dos agentes se acercó al despacho y dio unos golpecitos en el marco de la puerta.

—Vamos a mandarla al laboratorio.

—¿La chaqueta? —preguntó Bocchese sorprendido.

—No, señor, la bolsa de muestras de la aspiradora. Ya está sellada y hemos rellenado la solicitud.

—Muy bien —respondió Bocchese con aire ausente, e hizo un gesto para que el hombre regresara a su puesto de trabajo.

Al parecer, se olvidó enseguida de lo que le había dicho su empleado, porque hizo un ruido extraño similar a un resoplido y, al final, dijo:

—Hace tiempo que quiero decirte una cosa, pero no encuentro... —La frase quedó a medias—. O sea —intentó Bocchese de nuevo—, nunca he tenido el momento adecuado para hacerlo.

—Espero que lo hayas encontrado ahora, Enzo —dijo Brunetti con brevedad y sinceridad.

—Se trata de mis vecinos —dijo el jefe de laboratorio.

—¿Los de casa? ¿Esos vecinos? —preguntó Brunetti para disimular la confusión.

¿Qué otro tipo de vecinos había?

—Sí, los de casa.

—¿Y qué hacen?

—No hacen nada. Supongo que eso es lo que pasa —dijo Bocchese, y después guardó silencio mientras reflexionaba sobre lo que había dicho—. Puede que también tengan miedo. Dios sabe que yo lo tengo.

Brunetti mantuvo el cuerpo casi inmóvil e intentó dar la sensación de que formaba parte de la silla.

—¿De qué tienes miedo, Enzo? —le preguntó al final.

Se planteó qué podía provocar que les tuvieras miedo a tus vecinos: ¿una pelea por una puerta que siempre se queda abierta, la escalera sin barrer, ruido por la noche, bolsas de basura delante del portal?

—De su hijo —dijo Bocchese, que parecía aliviado por haberlo dicho.

—¿Vive con ellos? ¿En tu edificio?

—Sí.

—¿Cuántos años tiene?

—No lo sé. Tendrá unos dieciséis.

—¿Qué clase de chico es?

Al oírse a sí mismo, Brunetti se planteó qué diría él sobre su hijo si le hicieran la misma pregunta. ¿Qué diría cualquier padre o madre?

—Es malo —dijo Bocchese en voz baja, como cuando la persona de la que estás hablando está escuchando a través de la puerta.

—¿En qué sentido?

—Les pega.

—¿A quiénes? ¿A sus padres?

Bocchese sacó un pañuelo del bolsillo y se lo pasó por la cara; Brunetti se fijó en que cuando se lo apartó de los ojos estaba mojado. El jefe de laboratorio volvió a doblar el pañuelo en un cuadrado pequeño, pero dejó caer la mano sobre el regazo y parece ser que se olvidó de que lo sostenía.

—Y a su hermano y a su hermana también —dijo Bocchese, que así respondía dos preguntas a la vez.

—¿Por algún motivo en concreto?

—Pues porque es malo, Guido. Así de fácil. Es alto y fuerte como un toro y le gusta hacerle daño a la gente.

—¿Y a ti te ha hecho algo, Enzo? —preguntó Brunetti.

—Todavía no. —Bocchese lo miró como si no entendiese por qué estaba hablando de eso—. Ha intentado ponerme la zancadilla en la escalera unas cuantas veces.

—¿Cómo?

—Me mete el pie cuando subo los peldaños o algún día que voy cargado corre escaleras arriba y choca conmigo.

—¿Y es por algún motivo? ¿Alguna vez has discutido con él o con alguien de su familia?

—No. Ya te lo he dicho: es un mal bicho. O igual le caigo mal porque soy policía.

De haber tenido un talismán mágico (o el rosario de su madre), Brunetti habría metido la mano en el bolsillo y lo habría acariciado. Alabado fuera Dios por sus vecinos decentes. Ocho familias en un edificio compartiendo escalera y ni una sola vez se habían gritado ni dado un portazo.

—Pero hacer no ha hecho nada, ¿no?

—No. —Entonces, cuando Bocchese había dejado pasar el tiempo necesario para pronunciar la siguiente palabra con el énfasis suficiente, añadió—: Todavía no.

A Brunetti le pareció quejoso y exagerado, pero no se podía negar que su compañero tenía miedo.

—¿Sabes si se ha metido en problemas con nosotros? —preguntó.

—Que yo sepa, no —contestó Bocchese.

Brunetti se alegró de ver que se había relajado bastante.

—¿Se lo has contado a alguien más?

Su compañero negó con la cabeza, como si la cobardía solo se pudiera admitir sin palabras. Se enderezó un poco en la silla y dijo:

—Me conoces desde hace años, Guido, y sabes que, con la edad que tengo, no soy un hombre especialmente valiente ni muy fuerte. Pero he estado en los pasillos de este edificio cuando han traído a asesinos que todavía iban manchados de sangre y no me daba miedo pasar por su lado. En cambio, ese chico me asusta.

—¿Te ha amenazado?

—No, pero a las estatuillas sí. Dos veces me ha mencionado la colección, cuando me lo encuentro en la escalera. —Antes de que Brunetti pudiera preguntar, Bocchese repitió—: Dos veces.

—¿Qué te dijo?

—Que debía de estar orgulloso de tener tantas cosas bonitas. Y que seguramente me preocupaba mucho por ellas. —Alzó ambos brazos y dio una palmada en la mesa con las manos—. ¿Cómo se atreve?

Brunetti no tenía ni idea ni tampoco tenía ningún consejo práctico que darle. El chico no había cometido ningún delito: podría no tratarse de nada más que de habladurías. Sin embargo, era evidente que a Bocchese le parecía mucho más. El jefe de laboratorio miró la mesa y dijo:

—Creo que sabe cómo entrar en mi apartamento. Y creo que ya lo ha hecho.

—¿Cómo?

—No lo sé. Las puertas son viejas y las cerraduras no son muy buenas. Pero esto es Venecia, por Dios santo. No tendríamos que tener miedo en nuestra propia casa.

—¿Qué has visto en concreto que te hace pensar que ha entrado en tu casa?

Mientras lo decía, Brunetti cayó en que parecía que interrogase a un sospechoso. Sabía que la respuesta a esa pregunta tardaría mucho en llegar.

Rodella se asomó a la puerta sin que Bocchese lo viera, ya que se había vuelto hacia el otro lado. Levantó la mano para hacer un gesto interrogativo, y Brunetti, al ver que Bocchese estaba ocupado aferrando el pañuelo, negó con la cabeza y le indicó que se marchase.

El *commissario* estuvo un buen rato en silencio, pensando en lo que su compañero le había dicho. Si el chico era así con dieciséis años, ¿cómo sería con veinte? Lo único que pudo decir fue:

—Eres agente de policía, Enzo, y tu rango equivale al de teniente. No creo que se atreva a hacerte nada. No tiene sentido.

—Que me ponga la zancadilla en la escalera tampoco tiene sentido, Guido. —Bocchese reflexionó un momento más y después dijo—: Por tu silencio, parece que no haya nada que yo pueda hacer. —Miró a Brunetti alicaído, se giró y agregó—: Para responder a por qué lo sé, te diré que alguien ha movido las estatuillas de sitio cuando yo no estaba.

—¿Cómo lo sabes? —le preguntó Brunetti a la nuca de Bocchese.

—Cada una tiene su sitio; siempre están todas en el mismo. Pero a veces llego a casa y me las encuentro movidas o en un sitio que no es el suyo. —Antes de que Brunetti pudiese hablar, Bocchese añadió con voz cortante—: No me digas que me lo he imaginado, Guido. Ha estado en casa y quiere que yo lo sepa.

—Intenta alejarte de él —le sugirió Brunetti, avergonzado de decirlo.

—¿Y qué me dices de sus amigos?

—Perdona, ¿qué amigos?

—Los de su pandilla. A veces pasan por casa cuando es de noche y llaman a todos los timbres del portal para anunciar su llegada.

—¿Y qué hacen después? —preguntó Brunetti, porque la mención de una pandilla lo preocupaba más.

—Pues él baja a la calle y se van corriendo al *campo*, y ya no sé nada de ellos hasta que vuelve. —Bocchese torció el gesto con desprecio—. Entonces, él también llama a todos los timbres.

Brunetti se hundió un poco en la silla y después se puso en pie de repente con sensación de derrota y de no servir de nada, como correspondía a la ocasión.

—Siento no poder ayudarte, Enzo, aparte de decirte que hay muy pocas posibilidades de que ese chico te moleste.

—Ya me molesta —ladró Bocchese.

—Vale. Me refería a lastimarte.

Hablaba con irritación y sin pensar que ese era uno de sus camaradas más antiguos, y Bocchese merecía mucho más de lo que Brunetti le daba en ese momento. Se inclinó y le tocó el hombro.

—Lo siento, Enzo. No debería haber dicho eso.

Bocchese se levantó, pero no se acercó a Brunetti ni intentó que le quitase la mano ni le tocó el hombro a él.

—Guido, vivimos tiempos muy locos y poco podemos hacer para cambiarlo. —Entonces, con un tono de voz muy distinto, dijo—: ¿Podría pedirte un favor?

—Por supuesto.

—Es una estupidez, pero eres el único al que conozco lo suficiente para pedírselo.

—Si es una estupidez, has dado con la persona correcta —repuso Brunetti.

Bocchese soltó una risotada que sonaba a ladrido de cachorro y que Brunetti no oía desde hacía tiempo.

—Tiene que ver con las estatuillas —dijo casi con vergüenza.

—¿Qué es?

—Me voy a deshacer de ellas, menos de unas pocas.

—Pero ¿qué significa eso?

—Lo que acabo de decir: voy a deshacerme de casi todas.

—¿Las vas a fundir? ¿A venderlas? ¿A tirarlas a la basura?

Antes de que Brunetti pudiera hacerle más preguntas, Bocchese dijo:

—*Stai zitto*, Guido. He buscado un comprador, pero hemos acordado que me quedo tres. Supongo que son mi renta emocional.

—¿Un comprador? —preguntó Brunetti.

Bocchese quitó los signos de interrogación y repitió:

—Un comprador. —El tono era un aviso de que no debía insistir en el tema—. Y sí, las vendo para que estén a salvo. Porque en casa ya no lo están.

Ante semejante decisión, el *commissario* no pudo más que preguntar:

—¿Y cuál es la estupidez que quieres que haga?

—Quiero que me ayudes a decidir.

—¿Todavía no lo has hecho? —repuso Brunetti, sorprendido porque su amigo hubiera llegado a ese punto después de tantos años de dedicación a esos objetos.

—Aún no las he seleccionado. Me gustaría que vinieses y me dieras tu opinión.

—¿Hablas en serio? —preguntó Brunetti, incapaz de disimular el asombro.

—No tengo a nadie más.

No quería que le diese detalles sobre eso y, con la idea de compensar algunas de las cosas que había dicho, Brunetti respondió:

—De acuerdo. —Entonces, al enfrentarse a los temas prácticos, le preguntó—: ¿Dónde?

—En mi casa, por supuesto —contestó Bocchese—. Igual tienes suerte y conoces a mi némesis.

—¿Cuándo quieres que vaya? —preguntó él sin saber cuál era la manera apropiada de renunciar a la pasión de toda una vida.

—Tiene que ser esta noche. El comprador se marcha a Londres pasado mañana y mañana quiere asegurarlas. Le he prometido que por la tarde quedaría con él en el banco y se las llevaría. —Dicho eso, Bocchese lo miró y esbozó una leve sonrisa—. Además, si espero mucho, a lo mejor cambio de idea.

—Pero... —empezó a decir Brunetti.

Bocchese lo interrumpió.

—Por favor, Guido. Así se termina. —Entonces, con valentía—: Puedes ayudarme a despedirme de ellas.

La decisión de Brunetti dependía de un cálculo muy preciso que tenía en cuenta la persona que se lo pedía, el tema en cuestión, el tiempo que tardaría en ir hasta allí y en volver a casa y la posible reacción de Paola. Así que tardó un poco en contestar:

—Podría ir a las nueve y media.

Bocchese accedió y sonrió, y sellaron el trato con un apretón de manos. El jefe de laboratorio le dio la dirección y le explicó cómo llegar, ya que sabía que el número del *sestiere* le serviría de poco. Brunetti dio media vuelta y fue hacia la puerta.

Bocchese bajó la mirada y vio el pañuelo en el suelo, apoyó la mano en el escritorio y se agachó a recogerlo. Cuando se levantó, Brunetti ya estaba en el otro extremo del laboratorio. Bocchese lo observó hasta que desapareció de su vista.

13

Brunetti había calculado el tiempo a la perfección: justo cuando Paola había puesto en la mesa una fuente grande de *fusilli* con *scampi* y los primeros espárragos de la temporada (españoles, pero igual de buenos) y se giraba a por el cuenco de *parmigiano* rallado de la encimera, le dijo que después de cenar había quedado con alguien. Raffi la distrajo con una pregunta, así que simplemente asintió a lo que su marido le había dicho y se concentró en dar de comer a su familia.

Después de la *torta di ricotta e limone* que le había dado a Paola una amiga inglesa que había crecido en Venecia, Brunetti fue con ella al salón y solo le dijo que había quedado con un compañero del cuerpo que quería tener una conversación informal con él. Pero que primero quería tomarse un café en la paz y la comodidad de su casa.

—¿De qué vais a hablar? —preguntó Paola,

con curiosidad por el hecho de que hubiera accedido a quedar con alguien después de cenar.

Brunetti sonrió y dijo:

—No lo sabré hasta que me lo diga, ¿no?

—¿Es bebedor? ¿O podría ser algo de drogas? —preguntó ella, con lo que demostró una idea muy limitada de lo que un hombre podía querer hablar con otro—. ¿Cuántos años tiene? —se le ocurrió preguntar al final.

—Diría que más de sesenta, pero no muchos más. Creo que no se relaciona con muchos delincuentes.

—Como la mayoría de las personas, gracias a Dios —repuso Paola, y añadió—: Pero me extraña, si trabaja en la *questura*.

Brunetti quiso decir algo, pero entonces se puso a mirar los tejados que se veían desde el sofá.

—No se me había ocurrido. Está rodeado a diario de pruebas de delitos: mide los cuchillos, busca restos de veneno y determina a qué arma corresponden las balas. —Al acordarse de otra tarea de la que se ocupaba Bocchese, añadió—: También es nuestro armero.

—¿Y eso qué significa? —preguntó ella, y apartó la mirada del número de *Il Gazzettino* de ese día, que se había guardado para el postre.

—Que comprueba el estado de las armas y les hace el mantenimiento.

—Tal como lo cuentas, parece que esto sea Dodge City, Guido —dijo ella, y sacudió las páginas del periódico para dar voz al desagrado que sentía hacia las armas—. ¿Cuántas veces has usado la tuya?

—¿Te refieres a la cantidad total de balas que he usado o a las veces que he ido al campo de tiro? —preguntó él para que le aclarase un tema del que sabía que tenían opiniones similares.

Como ella no decía nada, Brunetti decidió responder ambas opciones y cerrar el asunto.

—En todos estos años habré ido al campo de tiro unas diez veces. Tal vez quince.

—¿Y las balas?

—Nunca las he contado. A veces, si hay mucha gente esperando, me marcho sin molestarme en practicar, así que supongo que la cantidad estará por debajo de la media. Que tampoco sé cuál es.

—¿Qué harías si alguien te apuntase con una pistola? —preguntó Paola, pero lo dijo de modo que parecía algo imposible, como preguntarle qué animal le gustaría ser si pudiera ser el que quisiera.

—Intentar no moverme para que la persona no se asustara y me disparase —respondió Brunetti.

Al cabo de unos instantes, Paola contestó:

—La policía estadounidense ha demostrado que esa táctica no sirve.

—Ay, los estadounidenses —dijo, e hizo un gesto despectivo con la mano—. Allí la policía le dispara a todo lo que se menea. Sobre todo si está tumbado en el suelo.

Decidió que ese tema no conducía a nada, así que, tras mirar la hora, se levantó y dijo que volvería antes de medianoche.

Cruzó el puente de Rialto y atajó hacia San Marco para caminar junto al agua y, si se daba suficiente prisa, ver si la luna había salido de detrás del Lido. La naturaleza no lo decepcionó, y en la última parte del paseo había tanta luz (aunque las farolas también ayudaban) que, de haberlo querido, podría haber leído. Se sorprendió de la poca gente que veía; quizá los turistas aún estuviesen cenando.

Se metió en la primera calle después del Ponte del Sepolcro y enseguida llegó al Campo de la Bragora. Cuando estaba en la escuela, lo habían llevado allí, a la iglesia de San Giovanni, a ver el libro donde estaba registrado el bautismo de Vivaldi, aunque entonces ninguno sabía quién o qué era Vivaldi ni les importaba. Era otra gota en el océano sin fondo de la cultura en el que aquel grupo de plancton de quince años estaba destinado a flotar durante el resto de su vida escolar. Se acordó de cuánto lo abrumaban los nombres: *doge* tal, *doge* cual, que si este almirante o el otro, la batalla de Lepanto y la batalla de Zara y los triunfales e interminables edificios: basílica, iglesia, *palazzo*, muelles, almacenes; hasta los barcos tenían nombres nobles.

En aquella época se dejaba llevar, prestaba un poco de atención, a veces miraba a su alrededor y otras no, y de vez en cuando se dejaba sorprender por la majestuosidad o el esplendor e incluso la gloria de lo que veía; hasta que un día, solo frente a la basílica de Santa Maria dei Frari, de pronto comprendió la elegancia con la que la gigantesca iglesia descansaba sobre sus cimientos y hasta qué punto el *campo* vacío que tenía delante y por un costado no hacía sino aumentar su belleza. Y él formaba parte de ella. Y ella formaba parte de él.

Tanto lo había distraído el recuerdo de ese momento glorioso que ya había entrado en Calle della Morte cuando se dio cuenta de que se había pasado de largo y tuvo que retroceder hacia Bragora. Se detuvo al cabo de dos pasos para mirar alrededor del *campo*. Allí estaba la iglesia de Vivaldi, las tiendas de suvenires, la tienda de café a mano izquierda, un hotel enorme que parecía un monasterio y quizá lo había sido. Unos siglos antes. Había bancos bajo los árboles, vacíos por el fresco de la noche. De pronto lo sorprendió ver, con la iluminación fuerte del alumbrado público, cómo se combaba la superficie del pavimento por culpa de las raíces de los árboles, que empujaban hacia arriba.

Satisfecho con que guardaba la imagen correcta del *campo* en la memoria, Brunetti giró hacia Calle Terazzera y fue hasta el canal del fondo. Le llegaba un poco de la luz de la farola que había al otro lado del canal y, así, encontró el nombre de su compañero en el portal del último edificio y pulsó el timbre de arriba de los tres que había en la pared; le pareció oírlo sonar arriba. Esperó unos instantes, llamó de nuevo, esa vez durante mucho más tiempo, y volvió a oír el sonido.

Fue al otro lado de la calle, se apoyó en el edificio de enfrente y miró el tercer piso. Las luces estaban encendidas, aunque no había mucha luz, como si las lámparas estuvieran al otro lado de la habitación o las habitaciones. Pensó en llamarlo de viva voz, pero las ventanas estaban cerradas y, dada la altura a la que estaba el piso, no era probable que Bocchese lo oyera.

Tal vez hubiese salido a cenar y se hubiera retrasado, o puede que estuviese en la parte de atrás y no oyese el timbre. Brunetti fue hasta el canal para ver si había luces encendidas en la parte de atrás. Para estar a la distancia suficiente para comprobarlo tendría que haber bajado los peldaños que iban hasta el agua y volverse a mirar hacia atrás, pero la superficie cubierta de algas le advirtió que no lo hiciese. Volvió a llamar al timbre. Oyó un sonido lejano, dio media vuelta y atravesó el Campo de la Bragora y siguió la curva a la derecha hasta que llegó a Riva degli Schiavoni. Caminó en dirección a San Marco, se detuvo y miró hacia ambos lados de la *riva*, continuó caminando y giró de nuevo hacia la Calle del Dose y otra vez hacia el *campo*, hasta que estuvo una vez más debajo de las ventanas de Bocchese. Llamó al timbre de nuevo, pero en vano. Pasó lo mismo de antes: sonaba el timbre y no había respuesta. Pero si Bocchese le había dicho a las nueve y media, estaría en casa a las nueve y media.

Brunetti empujó la puerta, que estaba cerrada. Entonces hizo lo que les decía a los nuevos reclutas que jamás debían pensar y mucho menos hacer: sacó la cartera del bolsillo y cogió la tarjeta que le permitía usar el transporte público de toda la ciudad. Era fina, pero resistente y dura.

—Un poco como yo —musitó entre dientes.

Se agachó para insertar la tarjeta a la derecha de la cerradura. Esta se coló sin esfuerzo en el espacio y se oyó ese clic sordo tan fácil de reconocer y que tanto les gusta hacer a las cerraduras. La puerta se abrió.

Una vez estuvo en el portal, Brunetti se sintió muy tonto por no haber pensado que podía llamar a Bocchese, así que sacó el móvil, buscó el número de su casa y lo marcó, avergonzado de haber dejado esa solución tan sencilla para tan tarde. Oyó el primer toque y, al cabo de ocho tonos, un hombre respondió en voz muy baja.

—¿Sí?

—Soy yo, Enzo. Guido.

—Sube.

Era la voz de Bocchese, pero sonaba tensa y, sí, nerviosa.

Se oyó otro clic en la puerta, pero ya estaba dentro; la cerró.

—Subo —dijo, por algún motivo en voz tan baja como Bocchese.

Subió los primeros escalones. En un rincón del primer descansillo había un trapo sucio. No le hizo caso.

La luz de la luna alumbraba la escalera y el diminuto interruptor iluminado de la pared que encendía las luces.

Como la escalera estaba en la parte delantera del edificio, Brunetti oía ruidos sueltos de la calle. De vez en cuando, algún barco de los que estaban amarrados en el canal chocaba contra el muro. Continuó subiendo y vio el apellido Porpora junto a una puerta de la que salía el típico bombo rítmico de alguna música rabiosa. La otra puerta de ese rellano estaba decorada con un ramillete de globos azules que celebraba el nacimiento de un niño. Se dirigió al último tramo de escalera.

Del piso de abajo le llegó una risa de las que se producen con máquinas para las series de televisión. Intentó fijarse en si las carcajadas ocultaban algún otro ruido, pero no. Arriba del todo, justo delante de él, había una puerta y al lado una placa pequeña de metal con el apellido «Bocchese» grabado.

Se acercó a la puerta y, por cómo le había hablado su compañero, llamó con los nudillos sin hacer mucho ruido y dijo en voz baja:

—Soy yo, Enzo. Guido.

Oyó un roce detrás de la puerta y la voz dijo:

—Apártate, por favor.

Sin dudarlo, él retrocedió y se quedó quieto, sin ninguna expresión en el rostro.

La puerta se abrió el medio palmo que permitía la cadena. Unos dedos aparecieron en la rendija, la puerta se abrió más y por fin vio a Bocchese, que lo miraba desde un recibidor a oscuras. Cerró la puerta para quitar la cadena y la abrió de par en par. De la mano de Bocchese colgaba una pesada pistola que apuntaba al suelo.

Brunetti esperó inmóvil a que le dijese qué debía hacer, consciente de sobra de que una situación como aquella podía volverse letal con solo dar una orden o mover una mano.

Con su voz normal, Brunetti dijo:

—No llevo pistola, Enzo, así que quizá podrías guardar la tuya.

Bocchese se miró la mano y el *commissario* se dio cuenta de cuánto se sobresaltaba al ver la pistola. Bocchese se apartó de la puerta para que Brunetti entrase en el apartamento.

—Dios mío, Guido, lo siento —dijo Bocchese, y dejó el arma en una mesita que había cerca de la puerta—. No está cargada. Nunca me dan munición.

Bocchese cerró la puerta con llave antes de dirigirse a Brunetti. Entonces, con la iluminación más intensa del apartamento, Brunetti vio las manchas oscuras que tenía Bocchese en la pechera de la chaqueta gris que llevaba puesta. Cuando estuvo más cerca, vio que tenía la nariz hinchada y restos apenas visibles de sangre en el labio.

—Ese cabrón me ha puesto la zancadilla —dijo Bocchese sin preámbulos y con un tono de voz enfurecido que Brunetti jamás había oído.

—¿El chico de abajo?

Bocchese asintió con la cabeza.

—Cuando he entrado y he empezado a subir la escalera, lo he visto arriba, bajando. No nos hemos dicho nada, como de costumbre, pero cuando he pasado por su lado, ha chocado conmigo, y he perdido el equilibrio y me he dado con la barandilla en la nariz. —Estiró la mano y le cogió el brazo a Brunetti—: No es nada, Guido. Me imagino que tiene muy mal aspecto, pero no es nada. Ni siquiera me he caído, solo me he dado en la nariz. —Entonces, sonriendo, añadió—: He salido mucho peor parado de algunas peleas, créeme.

Al ver la sonrisa, Brunetti lo creyó. A fin de cuentas, Bocchese había crecido en la Giudecca.

—Tengo un montón de sangre en la chaqueta, pero no me he roto nada, ni siquiera la nariz. Aunque me duele una barbaridad.

—¿Os ha oído alguien?

—¿Con esa música a toda pastilla?

—¿Qué más te duele?

—El orgullo —dijo Bocchese, e intentó reírse del asunto.

Ninguno de los dos dijo nada durante un rato, hasta que Bocchese añadió pensativo:

—El muy condenado sabe que es poco menos que intocable hasta que cumpla los dieciocho.

—Hoy en día lo saben casi todos —convino Brunetti, y le preguntó—: ¿Vas a poner una denuncia?

Bocchese se rio solo de pensarlo: la risa verdadera de un cínico al que acaban de dar la razón.

—Es menor. No serviría de nada.

—Al menos saldrá en su expediente —dijo Brunetti.

Bocchese se rio aún más fuerte.

—Que nadie tiene permiso para ver. —Levantó las manos y agregó—: Pero tú eso ya lo sabes, por el amor de Dios.

Entonces, como si se hubiera acordado de cómo hay que comportarse con los invitados, le preguntó:

—¿Te apetece tomar algo, Guido?

—No, gracias, Enzo. Si me tomo algo ahora, me pasaré la noche en vela.

Siempre era conveniente empezar una conversación con una mentira, se dijo Brunetti. Fue al sofá y se sentó.

Bocchese cruzó el salón y cogió una silla. Se sentó delante de él, lo miró y dijo:

—Eres la primera persona de la *questura* que viene a casa.

—Pues es un honor, Enzo —respondió Brunetti con un tono de voz que esperaba que hubiese sonado alegre.

Desde que había entrado, había estado todo el rato fijándose en una casa que podría haber pasado directamente de los padres de Brunetti a Bocchese: el mismo parqué barato, las ventanas sin doble cristal, tapicería abultada de terciopelo verde en el sofá y las sillas. Antes de que se hiciese el silencio de nuevo, Brunetti continuó hablando con interés y sin parecer impaciente.

—Me has dicho que el comprador te deja quedarte con las tres que tú quieras —dijo—. Debe de ser una elección muy difícil.

—Sí —admitió Bocchese, y sus manos se buscaron entre sí para ofrecerse apoyo—. Y, además, ya ni siquiera es necesario que lo hagamos hoy. Le han cancelado el vuelo y se queda dos días más. Podemos ir al banco un día más tarde.

—Pero ¿por qué no lo hacemos hoy de todos modos? Ya que estoy aquí. —Brunetti miró la hora y dijo—: Son más de las diez, Enzo. Pongámonos a ello y así ya está hecho.

Bocchese carraspeó, pero fue incapaz de hablar. Se levantó, fue hacia la parte de atrás del apartamento y le hizo un gesto que lo invitaba a seguirlo.

Brunetti se puso en pie y fue con su compañero por un pasillo que conducía, pensó, hacia el canal. Bocchese se detuvo delante de la segunda puerta de la derecha, se volvió para ver si Brunetti había llegado, la abrió, metió la mano y palpó la pared hasta que se encendió la luz.

Brunetti lo siguió y vio que era una habitación grande: era posible que en algún momento hubieran derribado una pared para convertir dos estancias en una. Había una única mesa larga de madera cuya superficie estaba cubierta de una manada, un rebaño, una bandada de estatuillas de bronce. Lo primero que Brunetti vio fueron los humanos: dioses y diosas sentados o de pie; un hombre musculoso que, con la rodilla hincada, estrangulaba al león de Nemea; un Apolo bastante tontorrón pero muy bonito con una capa de oro en un brazo. Entonces reparó en una cabra que parecía tramar alguna travesura, un caballo de batalla muy robusto y un león durmiente. Debía de haber veinte o veinticinco.

En la última fila, algo apartada del resto, reconoció a la Venus y no pudo evitar considerarla suya, no en el sentido de que pensase que le pertenecía de algún modo, sino porque era la primera estatuilla ante la que había tenido una reacción emocional. Estaba igual que la primera vez que la había visto: inalcanzable, tan hermosa como podía ser una mujer, pero siempre tan distante y reservada como la diosa que era en realidad.

—¿Las has vendido todas? —le preguntó a Bocchese.

—Sí. Bueno, hemos acordado la compraventa, excepto de las tres que me quedo. A menos que me convenzas de que cambie de opinión. —Bocchese resistió la tentación y continuó mirando a Brunetti—. ¿Adivinas cuáles son?

—Déjame ver otra vez.

—A ver si salvaríamos las mismas —dijo Bocchese, y por primera vez esa noche, su expresión se relajó.

Brunetti se acercó a la mesa y recorrió uno de los costados mientras miraba las figurillas humanas.

—¿Me dejas tocarlas? —le pidió a Bocchese.

—Por supuesto.

Brunetti estiró el brazo y lo subió y lo bajó como si fuera una grúa, hasta que izó una estatuilla que parecía una mujer que llevaba un casco y un escudo.

—La salvaría a ella —dijo—. Y, cómo no, a mi vieja amiga: la Venus —añadió antes de sacarla de su sitio y ponerla junto a Atenea.

—¿Y la tercera? —le preguntó Bocchese.

—Seguramente la de Hércules —dijo Brunetti, y la cogió de su lugar en la penúltima fila y la estudió—. Los músculos son casi vulgares, ¿verdad? —le preguntó, y le mostró el dios.

Bocchese hizo un ruido que parecía una risa, cogió la estatua y la colocó al otro lado de la Venus.

—Coincidimos en la Venus y la Atenea, pero para mí la tercera es esta, sin duda —declaró, y cogió la figura de un perro que parecía ladrarle a la grey de humanos que tenía delante—. Nunca había visto nada igual. Podrían haberlo hecho ayer mismo.

Brunetti estaba a punto de decir que quizá fuese cierto, pero intervino la diosa de la sensatez y él guardó silencio.

—Es bonito, eso seguro.

Brunetti se agachó para estar a la altura de la mesa y miró las cuatro estatuillas que habían situado al borde. Giró un poco el perro y le gustó más que antes. Incluso con los músculos de más, el Hércules seguía siendo hermoso, y la Atenea era una maravilla. Pero la Venus era la que le tenía el corazón robado desde el principio.

Apoyó la mano en la mesa, se puso en pie y se sorprendió al oírse preguntar:

—¿De verdad las vendes?

—Sí.

Brunetti se dio cuenta de que preguntarle por qué lo hacía sería una invasión de su intimidad que lo obligaría a enfrentarse a su cobardía, pero la idea de que su amigo tuviese tanto miedo que estuviera dispuesto a renunciar a algo que amaba lo hacía enfadar y lo preocupaba.

Antes de que hablase, Bocchese se adelantó:

—Supongo que es lo que sienten los padres cuando se les casa una hija. La chica se va a una casa nueva y ya nunca más será suya. La espera es muy dolorosa.

Sin decir nada, Brunetti dio unos pasos hacia la puerta y, al final, dijo:

—Gracias por concederme la oportunidad de verlas todas. —Entonces se arriesgó y añadió—: Creo, Enzo, que no deberías venderlas.

Bocchese alzó la mano e hizo que se detuviese entre la mesa y la puerta. Señaló las figuras y, con aire de haber decidido que no haría caso del consejo de Brunetti, le preguntó:

—¿Hay algo que te llame la atención de cómo están colocadas?

El *commissario* se volvió y estudió los objetos de la mesa hasta que se dio cuenta de una cosa.

—Has puesto casi todas las mejores al final —respondió.

El rostro de Bocchese se iluminó con una sonrisa. Le puso la mano en el brazo y le dijo:

—Gracias, Guido. Gracias.

Con auténtica confusión, Brunetti le preguntó:

—¿Por qué?

—Por darte cuenta.

—¿De qué?

—De que las mejores están al final.

—No te entiendo, Enzo.

—Están en orden cronológico. —Enseguida añadió—: Excepto la Venus, que fue una de las primeras.

Brunetti levantó la barbilla para indicar que quería que se lo aclarase más.

—Las de delante son las que compré primero y, a partir de ahí, están colocadas según el año en que las compré; las más recientes son las de atrás.

Tras unos instantes que se le hicieron muy largos, Brunetti soltó un «ah» y después dijo:

—Es como una historia de tu gusto, ¿no? —le preguntó—. Y ha ido mejorando.

Bocchese apartó la mirada sin dejar de sonreír, se metió las manos en los bolsillos y se acercó a la mesa. Se detuvo y contempló la colección de figuras. ¿Su familia? ¿Su pasado? ¿Sus seres queridos? ¿Su locura? Brunetti no tenía ni idea.

Bocchese señaló las estatuillas, que ocupaban casi toda la superficie de la mesa.

—No me he dado cuenta hasta esta noche —dijo.

De pronto, sin intención alguna de prolongar la conversación, Brunetti dijo:

—Todo llega a su fin, Enzo.

Le dio las buenas noches, le estrechó la mano con verdadero afecto y se marchó a casa.

Paola estaba dormida con un libro abierto sobre el vientre. Le quitó las gafas, dobló las patillas, las dejó en la mesilla de noche y le apagó la lamparita. Se metió en la cama, se tumbó bocarriba y cerró los ojos. Diez minutos más tarde, se giró hacia el costado derecho, pero aún veía a Bocchese con la chaqueta ensangrentada, contemplando su colección.

Cuando el campanario más cercano dio las dos, Brunetti encendió la lamparita y metió al marqués de Custine en la cama entre su esposa comatosa y él. Al cabo de unas cuantas páginas, se dio cuenta de que Paola Falier, hija de un conde y descendiente de un noble que había sido *doge* mil años antes, había recibido una gracia divina por no tener que oír a su marido leer, en voz alta si él hubiese decidido hacerlo así, una pregunta de Custine: «¿Qué explosión de venganza contra la autocracia prepara una aristocracia cobarde al abdicar de sus responsabilidades?».

14

A la mañana siguiente, Brunetti llegó a la *questura* mucho antes de las nueve para tener tiempo de ir a hablar con Bocchese y ver cómo estaba de ánimo. El *commissario* sentía el peso emocional de su encuentro, y solo Dios sabía cómo podía reaccionar al rato que habían pasado juntos y a exponer sentimientos tan profundos una persona tan contenida como Bocchese. Cuando Brunetti llegó al laboratorio, el jefe no estaba en su despacho. Los técnicos no tenían ni idea de dónde podía estar; siempre llegaba a tiempo. No, no había llamado ni les había enviado un mensaje a ninguno.

Con mucha naturalidad, Brunetti dijo que la noche anterior había ido a verlo a su casa porque le había pedido que se pasara por allí para hablar de una cosa. Y le había parecido que estaba bien. Los técnicos no pudieron disimular la sorpresa al enterarse de que Bocchese, famoso por ser tan solitario, lo hubiera invitado a su casa.

—Pedidle que me llame cuando llegue, ¿vale?

—Sí, señor.

A las once, el rumor de la ausencia de Bocchese ya había corrido por toda la *questura*. Como no había nadie para darles órdenes, los técnicos decidieron llevar a cabo un inventario, si podía llamarse así, de los instrumentos y herramientas del laboratorio y, al mismo tiempo, elaborar una lista de las cosas que había que cambiar o desechar, ajustar o afilar.

Mientras tanto, Brunetti llamó a Bocchese a casa, pero en vano. No hubo respuesta.

Al final, presa del nerviosismo general, fue al despacho de la *signorina* Elettra para ver si ella tenía otro número. Dio la casualidad de que Patta llegaba a su despacho justo cuando ella le explicaba que solo tenía el número del teléfono fijo. Al oír de quién hablaban, Patta les preguntó por qué querían el número del jefe de laboratorio, cosa que los sorprendió a ambos porque no pensaban que supiera eso de Bocchese.

Los sorprendió de nuevo al añadir:

—Siempre está aquí, ¿verdad?

—Pues parece que hoy no —respondió la *signorina* Elettra—. Lo he llamado a su número particular unas cuantas veces, pero no contesta.

El *vicequestore* guardó silencio unos instantes y después dijo:

—Hace unos años me arregló un reloj. —Entonces, tal como Brunetti sabía que haría, añadió—: Es un IWC, y no le dejaría a nadie en toda esta ciudad ni siquiera que lo abriese para echarle un vistazo.

El *commissario* se percató del énfasis con el que había dicho las palabras «en toda esta ciudad», como si estuviera en un pueblo del Amazonas.

La *signorina* Elettra sonrió.

—Es muy habilidoso —comentó.

—¿Podría estar enfermo? —preguntó Patta.

—Que yo sepa, nunca se pone enfermo.

—En ese caso, alguien debería ir a ver cómo está —dijo el *vicequestore.*

Brunetti vio que Patta formaba unos cuernos con el índice y el meñique para protegerlo de la mala suerte y él deseó lo mismo para Bocchese.

—Voy a pedirle a Foa que vaya —dijo ella—. Él puede ir en un momento.

—Muy bien —repuso Patta, contento de haber reaccionado como un líder decidido. Entonces, en el último momento—: ¿Por qué no lo acompaña usted, Brunetti? Quiero que sepa cuánto nos preocupa su bienestar.

Brunetti le estudió el rostro unos instantes, después estudió lo que había dicho y se convenció de que su superior estaba preocupado de verdad por el bienestar de uno de sus agentes.

—Es muy considerado por su parte, *dottore* —dijo.

Intentó disimular cuánto lo sorprendía que, después de tantos años, por fin pudiera decirle eso con sinceridad.

Poco después, Foa y él subieron a bordo de una de las lanchas policiales y se dirigieron a casa de Bocchese, a pesar de que ambos sabían que a pie se tardaba lo mismo. Hacía una mañana cálida y luminosa, llena de promesas de cosas buenas: el sol, el calor, el regreso paulatino de las flores al lugar que les pertenecía. Foa no se apresuró, y Brunetti se quedó en la cubierta con la nariz en alto para atrapar todas las fragancias que pudiese y con los ojos abiertos a los colores que el invierno le había arrebatado durante meses.

Foa entró en Rio della Pietà, frenó y detuvo la barca. Sin que se lo pidiese, Brunetti agarró la soga, saltó a la *riva* y amarró la lancha a la argolla de metal que había en el suelo. Antes de que Foa pudiera preguntárselo, le dijo:

—Es este edificio de la derecha.

Foa apagó el motor y cerró con llave la puerta de la cabina. Después, subió a la *fondamenta* con Brunetti.

De pie donde había estado unas horas antes, Brunetti llamó al timbre y escuchó, atento a cualquier ruido que les llegase de arriba. No oyeron más que una especie de repiqueteo lejano. Brunetti pulsó el timbre de nuevo y apretó con el dedo durante unos segundos; el resultado fue el mismo sonido lejano.

—¿Qué hacemos, *commissario*? —preguntó Foa.

—Seguimos las órdenes del *vicequestore* —contestó Brunetti sin dudarlo, y sacó la tarjeta de transportes del bolsillo.

Cuando llegaron a la puerta del apartamento, golpeó la puerta con los nudillos con la autoridad y la confianza de un agente de policía que está haciendo su trabajo y después llamó dos veces a Bocchese de viva voz. No surtió efecto alguno. Empujó la manija y la puerta se abrió sin ofrecer resistencia.

La noche anterior no se había percatado de que en el pasillo no había ninguna fuente de luz diurna, al menos no si las puertas de las habitaciones que había a ambos lados estaban cerradas, igual que en ese momento. Ciego en aquella oscuridad repentina, Brunetti palpó la pared de la derecha hasta que dio con un interruptor, lo accionó y consiguió que dos bombillas cansadas hicieran lo que podían por iluminar el pasillo que tenían delante.

—¿Qué es esto? —preguntó Foa.

Estaba mirando la pared de la derecha y después la izquierda, donde había ocho plataformas blancas clavadas con clavos a la pared. Brunetti no las había visto la noche anterior.

—Supongo que es donde pone algunas de las cosas que más le gustan.

—¿Qué tipo de cosas?

—Estatuillas de bronce, las que se lleva a veces al laboratorio para hacerles trabajillos.

—¿Cómo sabe eso, *commissario*?

—De vez en cuando me habla de ellas, las describe.

—¿Qué tipo de cosas dice de ellas?

Brunetti no tenía ni idea de adónde iba la conversación. ¿Acaso Foa nunca había sentido la atracción de un objeto hermoso?

—A mí me ha hablado de lo realistas que son. De la pose de los personajes, de que la ropa parece de verdad, de lo apuestos que son los rostros.

—¿Aunque sean tan pequeñas como para caber en esas estanterías? —preguntó Foa, e hizo un gesto indefinido que abarcaba las plataformas vacías.

—Sí.

El piloto asintió con la cabeza.

—O sea, que las cosas pequeñas también pueden ser bonitas, ¿es eso?

Brunetti sonrió y dijo:

—Los bebés lo son, ¿no?

Tras un momento de confusión, Foa lo entendió y soltó una carcajada.

—Bien jugado, *commissario*. Bebés y estatuillas; espero que me acuerde para contárselo a mi esposa cuando llegue a casa.

Por muy agradable que fuese descubrir una nueva faceta de Foa, todavía tenían que encontrar a Bocchese o averiguar adónde había ido.

—Vamos a echar un vistazo —propuso Brunetti, y fue por todo el pasillo abriendo las puertas y mirando en las habitaciones.

La cocina estaba en orden: no había comida fuera ni platos en el escurridor de encima del fregadero. En la mesa había un mantel gris de hule; en el centro, una bandeja de estaño donde había sal, *pepperoncino*, aceite de oliva y mondadientes, todo con una leve película de polvo.

A medida que recorrían las estancias se les hizo cada vez más difícil considerarlo una visita policial ordinaria cuando, en realidad, era la invasión de la intimidad de un amigo.

No obstante, esa idea se hizo añicos cuando entraron en lo que debía de ser el dormitorio. Tendido en el suelo en lo que las novelas policiacas acostumbran a llamar «un charco de sangre» se hallaba Bocchese. Estaba vestido, todavía llevaba la chaqueta manchada de sangre de la noche anterior y yacía bocarriba como si nadase de espaldas, con el brazo izquierdo estirado hacia arriba; tenía la cabeza girada hacia la derecha y ese lado de la cara quedaba oculto.

El brazo derecho estaba junto a la pierna derecha con la palma hacia abajo, como si estuviera a punto de levantarla hacia atrás y meterla de nuevo en el agua para darse impulso y alejarse de donde estaba.

Tenía la parte delantera del pantalón manchada de orina. Olía.

Brunetti vio que la sangre ya no estaba líquida, sino que se había solidificado y formaba una pasta repugnante en el lado derecho de su cabeza, un halo torcido que se había escurrido por debajo del hombro derecho. No había más manchas de sangre en el resto de la habitación y el círculo de debajo de la cabeza tenía tan solo el tamaño de un plato llano.

Cuando miró a Foa de soslayo, Brunetti lo vio doblado y haciendo un sonido grave y gutural, como si le hubieran propinado un puñetazo en el estómago; luego oyó una respiración honda y jadeante que parecía insuficiente.

—*Oddio, oddio* —musitaba Foa.

Brunetti no hizo ademán de invocar a ninguna deidad, sino que recordó el protocolo que les habían enseñado a utilizar si encontraban una escena como aquella. Se arrodilló, le cogió la mano a Bocchese y le buscó el pulso con dedos nerviosos. Esperaba notar algún tipo de movimiento, aunque fuese lo que apareciera en la lista justo antes que «nada».

Brunetti sintió un gran remordimiento: no se había despedido de forma adecuada al marcharse y le había hablado a Bocchese con tranquilidad y le había dicho, y en ese momento, al recordarlo, le pareció algo horrible, que todo llegaba a su fin. Pero mientras recordaba eso, percibió que la mano que sostenía estaba caliente, que no era la carne fría de los muertos. Cerró los ojos y se levantó algo tambaleante. Sacó el móvil y marcó el número del servicio de ambulancias del hospital, dijo quién era, que alguien había atacado a un agente de policía y que enviasen una ambulancia de inmediato. Les dio indicaciones y les dijo que verían la lancha policial y que podían atracar justo detrás.

Oyó un ruido a través del teléfono cuando la persona que había cogido la llamada usaba otro teléfono para avisar al piloto de la ambulancia y darle el parte; repitió lo que Brunetti había dicho acerca de que la víctima era un agente de policía.

La voz volvió a ponerse al teléfono y le dijo que la ambulancia saldría en cuestión de minutos y que no debería tardar más de diez en llegar a Bragora.

Con eso ya hecho, Brunetti llamó al número de emergencias de la *questura* y anunció que iban a llevar a Bocchese al hospital; al parecer, lo habían atacado en su propia casa. No, no sabía nada, solo eso. Y entonces pidió que mandasen a la policía científica a casa de Bocchese. Eso lo destrozó: pedir la unidad que normalmente dirigía Bocchese, la persona que acudía a señalar las cosas que los demás habían pasado por alto y a instruir a sus hombres con paciencia acerca de las sutilezas de la violencia y de la muerte.

Brunetti le dijo al agente que esperase un momento, se metió el móvil en el bolsillo de la chaqueta y se secó la cara con las mangas. Cuando estuvo más calmado, cogió de nuevo el móvil, repitió la dirección y le pidió al operador que le enviase un mensaje al *dottor* Rizzardi a través del busca; seguro que se encontraba en el hospital y Brunetti quería que estuviera en el muelle cuando llegase la ambulancia. Cuando colgó, llamó al número de Rizzardi y, tal como se temía, no hubo respuesta. Le dejó un mensaje de voz y le envió un mensaje de texto para que hablase con el médico que se hiciese cargo de Bocchese y para pedirle que cuidara de él.

Volvió al dormitorio, cogió la manta de la cama y con ella tapó a Bocchese hasta la barbilla. Foa estaba frente a una de las ventanas, contemplando el edificio de delante, a todas luces aún incapaz de hablar.

—Foa, ve a buscar agua a la cocina.

Como si Brunetti hubiese pronunciado un conjuro mágico, el piloto salió del dormitorio y volvió casi de inmediato con un vaso.

Brunetti se lo cogió y se acercó a Bocchese. Se arrodilló, sacó el pañuelo, sumergió una de las esquinas en el agua y lo usó para lavarle los labios. Intentó recordar todas las cosas que le habían enseñado sobre emergencias y heridas y qué hacer cuando ocurría un desastre, pero no se acordaba de nada.

Mojó el pañuelo en el agua y dejó el vaso a un lado. Con cuidado, retorció el tejido empapado y a Bocchese le cayeron unas gotas en los labios. Pasó el tiempo, Foa había desaparecido, pero se olvidó de él y escuchó el ruido tan leve que hacía Bocchese al respirar.

Oyó la sirena, se acercó a la ventana y escuchó los sonidos: el momento en el que apagaban la sirena justo antes que el motor, las pisadas y las voces ensordecidas y los pasos de los hombres que iban hacia el portal. Después por la escalera y a la puerta, y de pronto estaban en el dormitorio con ellos.

Un médico joven se arrodilló igual que Brunetti, junto a Bocchese. Le buscó el pulso, le abrió la chaqueta y la camisa y le colocó el estetoscopio en el corazón. Le abrió primero un ojo y después otro y los alumbró con una linterna pequeña. Brunetti se alegró al ver que Bocchese cerraba primero uno y luego el otro. Mientras el doctor se ocupaba de eso, dos ayudantes vestidos con una bata blanca entraron en la habitación y colocaron una camilla en el suelo.

El médico miró a Bocchese y agachó la cabeza hasta que estuvo a tan solo unos centímetros de su cara. Despacio y en voz baja, le dijo:

—Su corazón suena bien, *signore*, pero tenemos que llevarlo al hospital para examinarlo mejor. Puede que le duela cuando lo levantemos. Si me ha entendido, haga un ruido o abra los ojos.

Los dos hombres estaban preparando la camilla y el doctor les hizo un gesto para que parasen. Se quedaron quietos. De alguna parte del cuerpo de Bocchese salió un sonido casi inaudible que quizá fuese un gemido.

El médico hizo otro gesto y enseguida acercaron la camilla al hombre herido.

—Puede hacer tanto ruido como necesite, *signore*. Lo siento, no podemos darle analgésicos hasta que le hagan una radiografía de la cabeza.

Se puso de pie, los dos camilleros levantaron a Bocchese, que esa vez se quejó más alto, lo tumbaron en la camilla y la llevaron hasta la puerta.

Cuando el médico se lo indicó, salieron del dormitorio y, con la camilla tan nivelada como les era posible, empezaron a bajar la escalera. Brunetti oyó otro gemido grave y ese ruido le infundió ánimos. El médico se le acercó y le dijo:

—Tiene un corte irregular en un lado de la cabeza. Por eso hay tanta sangre. Necesito hacerle un escáner para ver si hay más lesiones, pero el corazón le late con fuerza y enfoca bien la mirada.

A Brunetti lo conmovió que el médico lo informase con tanta amabilidad, pero era joven y con el tiempo aprendería a no darle esperanzas a nadie que conociese a la víctima.

Estaba tan distraído que no había oído llegar a la otra lancha, pero muy poco después de que se marchase la ambulancia con la sirena a todo volumen, llegó la policía científica y se puso manos a la obra.

15

Brunetti siempre recordaría el silencio en el que el equipo de la científica se puso a trabajar. Nada de hablar por hablar ni de conversaciones innecesarias. Genesin estaba al mando, pero apenas se comunicaba y lo hacía solo para dirigir a sus hombres a otra habitación o para recordarles algo que quizá hubiesen olvidado hacer. Empezaron en la cocina, de allí fueron al dormitorio y al baño; solo paraban si Genesin les preguntaba algo o les decía qué hacer a continuación.

Lo primero que le llamó la atención a Genesin fue una estatuilla de bronce que estaba en un rincón, aproximadamente a un metro del círculo de sangre. Brunetti lo vio quedarse inmóvil durante un segundo antes de arrodillarse. Mientras el *commissario* lo observaba, el técnico se agachó donde estaba la figura, la estudió y describió un círculo a su alrededor a medida que le hacía fotos desde diferentes perspectivas. Se guardó el móvil y, de uno de los bolsillos del traje de seguridad, sacó un rollo de bolsas herméticas, arrancó una y metió la estatuilla dentro empujándola con el bolígrafo. Cerró la bolsa y escribió algo en la etiqueta exterior.

—Rodella —dijo, y le entregó la bolsa al técnico en cuanto llegó.

Cuando Genesin se irguió, Brunetti le preguntó:

—¿Qué era?

—Una de las estatuillas; parece una mujer con un gorro puntiagudo o un casco. Sea lo que sea, está manchada de sangre.

Para los que no participaban en la investigación, el tiempo transcurría despacio. Brunetti estaba de pie en el pasillo hablando con uno de los hombres cuando Rodella asomó la cabeza por la puerta de la habitación en la que Bocchese le había enseñado la colección.

—¿Podría venir, *commissario*? —preguntó con voz temblorosa.

Brunetti y los dos hombres con los que él estaba se volvieron y se dirigieron hacia la habitación, atraídos por el miedo que le habían oído a Rodella en la voz.

Cuando entró, Brunetti se quedó petrificado. No tenía nada que temer, pero sintió una gran sorpresa, casi horror, puesto que las estatuillas ya no cubrían toda la mesa. Estaban esparcidas por la estancia: algunas intactas, otras con algún brazo o pierna de menos, había incluso alguna cabeza arrancada. A algunas de las figurillas las habían rozado entre sí y tenían largos arañazos en la pátina que les había dejado el paso de los siglos; a otras las habían tirado al suelo y les habían dado pisotones, de modo que tenían la cara hundida en el parqué.

—No toquéis nada —dijo Genesin, aunque no era necesario.

A pesar de que los técnicos no conocían los nombres de las víctimas de la masacre, algunos recordaban haberlas visto en el laboratorio: invitadas de Bocchese que acudían a que las puliesen o las limpiasen o a que les enderezasen un pie. Por lo tanto, consideraban que el tratamiento que las figuras habían recibido era una indecencia y deseaban serles de ayuda, si bien no sabían cómo.

Había que acabar de registrar el apartamento de Bocchese y buscar huellas y restos, así que continuaron. Brunetti decidió quedarse, consciente de que los nervios y la sorpresa de la noche anterior le habían impedido percatarse de gran cosa, aparte de que el apartamento era feo. Pensar que en aquella vivienda residía la misma persona sensible que de vez en cuando acudía a la oficina con alguna bella pieza de bronce renacentista para pulirla en el laboratorio o repararla o solo para enseñársela lo confundía.

Genesin se acercó a él y le tocó el brazo.

—*Commissario* —dijo—, hemos encontrado algo más. ¿Le importa venir a echarle un vistazo?

Sin esperar a la respuesta, el hombre dio media vuelta y se fue hacia la cocina. La puerta de la nevera estaba abierta: un descuido que Bocchese no habría tolerado. Brunetti vio que dentro había una botella de vino blanco y dos naranjas.

El técnico se acercó a un cuartillo que había al fondo con la puerta abierta y se detuvo delante. Brunetti lo siguió y también se paró a su lado. Miró dentro y vio algo que había visto cientos de veces en su vida, un legado de las abuelas: una despensa ordenada. Pasta y cereales en la estantería superior, paquetes sin abrir con las letras desteñidas a la izquierda y los abiertos, todos bien cerrados con pinzas, a la derecha. Al menos no estaban por orden alfabético. Se preguntó si Bocchese había tocado siquiera algo de lo que había allí dentro.

Debajo había latas, la mayoría de *pelati* o de alubias, dos tarros de aceitunas (uno de negras y otro de verdes) y, en una balda inferior, todo lo dulce: miel, azúcar, cuatro tipos de galletas. Brunetti cogió una caja de un kilo de arroz que estaba sin abrir y vio que llevaba seis años caducada. En la siguiente estantería había tarros con los nombres impresos en pulcras etiquetas de papel: romero, estragón, menta, orégano; las etiquetas se pelaban y las hojas estaban resecas. Los pimientos rojos no tenían etiqueta. Por último, en el estante de abajo, unos cuantos paquetes de infusiones y café.

—¿Qué tengo que mirar? —le preguntó a Genesin.

No dijo que pensaba que la última persona que había usado algo de aquella despensa debía de haber sido la madre de Bocchese.

—En las estanterías no, *commissario*. Es en esas bolsas.

Mientras lo decía, llevó a Brunetti adentro y le señaló tres bolsas de la compra que colgaban de sendos clavos detrás de la puerta, a resguardo de la vista de cualquiera que mirase desde fuera. Eran bolsas que cualquier veneciano reconocería: La Casa del Parmigiano, Mascari, La Baita; tiendas que se apiñaban en el mercado de Rialto casi con la misma propincuidad que aquellas bolsas que colgaban juntas, invisibles y en paz. Una hilera de tres bolsas, seguidas de otro clavo del que colgaba un trapo de cocina muy bien planchado. A Brunetti le trajo a la memoria la obertura de la Quinta de Beethoven: cha-cha-cha-CHÁN. Otra idea que prefirió no compartir.

El agente había malinterpretado el motivo por el que Brunetti guardaba silencio y le dijo:

—Lo hemos comprobado todo, señor. Puede tocarlas.

El *commissario* inclinó la cabeza para darle las gracias y fue a por la primera bolsa pensando en el gorgonzola recubierto de mascarpone que a veces vendían durante las Navidades y, cuando descolgó la bolsa del clavo, le llamó la atención cuánto pesaba. La sorpresa lo hizo reaccionar más despacio de lo normal y la bolsa le chocó contra el muslo, aunque Brunetti la atrapó justo debajo de las rodillas. Se volvió hacia Genesin y dijo:

—*Dio buono*, ¿qué hay aquí dentro?

—Échele un vistazo, *commissario* —respondió el agente, y se alejó de una balda que había a la altura de la cintura, donde Brunetti colocó la bolsa.

La abrió y no vio nada más que plástico de burbujas arrugado. Lo apartó y entonces reparó en un hombro que reconocía y sacó la figura del león dormido. Se apresuró a dejar la bolsa y se limpió las manos en los pantalones.

De nuevo, Genesin lo tranquilizó:

—Adelante, señor. Puede tocar todo lo que hay. Hemos buscado huellas y les hemos hecho fotografías.

—¿Las habéis encontrado aquí?

—Sí, señor —dijo, y cogió la segunda bolsa para entregársela.

Dentro estaba la estatuilla de Apolo y, en la tercera, como Brunetti ya sabía, puesto que la había palpado antes de mirar, estaba el perro, que le parecía demasiado pequeño e inofensivo para estar solo en una bolsa tan grande.

Genesin se las cogió a Brunetti y las dejó donde las habían encontrado: detrás de la puerta.

—Me han dicho que ya habían registrado la

cocina, pero conozco a estos chicos y he preferido echar un vistazo yo mismo. —Suavizó el tono de voz y dijo, en defensa de su equipo—: Las bolsas estaban detrás de la puerta, así que no estaban a la vista cuando han entrado.

—Y tú las has encontrado —dijo Brunetti con calma, y señaló las tres bolsas.

—Sí, señor. Y en cuanto he mirado dentro de la primera y he visto lo vieja que parecía, he sabido que era importante.

Por extraño que pareciese, la frase de Genesin no contenía ninguna alabanza hacia sí mismo: no hacía más que su trabajo.

—Bien hecho.

—Gracias, señor.

—¿Tienes idea de cuánto...? —empezó a decir Brunetti, pero calló cuando se percató de que el laboratorio ya no estaba en manos de Bocchese.

Genesin tensó la expresión y dijo:

—No sabemos nada, señor.

—Tú llevas mucho tiempo trabajando en el laboratorio, ¿verdad? —dijo Brunetti, aunque en realidad no era una pregunta.

—Sí —contestó—. Más de veinte años. Siempre se ha portado muy bien con nosotros.

—Sí, lo sé —asintió Brunetti—. Conmigo también.

Genesin apretó los labios, y el *commissario* se preguntó si era para evitar decir algo improcedente.

—Siempre le gustaba que usted viniese de visita. Decía que era la única persona que entendía lo bonitas que pueden ser las cosas.

—Él tiene mucho más ojo que yo —dijo Brunetti al instante, y era verdad.

—Yo nunca lo he comprendido, no de verdad.

—¿El qué?

—Por qué hay cosas que son más bonitas que otras.

Al principio Brunetti se sintió halagado porque Genesin le confiase semejante confesión, hasta que se dio cuenta de que Genesin pensaba que para la mayoría de la gente las cosas eran así y eso no tenía nada de inusual y mucho menos era algo digno de confesar.

Brunetti le preguntó cuándo pensaba que terminarían, y el técnico le respondió que ya casi estaban: quince minutos, no más.

Al cabo de un cuarto de hora, Brunetti se detuvo delante del portal de Bocchese para mirar si tenía llamadas, pero no vio nada que requiriese una respuesta inmediata, ni siquiera las dos llamadas perdidas de Patta. Cuando salió Genesin y vio allí a Brunetti, se detuvo y le preguntó:

—¿Vuelve a la *questura*, *commissario*?

—Sí —contestó él.

Tenía la sensación de que necesitaba caminar, aunque fuese una distancia corta. Emprendieron el camino y pasaron por Bragora aún en silencio. Al ver la Pasticceria alla Bragora, Brunetti sugirió:

—¿Un café?

—¿También conoce este sitio? —le preguntó el agente, que se dirigió de inmediato hacia la *pasticceria*.

—Cuando yo era niño vivíamos en esta zona —dijo Brunetti—. La recompensa de todas las semanas era venir aquí los domingos y pedir el pastel que nos apeteciese.

—¿Quién?

—Mi hermano y yo.

—¿Él también es policía?

Antes de responder, Brunetti pidió dos cafés. Aunque tenía hambre, la idea de comer no le resultó agradable.

Llegaron los cafés. Se puso azúcar, dio un sorbo y asintió con la cabeza.

—No, él es técnico. Está a cargo del laboratorio de radiología del hospital de Mestre.

La mención del laboratorio los hizo pensar a ambos en el de la *questura*.

—¿Quién lo sustituirá mientras esté en el hospital? —preguntó Brunetti.

Genesin se acabó el café, dejó la tacita en el plato y dijo:

—Yo soy el que lleva allí más tiempo y suelo sustituirlo durante las vacaciones.

—Es la respuesta más evasiva que he oído en un tiempo —replicó Brunetti.

Genesin se rio y se volvió hacia la puerta. Una vez de camino, dijo:

—Supongo que depende de cuánto tiempo

haya que sustituirlo y de lo que decida el *vicequestore*.

—¿Os conoce? —preguntó Brunetti.

—Puede. Si preguntase por el laboratorio o se interesara en cómo funciona o en lo que hacemos, nos conocería.

—No te veo muy esperanzado.

El agente volvió la cabeza para mirar a Brunetti y después continuó con la vista al frente.

—No —dijo.

Al *commissario* le quedó claro que era mejor dejar el tema.

Siguieron andando, y Brunetti se percató de que Genesin estaba un poco nervioso, aunque solo fuese por la determinación con la que daba cada paso. El agente se detuvo al llegar a la iglesia de Sant'Antonin, que siempre estaba cerrada, y se dirigió a la puerta principal. Esperó a que Brunetti estuviera a su lado y le habló en veneciano:

—En cualquier caso, a mí jamás me darían el puesto. Una vez discutí con Scarpa.

—¿Sobre qué?

—Por cómo trató a uno de los intérpretes.

—¿Un hombre o una mujer? —preguntó Brunetti en el mismo dialecto, aunque ya conocía la respuesta.

Genesin se volvió hacia él y contestó:

—Era una mujer.

—En ese caso —dijo Brunetti—, tienes razón.

Genesin cerró los ojos y se encogió de hombros intentando que pareciese que le daba igual. Se quedó así un rato y después miró a Brunetti y preguntó:

—¿Puedo hablarle como compañero?

—Por supuesto —respondió el *commissario* con sinceridad.

Genesin reflexionó sin prisa y, al acabar, contestó con una pregunta:

—Sabe que lo que quiero decirle es sobre Enzo, ¿verdad?

Brunetti asintió con la cabeza.

El agente hizo otra pausa antes de continuar:

—No sé nada seguro, pero hace tiempo que estaba nervioso. Y de mal humor.

Interpretó el hecho de que Brunetti no se sorprendiera y añadió:

—Sé que no es el más alegre del lugar, pero siempre ha sido justo y estaba dispuesto a escuchar cuando alguien explicaba un error o por qué había fallado alguna prueba. —Calló, miró a Brunetti y continuó andando de inmediato.

—¿Cuánto tiempo llevaba así?

—Un mes —dijo Genesin—. Puede que dos.

—¿Tiene que ver con el laboratorio o con alguien que trabaje allí?

—No, no lo creo. De hecho, siempre que hay algún problema complicado o alguien no viene porque está enfermo y él tiene que hacerse cargo de sus tareas, yo lo veo aliviado. —A Genesin le costaba dar con las palabras adecuadas—. Ahora está siempre muy gruñón. No hay otra manera de decirlo.

—¿Ha pasado algo últimamente que le dé problemas? —preguntó Brunetti.

—Él nunca tiene problemas.

—Ahora está en el hospital, ¿no? —repuso el *commissario*.

—Puede que se cayera.

Genesin tuvo que apartar la mirada al decir eso.

—Claro y, si se hubiera dejado la ventana abierta, a lo mejor lo habría alcanzado un rayo —repuso Brunetti con tono cortante.

Genesin se tapó la boca como si lo hubieran pillado mintiendo. Empezó a hablar, pero de pronto se lo impidió el ruido del motor de una barcaza que venía de detrás de la iglesia: llegaba del *bacino* y se dirigía hacia ellos. Podrían haberlo aprovechado como excusa para dejar de hablar y continuar hacia la *questura*, pero ninguno de los dos se movió. Esperaron allí. El barco pasó por debajo del puente y se detuvo delante de una tienda de vinos que había a mano derecha, justo al otro lado. Con un último gruñido, el motor se paró y el hombre que estaba en la cubierta saltó a la *riva* y amarró la embarcación a un noray.

Ambos observaron mientras el hombre se agachaba, sacaba un carrito con ruedas del barco y lo dejaba en el amarradero. El piloto se acercó al centro de la cubierta y empezó a lanzarle cajas de vino al otro como si estuvieran vacías. Cuando ya había ocho en el carro, el piloto se sentó en una pila de cajas y se encendió un cigarrillo.

Fumó en paz hasta que volvió su compañero; entonces tiró el cigarrillo al agua y le pasó otras ocho cajas.

Brunetti se preguntó si para los venecianos ver eso era una forma de meditación, como hacían los monjes cuando observaban a las abejas recoger el polen de las flores.

Entonces el repartidor salió de la tienda, metió el carro en la barca y subió a bordo. Se encendió el motor con un rugido y continuaron; a medida que se adentraban en Castello, el ruido fue desapareciendo.

Brunetti pensó que Genesin o él debían interrumpir el silencio que había creado la partida de la embarcación. Creyó que lo más sensato era dejar que lo hiciese Genesin. Al cabo de un minuto, el agente aún no había dicho ni media palabra, y Brunetti decidió no hacer nada al respecto. Prosiguieron hacia la *questura* compartiendo el silencio con afabilidad.

Se despidieron una vez dentro del edificio: Genesin camino del laboratorio y Brunetti, a su despacho. Llamó por teléfono a Vianello, que acababa de volver de las vacaciones, y se puso a explicarle lo que había sucedido, pero el inspector le dijo que ya se había corrido la voz por toda la *questura* y que Patta quería saber si el *commissario* podía ir a hablar con él en algún momento a lo largo del día.

—Él mismo lo ha dicho así —añadió Vianello.

—Voy para allá —repuso Brunetti.

16

Brunetti fue directo al despacho de Patta y se sorprendió al ver que la *signorina* Elettra no estaba sentada a su mesa; se sorprendió hasta que recordó que era martes y, por lo tanto, el día que iba al mercado de Rialto a por flores frescas. Le pareció una tontería llamar a Patta por teléfono cuando estaba delante de su puerta, así que se acercó y dio tres golpes rápidos con los nudillos.

—*Avanti* —dijo la consabida voz con la misma brusquedad de siempre.

Cuando entró, Patta le habló con un tono más sociable:

—Ah, ¿qué noticias me trae? —dijo, casi como si pensase que en el tiempo que había tardado Brunetti en ir desde casa de Bocchese a la *questura* podría haber pasado algo.

—El médico de la ambulancia... —empezó a decir Brunetti.

Patta le indicó que se sentase. Una vez lo hubo hecho, Brunetti continuó:

—El médico ha dicho que los reflejos visuales y el corazón no parecían afectados. Y Bocchese ha podido hacer lo que le ha pedido el doctor.

Hizo una pausa y miró a su superior, que escuchaba sentado a la mesa con los dedos entrelazados.

—¿Algo más? —preguntó el *vicequestore.*

—Había sangre en el suelo, de una herida que tiene en la cabeza, pero el médico no parecía preocupado.

—¿Algo más?

—Foa y yo echamos un vistazo en algunas de las habitaciones antes de encontrarlo, *dottore*, y nada parecía fuera de lugar, aparte de en la del fondo, donde guardaba su colección.

—¿Las famosas estatuillas? —preguntó Patta, y se inclinó hacia delante.

—Eso es. Y quienquiera que lo atacase sabía cuánta estima les tenía.

—¿Por qué?

—Porque ha destrozado algunas y ha dañado otras, como si supiera que eso a Bocchese le dolería más que un ataque físico. —Antes de que Patta pudiera preguntárselo, Brunetti dijo—: No tengo ni idea de si valen mucho o poco ni de cuánto pagó por ellas, así que no sé a cuánto asciende la pérdida económica. Pero no cabe duda de que algunas son irreparables; en cierto modo, es como si las hubieran matado.

—¿En serio piensa eso, Brunetti?

—No, señor. No lo creo, pero las figuras no me pertenecen, así que tengo que verlas desde la perspectiva de Bocchese, y así es como las ve él. —Entonces, antes de que Patta pudiera hacer un comentario o rebatir sus argumentos, dijo—: Naturalmente, podría equivocarme.

Patta asintió para indicar que estaba de acuerdo con esa posibilidad.

—¿Tiene Bocchese idea de quién puede haber sido? —preguntó.

—No estaba en condiciones para contestar preguntas, *dottore* —respondió Brunetti.

Resolvió no decir nada acerca del hijo de la familia que vivía en el apartamento de debajo. Estando del humor en el que estaba, Patta era capaz de echar al chaval a los leones, a pesar de que todavía no tenían pruebas de nada ni manera de saber quién había entrado en la vivienda.

Se hizo el silencio; no era ni mucho menos un silencio amistoso, pero tampoco se trataba del humor combativo que a menudo ocupaba aquel espacio cuando tenían opiniones enfrentadas.

Brunetti se puso en pie y, a falta de órdenes por parte de Patta, dijo:

—Me vuelvo a mi despacho, *signore*. Lo mantendré informado sobre cualquier cosa que me comuniquen desde el hospital.

—Muy bien —dijo Patta.

Era la expresión que siempre usaba en lugar de

dar las gracias, como si darlas equivaliese a reconocer que debía un favor.

Como aún no se veía a la *signorina* Elettra por ningún lado, Brunetti fue a su despacho y se encontró con que ella le había dejado una carpeta sobre la mesa.

Con la autorización del *vicequestore*, la *signorina* Elettra había escrito a Recursos Humanos de los *carabinieri* para solicitar información relacionada con el tiempo que había servido en Irak un antiguo miembro del cuerpo: Dario Monforte. A continuación aparecía la fecha y lugar de nacimiento, su número de identificación y las fechas de su llegada y salida de Irak.

A Brunetti le pareció una solicitud rutinaria de información que debía pasar de una agencia del Ministerio del Interior a otra.

Sin embargo, la respuesta lo confundía, ya que anunciaba que los *carabinieri* no podían hacer más que confirmar que Dario Monforte se había retirado del cuerpo por motivos médicos. Dadas las nuevas leyes concernientes a la privacidad de la información médica de los miembros del cuerpo, en activo o jubilados, no podían atender su solicitud. La respuesta era corta y directa, pero hacía referencia a una norma que, hasta donde llegaba el conocimiento de la normativa de Brunetti, no existía.

¿Por qué se negaban los *carabinieri* a proporcionar una simple respuesta y decirles que ese hombre, que durante muchos años había formado parte del cuerpo y a quien, sin duda, habían premiado con medallas al valor...?

Brunetti hizo una pausa y dijo en voz alta:

—Pero ¿se las dieron de verdad? —A partir de ahí, la siguiente pregunta que se hizo en voz alta fue—: ¿Quién podría saberlo?

Se volvió hacia el ordenador y de pronto sintió la emoción de cuando las piezas de un puzle empezaban a encajar. No le cabía duda de que recibir una medalla, aunque fuese de los Boy Scouts, suponía un honor, aunque Brunetti no supiera nada de esa organización. La información acerca de las medallas otorgadas por actos de valentía en combate debía ser más importante que la de carácter público, como el domicilio o el lugar de trabajo; debería ser información que la gente quisiera que se supiese y, por lo tanto, tenía que ser fácil de encontrar.

A continuación, se preguntó a quién le interesaría saber qué tipo de medalla había recibido alguien y por qué actividad en concreto se la habían dado. Transcurrido un tiempo, ¿a quién le interesa esa información? ¿A quién le importa? ¿Quién quiere saberlo? ¿Dónde se encontraba esa información?

Había dejado *Il Gazzettino* de ese día en la mesa y lo hojeó de nuevo para usarlo, como hacía a menudo, a modo de mantra que frenase la velocidad a la que pensaba y diera rienda suelta a su memoria para ir a donde quisiera. Lo primero en lo que pensó fue en el parecido entre el uso que hacía él de ese periódico y el que hacía su madre del rosario. Pero no le vino nada a la cabeza.

Pasó las páginas de las noticias locales, los deportes, la información financiera y acabó echándoles un vistazo a las necrológicas, donde se enteró de que Giovanni Soligon, de ochenta y cuatro años de edad y procedente de Mira, iba a ser enterrado el viernes siguiente. Famoso *pasticciere*, había ganado la medalla al mejor *panettone* de 2002 y dos veces lo habían elegido regidor del ayuntamiento.

—Claro, eso es —dijo.

Marcó de memoria el número de una subeditora de *Il Gazzettino*. Ella, a su vez, le dio la dirección de correo electrónico de la oficina de los *carabinieri* que se encargaba de supervisar la concesión de medallas y premios y, después, haciendo alarde de una solidaridad excesiva con un compañero de pesquisas, le proporcionó el número de teléfono de esa oficina y le confió que la *signora* Ducoli, directora de la oficina, de vez en cuando contestaba ella misma al teléfono y las consiguientes preguntas.

De pronto, Brunetti se puso nervioso al darse cuenta de cuántas cosas había conseguido en tan poco tiempo. Estaba seguro de que esa racha de suerte iba a cambiar.

Pero no, la *signora* Ducoli apuntó los datos de Monforte sin dar muestras de que le sonase e informó al cabo de unos minutos de que el *signor* Monforte, que había dejado el cuerpo casi veinte años antes, no había recibido ningún tipo de medalla al valor ni por años de servicio, y que si el *signor* Brunetti tenía alguna pregunta más.

No tenía nada más que preguntar, así que le dio las gracias con profusión. La *signora* Ducoli, satisfecha con sus halagos, le deseó que le fuese bien el día y tuviese mucho trabajo y colgó.

«Bueno, bueno, bueno», pensó. El Héroe de Nasiriya no tenía ninguna medalla. Durante un tiempo había salido en las primeras planas de los periódicos, lo habían mencionado en incontables programas de actualidad y noticias y había aparecido en las portadas de las revistas. Todo el mundo quería contar con él, pero Monforte estaba en el centro de quemados de Barcelona, donde permaneció mientras las cosas se calmaban. Y no le habían dado ninguna medalla, ni siquiera una de las más normales y, desde luego, tampoco las más conocidas: la cruz del mérito o la medalla al valor.

Lo que decía la gente: la fama se la había dado..., ¿quién? ¿Quién había contado la historia de su valentía en Italia? ¿Los supervivientes que hablaban con sus familias? ¿Los hombres que ayudaron a los heridos después de que sofocasen el incendio? ¿Los que fueron a buscar a los muertos? ¿Los dos hombres que salvó de las llamas?

Los *carabinieri* se negaban a dar información básica sobre el Héroe de Nasiriya. Monforte le había dado un apretón de manos al presidente de la república, pero no había recibido ninguna medalla al valor. Todo el mundo se había cansado un poco de leer tantas cosas sobre él, pero nadie tenía arrestos para decirlo. Y después desapareció, como si alguien hubiese hecho caso finalmente de las quejas y hubiera borrado su nombre del mismo modo que la Iglesia se había deshecho por fin de los santos inventados. ¿Cuánto hacía de eso y quién recordaba los nombres de los desaparecidos? Filomena, Cristóbal, Bárbara, Nicolás, Úrsula y sus vírgenes: todos degradados, despojados de los honores, considerados fraudes e invenciones, desechados en silencio.

Si se podía hacer con san Cristóbal sin que nadie se diera cuenta, ¿tan difícil sería relegar al olvido a un *maresciallo capo*? ¿Era un héroe? ¿Y qué había sido Cristóbal si no un héroe?

17

Brunetti llevaba casi una hora en su despacho cuando oyó que alguien llamaba a la puerta.

—*Avanti* —dijo.

Era Salmasi, que se había unido al cuerpo hacía unos pocos años. Se quedó a la entrada y dijo:

—Ha venido el abogado a verlo, *commissario*.

—¿Qué abogado? —preguntó Brunetti.

Salmasi retrocedió, desapareció unos instantes y regresó.

—El *dottor* Cresti. Dice que tiene cita con usted a las cuatro, *dottore*.

Si bien Brunetti no recordaba haber concertado ninguna cita, pensó que sería más rápido hablar con el hombre y redirigirlo que enviarlos a los dos abajo para que Salmasi tratase de averiguar a quién quería ver el abogado. Asintió con la cabeza y le indicó con la mano que lo hiciera pasar.

Como la carpeta que estaba examinando ya no

le interesaba, la dejó a un lado, pero no la retiró del escritorio para que sirviese como prueba de que ese abogado, quienquiera que fuese, lo había interrumpido mientras trabajaba. Brunetti no volvió a levantar la vista hasta que Salmasi estuvo ante su mesa con el abogado invisible a su espalda.

—El *dottor* Cresti —dijo Salmasi.

Después hizo un saludo formal y se marchó.

Su partida reveló ni más ni menos que a Beniamino Cresti, más conocido como Beni Borsetta, en homenaje al andrajoso maletín de cuero que en sus tiempos había sido de color beige, después de un tono marrón moteado y a esas alturas ya parecía una mezcla oscura de manchas marrones y negro aceitoso y que, según se decía, había sido el continente de los legendarios sobornos que él había tanto pagado como recibido en la época anterior a la primera de sus suspensiones temporales del ejercicio de la profesión.

Un día cualquiera Brunetti no se habría levantado de la silla en presencia de ese hombre, pero se puso en pie con la esperanza de que la cortesía surtiera mejor efecto que la grosería (a la que Beni estaba más que acostumbrado) a la hora de deshacerse de él. Tuvo cuidado de no salir de detrás de la mesa y de no hacer ningún gesto que pudiese indicarle a Beni que se sentase.

—Tiene muy buen aspecto, *commissario* —dijo el hombre.

Entonces añadió una sonrisa que no era ni

mucho menos halagadora. En todo caso, era una sonrisa agresiva, si es que eso era posible.

Beni había cambiado desde la última vez que se habían visto, y habían pasado años. Tenía menos pelo, pero lo disimulaba, aunque mal, dejándose crecer una cortinilla que peinaba sobre la calva. Tenía más barriga y los hombros más estrechos: una combinación de cambios demasiado exigente para la chaqueta que llevaba, que le colgaba y le apretaba por donde no correspondía.

—Espero que esté bien, *avvocato* Cresti —dijo Brunetti con un tono pretendidamente neutro.

—Gracias, *commissario* —repuso Cresti y, sin que nadie lo invitase a hacerlo, se acercó y se sentó delante de Brunetti—. Vengo de parte de alguien —dijo, y plantó el maletín a su lado, en el suelo, donde se quedó en silencio como si fuera un perro fiel.

—¿Un cliente? —preguntó Brunetti con aparente ingenuidad.

No tenía ni idea de cuál era el estado profesional de Beni en ese momento ni si lo habían readmitido en el colegio de abogados, en cuyo caso podía hablar de tener clientes; pero si, por el contrario, continuaba inhabilitado, representar a alguien era ilegal.

Cresti sonrió y cruzó las piernas, una maniobra que puso aún más a prueba los botones de la chaqueta.

—Le propongo que usemos un viejo término, uno muy respetable, *commissario*.

—Eso depende del término, *dottor* Cresti —respondió Brunetti con aparente respeto.

—*Il mio assistito*, como tenemos la costumbre los que nos educamos en la vieja escuela del derecho a referirnos a las personas a las que intentamos, con modestia, asistir.

—Y sospecho que es también como se refieren aquellos a los que les retiran la licencia para ejercer la profesión de abogado de forma temporal a las personas a las que intentan, con modestia, asistir.

Cresti se rio como si el comentario de Brunetti le hubiera parecido gracioso.

—No sabe cuánto echaba de menos departir con usted, *commissario* Brunetti. Siento decir que algunos de sus colegas ni siquiera fingen tratarme con educación, cosa que yo siempre he visto como una ofensa hacia nuestras... —llegado ese punto, bajó la cabeza en señal de respeto por lo que estaba a punto de nombrar— nuestras respectivas profesiones.

—No me cabe duda de que los incomoda la incerteza respecto de si deberían llamarlo *avvocato*, dado que su situación es tan... —empezó a decir Brunetti con la voz preñada de empatía por sus compañeros, aunque también por el *dottor* Cresti—. Llamémosla fluida, ¿verdad, *dottore*?

Una vez más, Cresti se rio y dio muestras de buena voluntad y diversión.

Esa reacción de apariencia normal llevó a Brunetti a decir:

—¿Le parece bien si dejamos de halagarnos el uno al otro, *dottor* Cresti, y nos ocupamos de lo que haya venido a hablar?

—Será un gran placer —dijo Cresti, que levantó el maletín del suelo, se lo puso en el regazo y lo abrió.

Brunetti oyó el roce de papeles mientras Cresti rebuscaba dentro. Al final, sacó una sencilla funda de plástico, volvió a dejar el maletín en el suelo, extrajo unas hojas de papel, se las puso sobre las rodillas y las pasó una a una.

Brunetti no le metió prisa.

Pasados unos instantes, Cresti cogió una única hoja de papel. La dejó encima del resto de los documentos, miró al *commissario* y dijo:

—Usted tiene una compañera que se llama...

Miró la hoja y después a Brunetti. Por desgracia para él, no se había preparado una expresión neutra antes de mirarlo a los ojos (o lo que sentía era demasiado difícil de dominar) y se le escapó una mirada breve pero rigurosa de malicia. Al percatarse de su error, Cresti cerró los ojos como si creyera que eso anularía la expresión que acababa de mostrarle a Brunetti.

—Claudia Griffoni, creo que se llama —acabó de decir.

La expresión del *commissario* no varió lo más mínimo. Asintió con la cabeza.

—Ese nombre recuerda a un ave de presa, ¿verdad? —comentó Cresti.

—Eso creo.

—Muy apropiado —se permitió observar Cresti.

Eso confundió del todo a Brunetti, pero no lo llevó a cuestionar lo que había dicho.

—Permítame que continúe con lo que quería preguntarle, *commissario*.

—Por favor.

—¿Es cierto que el día 7 de este mes, aproximadamente a las cinco y media de la mañana, la *dottoressa* Griffoni salió de la comisaría de policía de Piazza San Marco y acompañó al joven... —Cresti cogió la hoja del regazo y la examinó con un gesto tan obvio y teatral que Brunetti se convenció de que lo había ensayado— Orlando Monforte a su casa —volvió a echarle un vistazo al papel y leyó—: en el 3165 de Castello?

—No he leído todo el informe —dijo Brunetti—, de modo que no estoy seguro de la hora precisa ni de la dirección del joven, pero el esquema de los hechos es cierto. Como usted ya sabrá, si resulta que eso es una copia de nuestro informe que, de algún modo, haya caído en sus manos.

—Preferiría no responder a sus insinuaciones, *commissario*, pero los hechos son, en general, los mismos. —Le regaló a Brunetti una sonrisa y continuó—: ¿Y es cierto también que el chico y ella llegaron a un bar cerca de Salizada San Francesco y entraron en él alrededor de las siete de la mañana y que allí el chico se comió una pizza? ¿Y que los vio una serie de hombres que son vecinos del joven?

Cuando acabó de leer, Cresti colocó la hoja bocabajo, miró a Brunetti y sonrió como haría cualquiera al descubrir el final feliz de una historia.

—Creo que eso es lo que dice el informe —contestó Brunetti.

No paraba de preguntarse qué tramaba Beni Borsetta, ya que era imposible que se involucrase en un tema legal, por trivial que fuese, sin haber urdido un plan que tarde o temprano le fuese de provecho o le produjese algún beneficio. Y, cómo no, a costa de otra persona.

—¿Es también cierto que la *commissario* Griffoni les dijo a los hombres del bar que era la profesora de Matemáticas del chico y no se identificó, tal como es habitual, como miembro de la policía?

—No recuerdo haber leído eso en el informe —dijo Brunetti, que se forzaba a hablar con calma al tiempo que su imaginación iba dando forma a una sospecha grotesca.

El abogado continuó leyendo.

—Cuatro de los hombres que estaban en el bar cuando llegaron Orlando Monforte y ella recuerdan con claridad que se presentó diciendo eso.

—¿Ah, sí? —preguntó Brunetti, y miró la carpeta que tenía en la mesa como si estuviese ansioso de continuar con ella.

Cresti cogió el papel y lo estudió de arriba abajo.

—Ah —dijo con sorpresa bien gestionada—. Se me olvidaba que usted también había participado en esto, *commissario*.

—Dado que no sé qué es «esto», *dottor* Cresti, no tengo modo de imaginar cuál puede haber sido mi participación.

—¿Acaso no fue al mismo bar unos días después a hacerle unas preguntas al chico?

—Ah, eso —respondió Brunetti como si nada—. Mi compañera le había dejado una bufanda y quería recuperarla.

—Qué poco generosa, ¿no le parece? —repuso Cresti.

—¿Por qué debería ser generosa con un chico al que han llevado a la comisaría por altercado público? —preguntó Brunetti, que se las había apañado para teñir el tono de voz de mucha indignación.

Beni sonrió y habló con tono didáctico:

—Querrá decir «acusado de», *commissario*. —La sonrisa que esbozó era la que se utilizaba para reprobar a los alumnos descuidados—. Me parece que la policía ha abusado de su poder y, en este caso, está prestándole atención a un chico inocente en lugar de fijarse en los demás chicos a los que también llevaron a la comisaría.

Brunetti habló con tono razonable y controlado.

—Que, igual que él, solo están acusados de esas cosas.

—Exacto —dijo Cresti, cogió el maletín, guardó los documentos, lo cerró y apoyó las manos entrelazadas encima—. Muy bien, *commissario*, vamos al asunto en cuestión.

—Gracias —respondió Brunetti cortante.

—El asunto más importante y que no hemos sacado a colación, pero que tenemos que tratar ahora, es la cuestión de dónde estuvieron después de marcharse de la comisaría de San Marco.

—Que yo sepa, todos se fueron a casa con sus padres —contestó Brunetti, que había malinterpretado la pregunta de Cresti a propósito.

—No me refiero a los demás chicos a los que detuvieron.

—Entonces, ¿a quién se refiere? No será a la *commissario* Griffoni y al joven, ¿verdad? —preguntó Brunetti.

—Niño.

—¿Disculpe? —dijo Brunetti, esta vez confundido de verdad.

—Tiene quince años. Por lo tanto, es un niño.

—Perdone, *signore* —dijo Brunetti—, creo que sé adónde se dirige, así que no me haga perder el tiempo y hable claro.

—¿Dónde estuvieron en el tiempo que transcurrió entre el momento en que salieron de la comisaría y el momento en que llegaron al bar de Castello? ¿Dónde estuvieron durante esas dos horas?

Con paciencia, el *commissario* respondió:

—Creo que el tiempo que hay entre las cinco y media y las siete en punto se considera, en general, una hora y media.

De no sentir un desprecio tan riguroso por aquel hombre, Brunetti habría admirado esa pregunta tan desvergonzada, que parecía sacada de una novela barata del siglo XIX. No contenía ninguna acusación directa, pero sí malicia en todas las palabras. Una mujer (aún peor: una mujer trabajadora) que no deseaba otra cosa más que seducir y corromper la inocencia de la juventud.

Brunetti lo miró fijamente y observó mientras Cresti se vestía con las formas y el traje de la moralidad ofendida. No le cabía duda de que aquel potaje de clichés aún daba para más: la policía corrupta, la mujer depredadora, el niño inocente, las horas perdidas, la luna brillando en la superficie del agua, café en lugar de champán. Y deseo, el deseo salvaje de la insaciable (y soltera o puede que divorciada) mujer RUBIA del sur.

En voz baja, como si hubiera un bebé durmiendo en el despacho y no quisiera despertarlo, inclinado sobre la mesa, Brunetti estaba listo para decirle a Cresti que se marchase de allí, pero la curiosidad, por no hablar de la precaución, se adueñó de él y lo que le preguntó fue:

—¿Qué es lo que quiere?

18

Como si no fuese capaz de liberarse del papel de melodrama barato que interpretaba, el «a veces abogado» se dio una palmada en el pecho y declaró:

—No me perdonaría jamás si desease algo que no fuera ayudar a mi clien... a la persona a la que proporciono asistencia mediante mis consejos y experiencia.

Para Brunetti, aquello era pura *comedia dell'arte*. A Cresti le habían asignado, o él se había arrogado, el papel de la tía del héroe, que, llena de virtudes, se había propuesto apartar toda acusación de su camino y malbaratar cualquier intento de mancillar su reputación.

—*La calunnia è un venticello* —dijo Brunetti.

La referencia estaba más allá de las capacidades de Beni Borsetta, así que el abogado preguntó:

—¿Cómo dice?

—Es un comentario sobre cómo se extienden

los rumores —le explicó Brunetti—. Empiezan siendo muy pequeños y crecen y crecen hasta que es imposible detenerlos.

Cresti sonrió de oreja a oreja.

—Es más o menos de lo que he venido a hablar, *commissario* —dijo.

—No me diga —respondió Brunetti—. ¿Podría concretar un poco?

—Lo que pasó en realidad esa madrugada lo saben solo Orlando Monforte y la *dottoressa* Claudia Griffoni. Estuvieron juntos en alguna parte, pero la *dottoressa*, por motivos de los que podemos hablar más tarde, no menciona en el informe dónde estuvieron.

El abogado parecía preocupado por la ausencia de detalles en el informe de Griffoni, como si sospechase que Orlando, menor de edad, y ella hubiesen pasado la mañana en uno de los círculos más lujuriosos de Dante.

Brunetti, despreocupado, dijo:

—Es de suponer que estaban en algún lugar entre la Piazza San Marco y Salizada San Francesco. Cualquiera de los dos podría recorrer la distancia entre esos dos lugares en diez o quince minutos.

—Exacto —dijo Cresti.

Su reacción confundió a Brunetti, que aún no comprendía del todo de qué hablaba el abogado.

—Dígame usted dónde estaban, *commissario*, y yo dejaré de preguntarme... —Beni recuperó el tono de voz melodramático de antes— qué debió de llevarle a hacer a un niño una agente de policía durante un tiempo del que nadie sabe nada.

A Brunetti la situación le parecía tan disparatada que lo maravilló que esa fuera la mejor idea que se le había ocurrido a Beni o a quienquiera que lo mandase. Las primeras seductoras Brunetti las había encontrado en los poemas épicos de Ariosto y Tasso, pero dudaba de que Beni hubiera leído a ninguno de los dos. En cambio, él las conocía desde sus días de estudiante: Alcina y Armida: reinas hermosas y poderosas, amorales, insaciables consumidoras de guerreros. A diferencia de ellas, las villanas de Beni debían de ser más como unos dibujos animados de Disney o, tal vez, con algo de esfuerzo e imaginación, llegasen al nivel de Lucrecia Borgia. Estiró el brazo izquierdo y cerró la carpeta.

—Alguien debió de verlos —afirmó Beni al ver que el *commissario* continuaba en silencio—. Creo que cualquiera se acordaría de haber visto a una mujer y un niño a esas horas.

Beni no tenía paciencia; Brunetti se acordó de ese detalle cuando el abogado prosiguió:

—Sus hombres podrían preguntar por ahí a la gente de los bares, a los basureros, a los hombres que se suben a los primeros barcos que van a Piazzale Roma.

—¿Y si nadie los vio? —preguntó Brunetti.

Beni miró el maletín que descansaba sobre su

regazo como un perro gordo y afectuoso. Debió de leerle el pensamiento al *commissario*, porque se puso a acariciar el maletín de lado a lado, de la cabeza a la cola.

—*Commissario*, si considera que no merece la pena autorizar esa investigación, podría decirle que un camarero de una de las cafeterías de la Riva degli Schiavoni recuerda a una pareja de esas características. —La sonrisa que le ofreció después de decir eso era tan inocente y mullida como la de un bebé. Continuó con el mismo aire razonable—: Y si nadie más los vio, puede que se detuvieran en algún lado.

Que de pronto Cresti los llamase «pareja» puso fin al interés que Brunetti pudiera haber tenido en la representación del abogado.

—Muy bien, Beni —dijo con toda la brusquedad que pudo, con el tono de cuando detenía a hombres más voluminosos que él—. Ya basta por hoy.

El abogado abrió mucho los ojos y dijo:

—Yo solo intento pensar detenidamente en todo esto por usted, *commissario*.

Eso era justo lo que Brunetti intentaba hacer: pensar detenidamente. El chico estaba involucrado en un suceso por el que la policía se había interesado. ¿Qué mejor manera que esquivar a la policía que redirigir el interés general hacia la sirena que había atraído al chico, que había pasado un tiempo discutible a solas con él, que le había dado su bufanda y que por último había vuelto a hablar con él con la excusa de recuperar dicha bufanda? No tenía ningún sentido, pero también era el material que alimentaba los programas de la televisión y, por lo tanto, para mucha gente era algo del todo creíble. La gente le prestaría atención a algo posible, y ¿cómo era posible que Beni supiera eso?

Brunetti se fijó en la chaqueta del abogado. La tela era barata; los botones, de plástico. No era el corte ni la talla correctos para él, pero le iba al pelo. Y lo mismo con una investigación de la vida privada de Griffoni: no encajaba con los hechos, pero a Beni le iba al pelo.

Como ya había tratado con él unas cuantas veces, Brunetti conocía los límites de su inteligencia y su debilidad de carácter. A pesar de todas las pruebas que tenía en su contra, Beni estaba convencido de que su inteligencia era superior a la del resto, y era tan propenso a meterse en situaciones complicadas como a complicárselas él mismo. El único talento incuestionable era su capacidad de ocupar una cantidad exagerada de horas facturables en los casos más sencillos.

En cuanto a su carácter, era deshonesto y mentiroso, pero contaba con una astucia salvaje que le granjeaba con facilidad la simpatía y a veces incluso cierta confianza entre las personas con sus mismos defectos.

Si Brunetti había entendido bien, Beni había acudido allí a chantajear a la policía, a la que no le venía bien ni la insinuación de un posible escándalo. Lo único que quedaba era averiguar el precio. Como no quería perder más tiempo con chusma como él, Brunetti le sonrió al abogado y le preguntó:

—¿Qué había pensado que podríamos hacer para remediar esta situación?

Cresti sonrió de nuevo e intentó parecer nervioso, tal vez incluso avergonzado.

—Siento decir que todavía es demasiado pronto para eso, *commissario*. No se lo he contado todo.

«Ah —pensó Brunetti—. Es hora de sacar la artillería pesada.»

—¿Y qué se le ha olvidado?

—Uy, no es que se me haya olvidado, *dottore* —repuso Beni con seriedad y algo que parecía dirigirse hacia el respeto—. Se trata más bien de que mi concepto de...

Ante aquella vacilación fraudulenta, Brunetti sintió la tentación de ayudarlo: «modestia», o ¿qué tal «decencia»?

—La corrección —dijo Cresti.

Brunetti celebró la elección de la palabra en silencio.

—Esto contraviene de tal modo mi concepto de la corrección que me falta la capacidad de hablar de ello incluso con usted, un agente de policía.

El *commissario* quiso felicitarlo por el tono entrecortado que, sin duda, era para prepararlo bien de cara a una noticia impactante.

—Debo confesar que me hallo sin palabras para expresar lo mucho que me impacta lo que ha pasado.

«Por el amor de Dios —pensó Brunetti—; por favor, no.»

—¿Y de qué se trata, si me lo permite?

Cresti bajó la mirada y la voz para decir:

—Su compañera le hizo ciertas insinuaciones al chico y le dijo que conocía un lugar donde podían estar solos. Parece ser, también, que le dijo que no solo le daría la bufanda, sino algo más para tenerlo caliente, más que calentito.

—¿Por qué no ha venido a poner una denuncia formal? —preguntó Brunetti antes de que el otro acabase.

Cresti alzó las manos en señal de indignación.

—¿Cómo puede hacerme semejante pregunta, *commissario*? El chico tiene solo quince años.

A juzgar por el tono con el que había dicho la edad, era como si Orlando todavía fuese en cochecito.

—Piense en la vergüenza que debió de sentir porque una adulta lo viera como objeto sexual, porque una desconocida, y no solo eso, sino una desconocida en un puesto de autoridad, le hiciera una insinuación de carácter sexual.

Brunetti no pudo hacer más que agachar la cabeza como si fuese la primera vez que oía algo así y musitar:

—Comprendo.

Tardó un tiempo en sopesar las opciones y después miró a Cresti y le preguntó:

—¿Qué me sugiere que hagamos?

El tipo que a veces hacía de abogado y a veces no frunció los labios y miró al *commissario* como si la pregunta lo sorprendiese.

—Pues no lo he pensado mucho, pero seguro que podemos llegar a algún tipo de solución amistosa. —Hizo una floritura con la mano que indicaba que estaba a punto de proponer algo y luego dijo—: Quizá le podrían imponer una especie de DASPO a la *commissario* Griffoni.

—¿Esas órdenes no se imponen normalmente a los hinchas de los equipos para impedirles que se acerquen a los de los equipos rivales? —preguntó Brunetti, a pesar de que sabía de sobra lo que era.

—He usado el término de forma más general —contestó Beni como si nada—. En el sentido de mantener a una persona alejada de otra.

—¿No suele haber una multa si la persona que tiene la orden DASPO la infringe?

—Sí —respondió Beni con una sonrisa de oreja a oreja.

—¿Y qué tipo de multa podríamos acordar? —preguntó Brunetti—. En el caso de los hinchas del deporte, la ley estipula trescientos euros.

—Santo cielo, *commissario* —dijo Beni cual doncella a la que han sorprendido desnuda en el baño, escandalizada, estupefacta, insultada—. Ni se me ocurriría imponerle semejante multa a una *commissario* de policía.

Brunetti se preguntó si Beni iba a cuestionarse cómo viviría con esa culpa. De hecho, empezó a decir:

—No sería capaz de... —Pero calló, tal vez oyendo el eco de la última vez que había usado esa frase—. Como decía, no sería capaz ni de pensar algo así.

—¿Cómo puede estar seguro de que la *commissario* Griffoni cumpliría su parte del acuerdo al que supuestamente lleguemos?

—Me alegro mucho de que me lo pregunte, *commissario*. No me gustaría olvidarme de hablar de la idea que se me ha ocurrido —dijo, y le dio una palmadita afectuosa al maletín—. Da la casualidad de que lo tengo aquí.

Cresti movió el maletín, lo abrió y se puso a buscar algo dentro.

La sonrisa que tenía en el rostro mientras revolvía en su interior le provocó a Brunetti una sensación extraña: que lo había manipulado, que le había ganado la partida y que, además, lo sabía.

Beni paró de remover y lo miró con una mano todavía en el maletín.

—Le traigo noticias, por cierto.

—¿De qué se trata? —preguntó Brunetti.

—Mi cuñado acaba de empezar a trabajar en *Il Gazzettino*. —Como Brunetti no decía nada, Beni añadió—: Debe de acordarse de la columna «In breve», de hace años.

Brunetti se acordaba.

—Una serie de historias inusuales de todas partes. Las historias se contaban con una o dos frases.

—Ya le dije a mi cuñado que la gente se acordaría. Me alegro mucho de que usted la recuerde, *commissario*. Se alegrará mucho de que no haya caído en el olvido.

Volvió a mirar el interior del maletín y, cómo no, por fin encontró lo que buscaba. Lo sacó y se lo mostró. Brunetti vio que era una fotografía. Una de verdad, en papel. Beni se inclinó hacia delante y estiró el brazo, pero no llegaba hasta Brunetti, que tuvo que echarse hacia delante también y hasta levantarse y apoyarse en la mesa para recibir la fotografía.

Era una instantánea de Griffoni en el bar de Castello, una fotografía de ella y Orlando que captaba el enamoramiento del chico a la perfección: la mirada dulce y la boca entreabierta que demostraban ese sentimiento tan potente. Y Griffoni: dura, encantadora, con una sonrisa ambigua en los labios, pero no en los ojos.

—Creo que le permitirán incluir fotos en la columna —dijo Beni con placer más que evidente, tan evidente como era de pronto la intensa aversión que sentía por el *commissario*.

—Eso seguro que llamaría más la atención y la

columna tendría más lectores —dijo Brunetti, sin molestarse en disimular el desprecio que les tenía al abogado y a su cuñado.

Beni, una persona odiada y repudiada, perdió el control durante un instante y le ofreció una sonrisa muy desagradable antes de añadir:

—Qué duda cabe de que el chico le habrá contado todo esto a su padre.

En cuanto vio el efecto que tenía esa información en la expresión de Brunetti, la sonrisa de Beni se suavizó y se convirtió en una reacción real de placer.

—Veamos —dijo, y recobró la compostura—, déjeme que le diga lo que he pensado: mi DASPO personal para la *commissario*, por llamarlo de algún modo. O, para ser más exactos, las nuevas reglas.

Hizo una pausa y sonrió, pero la sonrisa carecía de cualquier otro significado que no fuese pura amenaza. Brunetti estaba seguro de que lo hacía para prolongar el placer que le producía la escena. Escogió guardar silencio.

Beni, en cambio, escogió un tono diferente: frío, austero, preciso.

—DASPO: prohibición de asistir a los partidos. No puede acercarse a cien metros del chico.

A pesar de que Brunetti no había dado señales de ir a decir nada, Beni alzó la mano como queriendo impedírselo.

—Tampoco puede llamarlo por teléfono ni aceptar sus llamadas, si las hubiera.

Calló y se olvidó de la sonrisa, que se había evaporado lentamente. Esperó un tiempo, pero Brunetti no contestó. Al final, la impaciencia pudo con Beni, que le preguntó:

—¿Y bien?

—Lo hablaré con la *commissario* Griffoni —respondió Brunetti.

—Creo que no hay nada que hablar —dijo Cresti con un tono gélido.

Guardó silencio un momento, a todas luces preparado para la negativa de Brunetti.

—Por eso he acudido a usted, *commissario* —continuó con más amabilidad—. Creía, y aún creo, que una persona que lleva en la policía tanto tiempo como usted comprende la importancia de mantener una reputación sin mácula. Así que quizá pueda persuadir a su compañera de que siga por la senda de la sensatez.

Brunetti deseó haber encendido la grabadora que tenía en la mesa: qué afortunado sería si pudiera reproducir una grabación en la que el mismo Beni Borsetta hablaba de la importancia de tener una reputación sin mácula.

Cresti permitió que se hiciera un silencio prolongado y después dijo:

—Las repercusiones serían devastadoras para su carrera.

Se levantó, y Brunetti pensó que había terminado. Sin embargo, Beni, como el típico que no se resiste a servirse la última porción de postre que queda en el fondo de la fuente, le ofreció una sonrisa minimalista y añadió:

—Sin importar si las acusaciones son ciertas o no.

Tras decir eso, alisó una arruga en el cuero del maletín, le tiró la foto sobre la mesa y dijo:

—Tengo más.

Se marchó del despacho.

«Bueno —se dijo Brunetti—, qué mal lo has gestionado.» Cogió la foto. Era más o menos del tamaño que tendría en la columna de *Il Gazzettino*. No tenía ni idea de si alguien que no conocía a las personas que aparecían en ella las reconocerían. Al chico seguramente no: tenía la cabeza vuelta hacia un lado y no se le veía toda la cara.

En cambio, lo de Griffoni era harina de otro costal. Como la foto era en color y, aunque llevaba el pelo en una coleta que parecía haberse hecho sin cuidado nada más levantarse, la melena rubia daba testimonio silencioso de cualquier tipo de personalidad que el público quisiera atribuirle. El hecho de que la foto la hubiesen tomado en un bar y estuviera sentada con un hombre (Brunetti se reconocía el cogote) tal vez fuese peor testimonio de su idoneidad como defensora de la ley y la justicia de lo que sería capaz de aceptar el lector medio de *Il Gazzettino*. O de desear. La atención que atraería tampoco les gustaría a sus superiores.

Cogió el teléfono y marcó el número de extensión de Griffoni. El teléfono sonó cuatro veces antes de que la llamada se desviase al *telefonino*. Contestó después del séptimo tono.

—¿Eres tú? —dijo.

—Sí.

—¿Estás en tu despacho?

—Sí.

—¿Qué pasa?

—Necesito hablar contigo.

—¿Y esto no cuenta?

—¿Si no cuenta como qué?

—Hablar conmigo.

—No.

La respuesta se demoró un poco. Brunetti oyó otra voz, la de un hombre, y después Griffoni dijo algo que no entendió.

Entonces ella volvió a la conversación con un simple:

—¿Problemas?

—Sí.

—Tardo veinte minutos.

Y colgó.

19

Brunetti se negó a comprobar la hora. Si Griffoni le había dicho veinte minutos, tardara lo que tardase, para él serían veinte minutos. Miró el documento que había dejado de leer por falta de interés y no encontró las fuerzas para seguir leyéndolo. No era que no comprendiese las palabras o las frases, ya que estaban muy claras; era que no le importaba lo que allí se relataba.

Fue a la ventana y contempló las enredaderas que habían empezado el peregrinaje anual por la parte interna de la verja que rodeaba la casa que había al otro lado del canal. A medida que la primavera avanzase, llegarían a la parte superior de la verja y bajarían por el otro lado hacia su objetivo real, hacia el agua del canal, y después se detendrían a diez centímetros de la superficie al percatarse del engaño del aroma embriagador del agua: que era salada y, por lo tanto, venenosa. Entonces, habiendo crecido demasiado y sin la posibilidad de retroceder porque ya pesarían demasiado, las enredaderas permanecerían allí suspendidas y esperarían la lluvia, necesitarían la lluvia, se marchitarían por la falta de lluvia, verían cómo se les caían tallos al agua, bendita agua, maldita agua, y flotarían despacio hacia el *bacino* o se alejarían de él hasta que les pasara por encima una barca o muriesen ahogadas o secas por el sol y se hundieran y se mezclaran con el arsénico, el mercurio, el cadmio y el plomo que permanecía en letargo en el fondo de los canales.

Oyó un ruido y Griffoni dijo:

—*Ciao*, Guido. —Entró en el despacho y, sin sonreír, le preguntó—: ¿Debería cerrar la puerta?

—Sí —contestó él, y volvió a la mesa.

Griffoni se sentó delante de él. Le estudió la expresión y la postura unos instantes y señaló:

—Pinta mal. Dime.

—Ha venido Beni Borsetta hace una hora y me ha preguntado qué le hiciste al chico ese cuando lo acompañaste a Castello para dejarlo sano y salvo en casa.

—¿Lo ha dicho así? ¿Qué le hice?

—Más o menos. Me ha sorprendido tanto que se presentase aquí que no se me ha ocurrido grabar la conversación.

Ella se encogió de hombros.

—¿Qué más ha preguntado? ¿O qué ha dicho?

Brunetti no estaba seguro de si debía referirle la información que le había dado Cresti.

—Se le ha metido en la cabeza... —empezó a decir—. No, en la cabeza tiene otra cosa, pero este es el primer paso: hacerte pasar por la gran prostituta de Babilonia, la que seduce a menores.

Griffoni cruzó las piernas y apoyó los codos en los reposabrazos de la silla, con las manos entrelazadas en el regazo.

—¿Y cómo piensa hacer eso? —preguntó.

Su compañero carraspeó antes de responder:

—Me parece que ya ha empezado.

Ella se quedó helada; Brunetti vio cómo tensaba las manos.

—¿Qué quieres decir?

—Dice que el chico ha contado...

—Se llama Orlando, Guido.

Brunetti no sabía qué decirle.

—Le diste la bufanda —repuso, consciente mientras lo decía de lo ridículo que era, pero incapaz de hablar más.

—¿Alguna otra cosa? —preguntó ella.

A Brunetti lo sorprendió la tranquilidad que aparentaba Griffoni. Solo la delataban las manos. Él estaba retrasando el momento y lo sabía, pero no tenía ni idea de cómo hablarle de la última amenaza que había hecho Cresti.

—También tiene una foto en la que salís el chico y tú, y dice que puede publicarla en *Il Gazzettino*. En ella sale el muchacho mirándote con cara de enamorado.

Se levantó, se inclinó hacia delante y le entregó

la foto a Griffoni, que le echó un vistazo y la dejó en la mesa sin hacer ningún comentario.

—Es la misma bufanda que tú le prestaste, ¿verdad?

—Eran las seis de la mañana, caminábamos por la *riva* y hacía viento.

—Y tú hiciste de san Martín y cortaste la bufanda por la mitad y se la diste al mendigo hambriento.

—Más o menos —respondió ella.

—Beni no paraba con la cantinela de que os marchasteis juntos y tardasteis casi dos horas en llegar a Castello.

Ella asintió con la cabeza, pero no dijo nada.

—Y con que les dijiste a los del bar que eras su profesora de Matemáticas.

—Ya te lo expliqué, Guido: no quería que esos tipos supieran que yo era de la policía y que lo habían detenido por estar con una de las pandillas juveniles. Que son sus vecinos, por Dios.

A medida que levantaba la voz, se le enrojecía la cara y se aferraba a los reposabrazos como si le fuera la vida en ello.

—¿Que eso daría al traste con su reputación? —preguntó Brunetti con sarcasmo—. ¿Entre los viejos de Castello que están bebiendo vino blanco en un bar a las siete de la mañana? Era Castello, ¿qué otra cosa iban a estar bebiendo, por el amor de Dios?

Griffoni no ofreció más defensa que encogerse de hombros y se limitó a decir:

—Ese Beni es un cabrón muy listo. Ya ha conseguido que discutamos, ¿no te parece?

A Brunetti se le nubló el humor pensando en lo que tenía que decir.

—Hay algo más.

Ella levantó la mirada con curiosidad.

—Me ha dicho que el chico, Orlando, le ha contado a su padre que tú... Que te insinuaste.

Se dispuso a ponerse de pie, miró un instante los papeles que tenía Brunetti en la mesa, después la ventana, las manos entrelazadas de su compañero y por último lo miró a la cara.

—¿Que me insinué?

—Sexualmente —respondió Brunetti, incapaz de mirarla a la cara.

Con la voz hosca, ella exigió saber:

—¿Qué te ha dicho que dijo el chico? ¿Con qué palabras lo ha dicho?

Esta vez, Brunetti no vaciló en absoluto.

—Que tenías otra manera de calentarlo.

Después de respirar hondo varias veces, Griffoni preguntó:

—¿Orlando le ha dicho eso a su padre?

Se arrellanó en la silla. Guardaron un silencio prolongado. Brunetti no tenía ni idea de qué le pasaba a ella por la cabeza ni qué pensaba él, aparte de sentir vergüenza y rabia.

Al final, habló la *commissario.*

—¿El chico ha dicho eso o ha sido Beni, que simplemente intenta asustarnos? Porque eso es chantaje. —Entonces, casi como de pasada, añadió—: Seguro que lo ha hecho la tira de veces.

Brunetti se encogió de hombros.

—¿Qué quiere? —preguntó Griffoni, pero le costó hacerlo con voz normal.

—Lo último que ha dicho es que quería que te prohibiesen acercarte a menos de cien metros del chico —contestó él, y perdió los estribos—. Como si fueras un gamberro del fútbol que hubiera matado a alguien a patadas.

Con el rostro sobrio, Griffoni dijo:

—La única persona a la que yo mataría a patadas es a Beni, y no tendría nada que ver con el fútbol. —Después, más seria—: ¿Qué condiciones ha puesto?

—Su idea no abarca mucho. Que no te acerques a menos de cien metros del chaval y que no tengas ningún tipo de contacto con él ni en persona ni por teléfono.

—¿Y a cambio? —preguntó—. ¿La supuesta conversación que Orlando tuvo con su padre desaparece?

—No solo eso. Estoy seguro de que Beni dejará de intentar convertir en escándalo el hecho de que pasaras dos horas a solas con Orlando. —Pronunció «dos horas» con mofa para mostrar lo que opinaba—. Y que mintieras de manera intencionada sobre tu identidad y dijeras que eras la profesora de Matemáticas. La foto de tu Romeo enamorado tampoco aparecerá en *Il Gazzettino*.

Brunetti paró de hablar y dejó que ella sopesara las acusaciones que acababa de enumerar.

—¿Hay algo más que pudiera usar en mi contra?

—Las típicas desventajas.

—Que soy mujer y napolitana, ¿te refieres a eso?

—Sí. Además, eres relativamente joven y muy atractiva y, en el caso de este tipo de acusaciones, esas cosas son claras desventajas. —Hizo una pausa, se planteó si podía bromear al respecto y lo hizo—. Menos mal que no saben lo inteligente que eres; de lo contrario, llenarían la ciudad de carteles para que no se te acercasen los niños.

—Estaba a punto de decirlo yo —repuso Griffoni, pero de pronto se mostró más calmada y añadió—: Esa es tu opinión como agente de policía. ¿Hay otra faceta de ti que vea las cosas de otro modo?

—Como veneciano —empezó Brunetti, y se dio unos golpecitos en el pecho—, te digo que no le prestes ninguna atención. ¿Qué pasaría si la gente lo pensara? Son las cinco y media de la mañana en la Riva degli Schiavoni, sin lugar donde resguardarse del frío y del viento que entra desde el *bacino*. —Mientras iba enumerando los detalles, a Brunetti le costaba no reírse—. *¿Orlando e Giulietta?* —preguntó.

—En ese caso, ¿por qué lo intenta?

—¿Beni?

—Sí.

—Porque es idiota y porque en lo único que piensa en cualquier situación es en cómo sacar tajada económica, así que tiene que haber alguien dispuesto a pagarle para que encuentre la manera de impedir que hables con el chico —dijo.

Al oír esas palabras, al *commissario* se le ocurrió una idea:

—Me pregunto si no se trata de celos y ya está.

—¿Cómo? —preguntó Griffoni.

A Brunetti le sonó un gran barullo en la cabeza mientras pensaba en Monforte y su pasado y su hijo y la naturaleza cambiante de su vida. Miró por la ventana y dijo:

—Es padre soltero y Orlando es su único hijo. Viven juntos. Él fue un héroe. —Entonces miró a Griffoni y continuó—: Acuérdate de que el presidente fue al hospital y le estrechó la mano. Pero ahora no tiene nada más que un trabajo y a su hijo, y lo único que le importa de todo eso es Orlando.

Hizo una pausa y esperó a que ella contestara, pero Griffoni no dijo nada.

De pronto, habló:

—Pero parece que Orlando le tenga miedo.

—Yo hablo de Monforte —dijo Brunetti—, de lo que él siente. No del chico.

Ella se encogió de hombros y al final dijo:

—Me vale, a mí no se me ocurre nada mejor. En cualquier caso, tengo que mantenerme alejada de Orlando. —Reflexionó sobre eso unos segundos, se encogió de hombros nuevamente y añadió—: No será difícil.

Brunetti continuó callado: sabía que ella no había terminado.

—Lo que no me gusta es que me digan lo que tengo que hacer.

—La malvada seductora que intenta acaparar la atención de su hijo.

—Creo que te has vuelto loco —dijo Griffoni, pero sonrió.

—Pues dejemos el tema —concluyó Brunetti.

Pasó un instante. Él la había observado con atención mientras hablaba y se había dado cuenta de que su compañera había relajado las manos y la línea que le recorría la frente de lado a lado había desaparecido.

Griffoni lo sorprendió al asentir con la cabeza como si respondiese a algo que hubiera oído, aunque no se le veía ni rastro de placer, alegría ni alivio en el rostro. Lo que se veía era aceptación y algo que podía ser su sentido del humor ante un ejemplo más de que la gente era capaz de hacer cosas horribles con la misma facilidad que hacía las cosas buenas, y que la única diferencia era la voluntad y la disposición con que las hacían.

—Sí, dejemos el tema —dijo ella.

Se hizo el silencio en el despacho, hasta que Griffoni habló:

—Qué poco sabemos de Monforte. Quizá sea

hora de que llame a mi casero y veamos qué averiguamos de él.

—¿Con el primo que estuvo en Nasiriya?

—Exacto.

Cuando lo llamó, el casero de Griffoni se alegró de poder concertarle un encuentro con su primo Lino, y solo añadió que era mejor hablar con él por la mañana. Sí, al día siguiente le iba bien, pero mejor por las mañanas. Vivía con su madre y con su hermana en el segundo edificio de Corte Zappa, la primera calle a mano derecha bajando desde el Ponte de Gheto Novo. Él lo llamaría y le diría que esperase dos visitantes a las...

—¿A las diez? —preguntó Griffoni.

Y así quedaron.

Brunetti se levantó y dijo:

—Voy a bajar a preguntarle a la *signorina* Elettra si tiene noticias de su amigo de Caltanissetta.

Se dio cuenta de que había pronunciado el nombre de la ciudad tal como una persona religiosa se referiría a Gomorra.

Dio la casualidad de que se cruzó con la *signorina* Elettra en la escalera; ella subía a decirle (para no tener que usar el teléfono, pensó Brunetti) que había preferido hacer esa búsqueda en su ordenador personal y la acabaría esa tarde en casa para traerle la información a la oficina a la mañana siguiente.

Brunetti había tardado años en dominar la expresión de la discreción en público. La puso cuando le respondió como si ella hubiese dicho que en casa hacía origami:

—Gracias, *signorina*. Que tenga una buena tarde.

—Igualmente, *commissario*.

Brunetti tuvo una buena tarde, como si acatase órdenes. Cenó en casa con su esposa y sus hijos. Durante la cena, un *risotto ai bruscandoli*, su hijo anunció que estaba pensando en cambiar de carrera y dejar de hacer Historia para estudiar Biología Marina. Lo primero que pensó Brunetti fue, por supuesto, adónde tendría que ir su hijo a estudiar Biología Marina, pero Raffi ya lo había buscado e informó de que la mayoría de las buenas facultades estaban en Estados Unidos y Australia.

—¿Aquí no hay ninguna? —preguntó Paola.

Como era la madre de Raffi, no le daba vergüenza ser protectora.

—Sí, en Bolonia.

Por si alguien no se había percatado de lo extraño que era eso, Chiara dijo:

—Bolonia, que está en el interior.

Cuando le llegase el momento, pensó Brunetti, ¿hasta dónde estaría Chiara dispuesta a ir? Durante todo un año había hablado de estudiar Filología

Clásica y estaba convencida de que la mejor opción era Oxford. Se alegró de que Estados Unidos o Australia no fuesen a tentarla, pero se dijo que era demasiado pronto para preocuparse por eso. Sus hijos irían a donde quisieran ir y harían lo que desearan.

Brunetti les sonrió, se acabó las últimas cucharadas de *zabaione* y fue al salón a tomar el café con Paola. Al cabo de un rato ella llegó con dos tacitas y dos platillos, los dejó en la mesita y se sentó a su lado. Ya les había puesto azúcar, así que a Brunetti no le hizo falta revolverlo.

Se lo tomó, se recostó en el sofá y apoyó la cabeza en el respaldo. Paola hizo lo mismo y le cogió la mano. Y así estuvieron un rato, cada uno siendo el favorito del otro.

20

Griffoni esperaba en lo alto del Ponte de Gheto Novo a las 9.50 de la mañana siguiente; Brunetti, que con un día tan clemente había decidido ir a pie, llegó unos minutos más tarde.

—Anoche releí algunos artículos de los periódicos digitales sobre Nasiriya —dijo Griffoni—. ¿Cómo podían estar tan seguros de que estaban a salvo si...? —empezó a decir, pero calló y, con más tranquilidad, continuó—: Eran muy inocentes. Todo el mundo adora a los italianos: les dan caramelos a los niños, seguramente compartían mucha comida con los habitantes de la ciudad. No había motivos para pensar que no le cayeran bien a la gente. —Se encogió de hombros para desestimar esa posibilidad y añadió—: Al menos, el Gobierno y el ejército se portaban bien con ellos.

—¿Qué quieres decir? —preguntó Brunetti.

—Uno de los artículos que leí era sobre una

pensión que tenían que darles a las familias de los supervivientes.

Su compañero pensó que eso no los llevaba a ninguna parte y dijo:

—Venga, vamos al lío.

Empezó a bajar los peldaños del puente.

Al llegar abajo, giraron a la derecha y entraron en la primera calle. Brunetti pulsó el timbre que decía RICCIO. Les abrieron enseguida; él empujó la puerta hasta que se abrió del todo y la sujetó para que Griffoni entrase la primera. Una mujer voceó desde arriba:

—¡Es el segundo!

Subieron la escalera.

Una mujer alta y delgada estaba en el rellano. Vestía una falda marrón y un jersey de color beige y, a juzgar por su aspecto, debía de tener entre cuarenta y cincuenta años. Llevaba el pelo recogido con dos peinetas de carey. Debajo de los ojos tenía la piel oscura y tensa por culpa de no dormir lo suficiente durante años: viejas preocupaciones. Cuando llegaron arriba, retrocedió un par de pasos, les ofreció la mano y dijo:

—Soy Maria Grazia Riccio. Vienen a hablar con mi hermano, ¿verdad?

Griffoni y Brunetti le estrecharon la mano.

—Así es —dijo él—. Estamos muy agradecidos de que nos brinden la oportunidad.

—Uy, Lino se alegrará de ver caras nuevas. Viene muy poca gente de visita. —La sonrisa era una expresión incierta; sus manos se acunaban entre sí, cerca de la cintura—. Eso ahora —añadió—. Ay, discúlpenme; pasen, por favor, pasen —continuó, y se hizo a un lado y les abrió la puerta del apartamento de par en par.

Había un recibidor pequeño con la habitual consola y el tapete de ganchillo con un jarrón de flores de plástico. En la pared había fotografías de perros y gatos que podían ser recortes de revistas. Cuando Brunetti se volvió para cerrar la puerta, justo encima vio un crucifijo de plástico colgado de la pared, pero tapado por la rama de olivo que continuaba fresca desde el Domingo de Ramos del mes anterior.

Otra mujer, esta de pelo blanco y con la cara igual de demacrada que la otra, apareció por una puerta y Brunetti vio que era la cocina. Se presentó diciendo que era la madre de Lino, les estrechó la mano con timidez y dijo que estaba muy contenta de tenerlos como invitados en su casa y de que fuesen a hablar con su chico. Brunetti echó un vistazo rápido a la cocina y vio la cocina de los sueños de su madre convertida en realidad. La mesa era de mármol y tenía las patas gruesas de madera. Junto a la pared había un armario alto de puertas de cristal, en cuyo interior había platos apilados según el tamaño. Entre el marco y el cristal habían metido muchas fotos, estas de personas. La cocina de gas era vieja, pero estaba impecable, y lo mismo se podía decir de las sillas recubiertas de plástico.

Maria Grazia había continuado por el pasillo que conducía al otro extremo del apartamento, y la siguieron. En esas paredes había fotos enmarcadas de hombres con el uniforme oscuro de los *carabinieri*. Había ocho, y a Brunetti le pareció imposible juzgar si en ellas aparecían hombres diferentes o si eran los mismos en lugares distintos. Del pecho de todos colgaban hileras de medallas e insignias de colores vivos. En la última foto de la derecha aparecía un solo individuo: un joven de uniforme con la típica banda blanca que iba de izquierda a derecha. Estaba más tieso que las astas de la Piazza San Marco, y en toda esa plaza no habría cabido la alegría de su rostro por llevar ese uniforme. El *commissario* pasó de largo sin atreverse a preguntar, aunque sabía quién debía de ser.

La hermana los llevó a una habitación larga y estrecha cuyas dos ventanas tenían vistas al canal y a las casas del otro lado. A cierta distancia había un campanario de iglesia y, aunque Brunetti no estaba seguro de cuál era, debía de ser Sant'Alvise. Al fondo había un hombre en una silla de ruedas mirando por la ventana. Solo le veían la parte trasera de la cabeza.

Maria Grazia fue por delante y se detuvo a la izquierda del hombre. Este continuó en silencio, mirando hacia la derecha.

—Lino —le dijo—, han llegado los que venían a verte.

Él asintió con la cabeza, pero no la miró. Con una voz infantil e insegura les dijo que eran muy amables por visitarlo. Sin dejar de asentir, le preguntó a su hermana:

—¿Esta vez han traído los documentos del transporte?

La miró sin volverse hacia los dos agentes de policía.

—No, Lino —respondió ella.

Se le acercó para colocarle bien la manta de cuadros del regazo y arroparlo con la bufanda de lana del cuello.

—¿Ha pasado algo? —preguntó él y, de pronto, su voz era más aguda.

—No, no, Lino. Es que ellos no tienen los papeles. Son unos amigos; han venido un rato para hablar contigo y ver cómo estás.

—Estoy bien, estoy bien, estoy bien, estoy bien, Maria; tú ya lo sabes —dijo con esa extraña voz—. Pero necesito los papeles del transporte. Tengo que volver con *mamma*. Para irme necesito los papeles.

—No te preocupes por eso, Lino; los del transporte vendrán, te mandaremos a casa con *mamma* y todo estará bien. —Como él no decía nada, ella le preguntó—: Lo sabes, ¿verdad, Lino?

Brunetti pensó que era como si, mientras hablaba, la mujer hubiese entrado en un túnel; a cada palabra su voz sonaba más distante y frágil.

—Sí, veré a *mamma* y todo estará bien —dijo el hombre con certeza forzada.

Maria Grazia se apartó de su hermano, se volvió hacia Brunetti y, en voz muy suave, dijo:

—Creo que ya pueden presentarse ustedes mismos. Pero solo el nombre de pila, por favor.

Dicho eso, se retiró, y Brunetti ocupó su lugar y por fin vio a Lino.

Le ofreció la mano con una sonrisa y, automáticamente, le habló en dialecto y lo trató de tú:

—*Buondì, Lino. Come ti sta?*

El poco labio que le quedaba a Lino se elevó y formó una sonrisa fácil de identificar, tal vez la única expresión de la que era capaz ese rostro. Brunetti se había fijado en que el hombre tenía la mano derecha debajo de la manta, así que le ofreció la izquierda, le sujetó los tres dedos con suavidad y los movió arriba y abajo lo suficiente para que contase como un apretón de manos.

—Me llamo Guido —dijo, y por fin le vio la cara entera— y soy amigo de Maria Grazia.

Le echó un vistazo rápido a su hermana, que asintió con la cabeza.

—Y esta —continuó Brunetti, y le apretó el antebrazo a su compañera todo lo que pudo— es mi amiga...

Se quedó callado y, para disimular el pánico que sentía, no le quedó más remedio que toser unas cuantas veces. De repente no se acordaba del nombre de pila de Griffoni. Llevaba años trabajando con ella, pero con solo verle la cara a ese hombre se le había ido de la cabeza.

Sintió una mano en el hombro y dejó que Griffoni lo apartase. Ella ocupó su lugar, le sonrió a Lino y dijo:

—*Ciao, Lino, mi chiamo Claudia.* —Aceptó los dedos que él le ofrecía y los sostuvo con delicadeza mientras seguía hablando—: Ya habrás notado que no soy veneciana y no podemos hablar en el dialecto de aquí, pero si me lo permites, me gustaría tratarte de tú. —Le puso la otra mano encima de la suya y añadió—: Espero que no te importe.

Brunetti se volvió para mirarla y vio que el mismo sol napolitano que le había oído en la voz le brillaba en el rostro. Lino estaba perdido.

—Ay, qué feliz, feliz, feliz me haces. *Sei bella, bella, bella.*

Hablaba como un niño, pero era imposible adivinar su edad por la voz. Brunetti se dio cuenta de que se había valido del tamaño de la cabeza de Lino para decidir que era adulto, que debía de tener unos cuarenta años, pero ni siquiera eso era seguro.

Aunque a regañadientes, Maria Grazia había dejado de mirar esa cara tan contenta para traer tres sillas que colocó delante de su hermano. Brunetti llegó a tiempo de cargar con la última. Se sentaron, con el *commissario* en el centro. Oyó un ruido, miró hacia el pasillo por el que habían llegado hasta allí y vio que la *signora* Riccio estaba en la puerta. Se volvió hacia Maria Grazia, pero ella negaba con la cabeza a su madre y, cuando Brunetti miró de nuevo, la mujer ya no estaba.

—¿Tienes los papeles del transporte? —le preguntó Lino a Griffoni.

—No, no trabajo en ese departamento —respondió ella con cara de tristeza.

—¿Trabajas? —preguntó él.

—Sí, pero en otra parte.

—Pero eres demasiado guapa para trabajar.

Griffoni se rio, se echó hacia delante y le tocó el brazo.

—Gracias por el cumplido, pero me gusta trabajar. —Entonces, muy alegre, le preguntó—: ¿Tú no trabajas, Lino?

Él miró a su hermana un breve instante y contestó:

—No, ya no.

—Pero ¿antes sí? —le preguntó Griffoni para animarlo a hablar.

—Uy, sí. Era *brigadiere*.

Había hablado con una voz distinta: fuerte, libre, potente.

—¡No me digas! —exclamó ella con la voz empapada de curiosidad, tal como haría una hermana pequeña al enterarse de que su hermano había sido *brigadiere*—. ¿En la policía?

El lado de la cara donde Lino tenía piel se oscureció y él dijo:

—No, en la policía no. En los *carabinieri*.

—Ostras, qué maravilla. ¿Aquí, en Venecia?

Eso lo confundió un instante. Miró a su hermana, que sonrió, y Brunetti tuvo la impresión de que por eso movió la cabeza atrás y adelante, atrás y adelante; le recordó al tipo de juguetes infantiles que repetían un movimiento hasta que se quedaban sin pilas.

Sin embargo, Lino paró y dijo:

—No, en Venecia no. —Se echó hacia delante y apoyó los dedos en la pierna de Griffoni—. Estaba allí. Por eso necesito los papeles del transporte. Para volver aquí.

Ella se recostó en la silla y le dijo que sí con la cabeza, con aire comprensivo.

—Ah, vale, es eso. Ahora entiendo por qué es tan importante que los consigas.

Él sonrió; la boca y uno de sus ojos reflejaron lo feliz que lo hacía que lo hubiera entendido.

Griffoni miró un momento a Brunetti y le dio la oportunidad de tomar el mando, pero él cruzó las piernas y levantó la barbilla un ápice mientras la miraba.

—¿Qué hacías cuando estabas en los *carabinieri*? —preguntó Griffoni con interés evidente.

Lino agachó la cabeza, quizá para esconder la sonrisa que le inundaba el rostro.

—Eso es un secreto —dijo al final.

—Pero nosotros no tenemos secretos, ¿verdad? No desde que me has dicho que estuviste en los *carabinieri*. —Le ofreció una sonrisa aún más amplia—. *Brigadiere*, además.

Él levantó la cabeza y dijo:

—Claro, claro.

Como si lo hubiera convencido un orden superior. La emoción de acordarse de los tiempos en el cuerpo lo hizo moverse y la manta se le escurrió un poco por las rodillas.

Levantó los dedos y le hizo un gesto para que se acercase. Griffoni se inclinó hacia delante y él le dijo:

—Gané mucho mucho mucho mucho dinero.

Sus labios formaron lo que ellos recordaban como una sonrisa.

Griffoni se rio y dio palmadas. Se acercó para enderezarle la manta de cuadros y lo arropó bien.

—Muy bien hecho. —Entonces se acercó de nuevo y le preguntó—: ¿Cómo lo hiciste, Lino?

La pregunta hizo que Maria Grazia se levantase de golpe con cara de haberse quedado helada.

—¿Les apetece...? ¿Les apetece tomar algo? —les preguntó.

—Me encantaría un café —respondió Brunetti, que solo esa mañana ya llevaba dos.

—Yo también, si no es mucha molestia —dijo Griffoni, y le sonrió a la mujer.

Maria Grazia no pudo más que devolverle la sonrisa. Se excusó y fue a la cocina.

Como si no hubiese habido ninguna interrupción, Griffoni preguntó:

—¿Cómo ganaste todo ese dinero, Lino?

—Estaba en otro sitio —contestó él—. El sitio del que quiero volver.

Brunetti y Griffoni asintieron comprensivos.

—En esa época trabajaba en transporte.

Griffoni soltó un suspiro de sorpresa y se inclinó un poco hacia delante.

—Así que podía enviar cosas allí —continuó Lino.

—¿Adónde? —le preguntó ella.

—A Italia —explicó Lino.

—Claro, cómo no —dijo Griffoni—. ¿Eras el jefe?

—No —respondió él, y negó con la cabeza al menos diez o doce veces—. Yo no era el jefe; el jefe era el *maresciallo capo*. Mi trabajo era rellenar la documentación y las cosas iban a donde yo les decía.

—¿Y adónde decías?

—A Venecia.

—Ah, perfecto.

—Muchas muchas cosas. Bolsas y maletas y cajas llenas de cosas. Y libros, muchísimos libros.

No le cambió la cara y a los *commissari* les resultó difícil saber qué emociones había tras la máscara de piel en la que se había convertido su cara.

—Pero yo no los podía leer; eran garabatos y nada más que garabatos.

—Si no los podías leer —dijo Griffoni con auténtica preocupación—, ¿por qué los transportabas?

—Porque el *maresciallo capo* los ponía con las demás cosas. Me decía que otros sí los sabían leer.

Su interés en ese fenómeno era tan obvio que Lino sacó lo que le quedaba de la otra mano de debajo de la manta y la meneó en el aire con cuidado de hacerlo de derecha a izquierda, como si escribiese «*álif, ba', ta'*» en el espacio que había entre ellos.

—Y, aunque estaban escritos con esas letras tan raras, la gente quería los libros.

Miró a los dos policías como si deseara que dijeran algo sobre lo extraño que era el mundo.

En ese momento Maria Grazia regresó de la cocina, pero con las manos vacías.

—Se me ha olvidado preguntarte si querías algo, Lino —dijo, y miró a su hermano.

Él no le hizo caso.

—Lino —dijo ella esforzándose por mantener la calma—. Es la hora de...

—Es la hora de hablar con mis amigos. Nunca tengo amigos con los que hablar a solas —repuso.

Como con el rostro solo era capaz de mostrar una expresión, no podía manifestar su irritación de ese modo, aunque se le notaba de sobra en la voz.

—Nunca hablo a solas con amigos.

Como si Lino no hubiera dicho nada de eso, Griffoni miró a su alrededor y canturreó:

—Uy, ¡qué buena idea! Vamos a tomarnos un café todos juntos.

Miró a Maria Grazia con confusión y empatía. La otra mujer asintió con la cabeza.

Lino hizo lo mismo varias veces seguidas y ese movimiento pareció impulsar a Maria Grazia hacia la cocina.

Con una voz más sobria de la que había usado hasta ese momento, Griffoni dijo que les interesaba su experiencia en el campo del transporte entre Italia e Irak y que querían saber más.

—Nos dijeron que no podíamos hablar de ello. Nos lo decía el *maresciallo capo*.

Con cara de confusión, Griffoni comentó:

—No entiendo por qué tenía que ser un secreto. La gente quería esas cosas y las compraba, así que seguro que hablaban de ello. —Al ver que Lino no decía nada, Griffoni le preguntó—: Eso tiene sentido, ¿no te parece?

21

Después de un rato que se les hizo largo, Lino habló con cierta confusión.

—Ya, es verdad. —Luego, tras una pausa y con tono más insistente, preguntó—: Entonces, ¿ya puedo hablar de eso?

Griffoni sonrió.

—Puedes hablar de todo, Lino —dijo—. Ahora que hemos venido nosotros. —Se volvió hacia Brunetti y le preguntó—: ¿Qué te parece, Guido? Lino y yo pensamos que ahora tiene todo el derecho del mundo a hablar del tema. —Entonces, se arriesgó y añadió—: Sobre todo después de lo que pasó. De lo que le pasó.

—Estoy de acuerdo contigo —repuso Brunetti, que se esforzaba por parecer pensativo—. Sobre todo ahora, como decías.

Con una sonrisa muy luminosa, Griffoni dijo:

—No te voy a preguntar por el dinero, Lino.

Eso no es asunto mío, pero te felicito por ser listo y que se te ocurriese la idea.

Lino agachó la cabeza y musitó algo.

—Perdona —dijo ella—, no te he oído.

Le ofreció su sonrisa más convincente.

—No fue idea mía —contestó él en voz muy baja, como si quisiera que lo oyese, pero no—. Fue del *maresciallo capo.*

—Bueno, pues entonces el ingenioso es él. Pero tú tenías que rellenar los papeles y supervisarlo todo. Así que me parece que no podría haber hecho nada sin ti.

Griffoni había subido de tono, como cuando alguien presume de amigo. O lo defiende. De pronto, soltó una risotada y luego otra.

Tras la tercera, Lino le preguntó:

—¿Qué te hace tanta gracia?

Ella se tragó la risa, se dio una palmada en la frente con la mano derecha y dijo:

—Que yo pensaba que se podía ir a Correos y enviar paquetes a cualquier parte.

Lino siguió mirándola confundido.

—Pero esas cosas venían en avión, ¿no? —le preguntó.

Lino asintió con la cabeza, contento de que estuviesen hablando de cuando él trabajaba.

—Debía de ser una especie de mensajero privado, no el cartero —dijo Griffoni—. Así que seguro que necesitaban un sitio donde aterrizar. Se me había olvidado —añadió imitando a la perfección a una mujer tonta que no entiende de casi nada.

—Ah, eso era fácil —dijo él—. Siempre aterrizábamos en Aviano. —Al ver que ella lo miraba confundida, se explicó—: Los estadounidenses tienen una base grande allí y nosotros también la utilizamos. Era a donde llevaban a los hombres que volvían a casa. —Se tocó el lado de la boca y dijo—: Los que habían terminado el periodo de servicio. —Miró a su alrededor buscando la forma de continuar, pero no encontró más que—: O los que estaban... heridos.

Brunetti pensó que debía de haber necesitado mucho coraje para pronunciar esa palabra.

Griffoni asintió y le hizo una pregunta en voz baja, más adecuada para asuntos solemnes:

—¿Volvieron muchos así?

Lino tuvo que pensarlo un poco, pero al final respondió:

—Al principio, no eran muchos. Y solía ser por accidentes o porque el vehículo en el que iban había pisado una mina.

Lino calló y estuvo en silencio durante al menos un minuto antes de decir:

—Un amigo mío se murió así. —Y entonces repitió—: Se murió, se murió, se murió.—Al cabo de un momento, meneó la cabeza y dijo—: Eso fue muy feo.

Como si fuera un niño, sacó las manos maltrechas, las apoyó en los muslos y se puso a levantarlas cinco o seis centímetros antes de bajarlas de nuevo de forma rítmica y silenciosa.

Todo había sido un asunto muy feo, se dijo Brunetti para sus adentros, pero permaneció inmóvil y en silencio, convencido de que su compañera sabría qué hacer.

—¿Y el trabajo era difícil?

Lino negó con la cabeza cinco o seis veces y después dijo:

—Al principio no. Pero luego hubo problemas.

—¿Qué pasó, Lino? —le preguntó Griffoni con su tono de voz normal.

La calidez napolitana debió de sorprenderlo, porque dejó caer las manos sobre el regazo.

—¿A mí o a nosotros? —preguntó con una tranquilidad asombrosa, como si se hubiera cansado de estar escondido y ya pudiera salir.

—Al grupo.

—Alguien nos robaba.

—¿Qué robaba?

—Las mejores cosas.

—¿Quién decidía qué era lo mejor?

—Uno de nosotros tenía un libro.

—¿Qué clase de libro?

—Uno de arte. Salían las cosas que estaban en los museos y que eran más famosas. —La miró a la cara—. Si salían en un libro, las cosas que fuesen iguales también tenían que ser valiosas, ¿no?

Ella asintió con la cabeza.

—Pero entonces el *maresciallo capo* descubrió que algunas piezas, las que él decía que eran las mejores, habían desaparecido.

—¿De dónde?

—Teníamos una sala en uno de los edificios.

—¿Dónde?

—En la base.

—¿En Nasiriya?

Durante casi un minuto, Lino miró a su alrededor con el ojo que le quedaba, como si hubiera visto una serpiente en el suelo o una bomba.

—Sí —contestó al final, y después hizo un gesto con lo que le quedaba de las manos para intentar apartar ese nombre de sí.

—¿Qué pasó? —preguntó Griffoni, fascinada por completo por la historia que les contaba.

—El *maresciallo capo* descubrió que a uno de los otros que trabajaban en transportes también le habían dado una llave.

—¿Y era de esa sala?

Brunetti miró al hombre y le vino a la mente una persona atrapada en un coche que iba a toda velocidad, sin poder controlar el volante. Los frenos habían fallado y había otra persona pisando el acelerador. Las puertas estaban cerradas desde fuera y no había manera de parar.

—Sí.

—¿Qué pasó?

Brunetti oyó un ruido a su espalda y, cuando se giró, vio a Maria Grazia junto a la puerta. Entonces Lino la vio y habló tan alto que los sobresaltó a todos:

—Vete. Estoy hablando con mis amigos.

Brunetti tuvo que apartar la vista de la expresión que le afloró en el rostro a la hermana. Maria Grazia se marchó, y él la oyó ir dando pisadas suaves hasta la cocina.

—El día antes de que pasara —empezó a contar Lino, y a Brunetti no le cabía ninguna duda de que se refería al ataque, a la explosión que había dejado lo que quedaba de él—, estábamos metiendo algunas cosas en la sala y...

Lino levantó las manos otra vez y retomó el movimiento rítmico de antes, aunque ahora intentaba volver las manos hacia arriba de vez en cuando, como si quisiera calmarse.

Brunetti no se acordaba de cuánto tiempo duró lo de las manos, pero al final Lino paró y las metió las dos debajo de la manta, donde se quedaron quietas.

—¿Y entonces? —le preguntó Griffoni.

—El *maresciallo capo*, que era el líder, nos dijo que lo agarrásemos.

La mano izquierda trató de zafarse de la manta y acercó los dedos rígidos a perpetuidad a la boca. Se miró la mano. Brunetti se preguntó si estaba pensando en la palabra *agarrar*.

A Brunetti no se le ocurría cómo ayudar a Lino a salir del paso. No podía arriesgarse a mirar a Griffoni. Lo único que podía hacer era esperar.

Sin que nadie le metiera prisa, Lino regresó al pasado y dijo:

—Era tan estúpido que llevaba la llave extra en el bolsillo. —Se le notaba la tensión en la voz—. Y así supimos que había estado robándonos y que tal vez llevase meses haciéndolo.

—¿Y entonces?

—Nos quedamos en la sala y le preguntamos dónde guardaba lo que robaba.

Brunetti se percató de lo mucho que parecía indignarle la falta de honestidad del otro hombre y se planteó a qué se refería con «le preguntamos».

—Y cuando nos contó lo que había hecho y dónde estaban las cosas, el *maresciallo capo* nos dijo que lo subiéramos a una furgoneta y lo llevásemos al centro de la ciudad.

Se quedó en silencio y miró a Griffoni y luego a Brunetti, antes de echar un vistazo a su alrededor con mucho cuidado. Al ver que no había nadie más, que nadie acechaba ni escuchaba, se tranquilizó.

—Valeriano llevaba el uniforme.

—¿Y qué le hicisteis?

—El chófer detuvo la furgoneta. Creo que él era el único que sabía dónde estábamos. Es una ciudad grande.

—¿Y entonces? —insistió Griffoni.

—Abrimos la puerta de atrás, y el *maresciallo capo* le pegó una patada y aterrizó fuera, en la calle; luego nosotros volvimos a la base.

Hubo un silencio muy largo y sepulcral y, al cabo, Lino dijo:

—No volví a ver a Valeriano. Y el *maresciallo capo* nos obligó a todos a decir que no se lo diríamos a nadie. Nos lo hizo jurar por nuestro honor como *carabinieri*.

Paró de hablar, y Brunetti pensó que había terminado, pero al parecer aún tenía una cosa más que decir.

—Y, al día siguiente, ocurrió.

Ya no dijo nada más.

Antes de que el silencio se prolongase, Brunetti se puso en pie.

—Creo que deberíamos volver a la oficina —dijo.

Se acercó a Lino, le estrechó lo que en su mente decidió llamar «mano» y le dio las gracias por recibirlos. Griffoni se levantó y se inclinó para ponerle la mano en el hombro.

—*Ciao, Lino. Tante grazie.* —No supo qué más decir sin que se le quebrase la voz.

Maria Grazia los acompañó por el pasillo. A unos metros de la puerta, Griffoni se apoyó en Brunetti, le agarró del hombro, rebotó y cayó sobre una de las sillas del pequeño recibidor.

Maria Grazia la alcanzó en un segundo, la empujó hacia el respaldo e intentó mantenerla erguida. A Griffoni se le cayó la cabeza hacia atrás y se la golpeó con la pared. Se quedó así, con los ojos cerrados y la boca abierta.

La madre de Lino salió de la cocina con un paño húmedo que usó para mojarle la frente y las mejillas, y Maria Grazia fue a por un vasito de agua que le acercó a los labios. Griffoni bebió un pequeño sorbo, luego otro y después abrió los ojos y miró a su alrededor.

—Ay, lo siento —dijo—. Perdón, lo siento.

Le cogió la mano a Brunetti e intentó levantarse de la silla.

Maria Grazia se dirigió al *commissario*.

—Vamos a llevarla al sofá —dijo—. Allí estará más cómoda.

Sin esperar a la respuesta, rodeó a Griffoni por los hombros y la ayudó a ponerse en pie. Brunetti se colocó de inmediato al otro lado e intentó ayudarla con el peso. La madre abrió una puerta y los hizo pasar a un salón diminuto donde a duras penas cabían los cuatro.

Sentaron en el sofá a Griffoni, que no paraba de disculparse y pedir perdón, y sacaron una silla para que Brunetti se sentara delante de ella. Como solo había una silla más, la *signora* Riccio se sentó en el sofá con Griffoni, y Maria Grazia al lado de Brunetti.

Pasó un minuto y después otro. Al final, Griffoni se inclinó hacia un lado, le cogió la mano a la madre de Lino y dijo:

—*Signora*, no tengo palabras. Nada de nada. Lo siento mucho por su hijo y por ustedes dos, y siento mucho que les haya sucedido algo tan horrible. —Miró a su alrededor: una salita pequeña con una sola ventana y manchas de humedad en la pared—. Espero que las traten bien, teniendo en cuenta lo que les han arrebatado —les dijo a las mujeres.

—¿De quiénes habla? —exigió saber Maria Grazia rabiosa.

La pregunta y el tono confundieron a Griffoni.

—Del Gobierno. De los *carabinieri*.

Griffoni miró a Maria Grazia a la cara; el enfado había borrado todo lo demás. Pensando en lo que le había contado a Brunetti de la pensión, se explicó:

—La pensión especial que les dieron a los supervivientes; estoy segura de que eso les ha servido de ayuda estos años.

—Pero ¿de qué habla? —preguntó Maria Grazia con impaciencia.

Griffoni retrocedió de inmediato, temerosa de haber caído en la trampa más profunda: la de creerse lo que dicen los periódicos.

Maria Grazia insistió:

—No sé de qué habla. No hay ninguna pensión especial: recibimos la normal, la que les dan a los hombres que lo dejan por culpa de las lesiones.

Vieron que la mujer intentaba callar y no lo conseguía.

—Tardaron siete años en decidir cuánto pagarles a las familias de los que murieron y ni siquiera han saldado esa cuenta. Imagínese cuánto tardarán en decidir qué darnos a nosotros.

—Perdón, ha sido un error —repuso Griffoni con torpeza.

Al cabo de un momento, Brunetti se volvió hacia ella.

—¿Ya estás mejor, Claudia? —preguntó.

Ella sonrió y le soltó la mano a la *signora* Riccio, se la colocó sobre el cojín y le dio unas palmaditas en el dorso.

—Gracias a las dos. Siento mucho haberlas molestado y haber hecho que sea aún peor por ser una floja.

Se levantó con su elegancia habitual y dio unos pasos hacia la puerta, que estaba entreabierta, con Brunetti a su lado. Maria Grazia acabó de abrírsela en silencio. Salieron al rellano y se volvieron hacia las dos mujeres. La *signora* Riccio miró a Claudia y le ofreció una sonrisa pequeña y valiente. La despedida fue cordial pero tensa. Se marcharon juntos.

Griffoni bajó la escalera sin soltar la mano derecha de la barandilla.

Años atrás, trabajando en un caso con Brunetti, había fingido ser presa de un arranque de emoción para sonsacar a una persona. Él no había olvidado cómo había reaccionado al darse cuenta de que todo había sido un engaño a sangre fría, una farsa que había representado para conseguir información. Griffoni se detuvo y apoyó las manos en el parapeto de ladrillo que bordeaba el canal de la Misericordia.

Brunetti se volvió y se apoyó expectante en el parapeto; daba por sentado que ella preferiría que no la mirase cuando dijera lo que fuese a decir.

—Eso ha sido de verdad, Guido. Ya sabes que soy una víbora y una mentirosa, pero eso ha sido real. Es demasiado sufrimiento para cualquiera.

—¿A quién te refieres?

—A todos —dijo, y continuó observando cómo jugaba la luz con el agua del canal.

22

—¿Por qué no nos han echado? —preguntó Griffoni cuando emprendían el largo camino hacia la *questura*—. Lo que le he hecho ha sido terrible —añadió—. Y ella se ha ido a la cocina como si estuviera hablando del tiempo.

Al acordarse del crucifijo, Brunetti repuso:

—Dios sabrá. Quizá la hermana crea que la confesión trae el perdón.

Se sorprendió de haber pensado algo así.

—¿Por qué no está en un hospital? —preguntó Griffoni.

—¿Has estado en un hospital militar? —inquirió Brunetti con tono neutro.

—No.

—Entenderías por qué lo tienen en casa con ellas.

Continuaron caminando. En el tiempo que llevaba en Venecia, Griffoni había aprendido que entre el Gheto y la *questura* no había transporte público. Salieron un momento a Strada Nuova, lo suficiente para sentirse envueltos en la masa de cuerpos que iban en ambas direcciones. Brunetti les confió la tarea a sus piernas y ellas esquivaron la muchedumbre con bastante facilidad a base de ajustar la velocidad, sortear maletas haciendo piruetas, frenar en los puentes por culpa del gentío que tomaba fotos a ambos lados y detenerse por completo siempre que era necesario.

Hasta que pasaron por delante del árbol recién plantado de Campo Santa Maria Nova no disfrutaron de la comodidad de caminar el uno junto al otro, conversando.

Brunetti se acordó del *carabiniere* al que habían echado de la furgoneta de una patada y se preguntó si había sobrevivido para ver el amanecer del día siguiente. Los iraquíes lo habrían identificado en cuestión de minutos: uniforme, botas, el pelo muy corto, bien afeitado, chaqueta acolchada de cremallera. Pobre diablo. Entre eso y llevar una diana colgada en la espalda no había mucha diferencia.

—¿Crees que es verdad? —preguntó Griffoni.

Brunetti, confundido momentáneamente, preguntó:

—¿Hablas de lo del *carabiniere* o de la pensión?

—Del *carabiniere* —respondió ella al instante, y añadió—: Lo de la pensión es del todo posible. Siempre hay problemas.

Brunetti le dio la razón asintiendo con la cabeza.

—Mira cómo viven: ahí no hay ingresos extras. —Sin cambiar el tono de voz, prosiguió—: Lo del *carabiniere* me lo creo. No me cabe duda de que estuvo allí.

Griffoni asintió sin decir nada, pero después le preguntó:

—¿Un juez se lo creería?

—Esa no es la pregunta correcta —dijo Brunetti.

Griffoni dio un traspié, se detuvo y preguntó:

—¿Cómo?

—¿Hay alguna prueba? —repuso él.

Se miraron a los ojos y cada uno observó las señales que indicaban que el otro estaba reflexionando; se conocían lo suficiente como para leerse el pensamiento bastante bien.

Griffoni continuó hacia la *questura*. Al cabo de unos minutos, dijo:

—¿Y quién acusaría al Héroe de Nasiriya?

Brunetti no podía contestar a eso, así que caminaron en silencio hasta que se detuvieron ante la entrada principal de la *questura*.

—Patta me ha vuelto a llamar —comentó Brunetti.

—¿Tienes idea de qué quiere?

—Me imagino que querrá hablar de Bocchese.

Griffoni se volvió hacia la puerta, que les abrió

el agente que estaba de guardia. Entró la primera, y subieron la escalera juntos. Brunetti se despidió en la planta de Patta, y Griffoni continuó hacia su despacho.

La *signorina* Elettra no estaba en su mesa, así que el *commissario* fue directo al despacho de Patta y llamó a la puerta.

El «*Avanti*» de Patta sonó falto de autoridad, o puede que simplemente estuviera cansado de dar voces. Brunetti entró y encontró a su superior junto a la ventana, contemplando la fachada de la iglesia, otra vez con las manos en los bolsillos: una falta de formalidad que muy pocas veces se había permitido. Se volvió al oír los pasos y, cuando vio a Brunetti, le señaló las dos sillas de delante de su mesa, se sentó en una de ellas y le hizo un gesto para que ocupase la otra.

—Está a salvo, *commissario* —dijo Patta.

¿Se refería a sentarse en la silla o a la conversación que estaban a punto de tener?

Brunetti se acercó y, para sentarse, se apoyó en la mano derecha.

—Disculpe, *dottore*, pero estoy un poco...

Dejó la frase inacabada.

—Lo comprendo, *commissario* —repuso Patta enfatizando el título profesional de Brunetti, aunque sin sorna—. He hablado con los médicos. Lo que me han dicho me deja bastante tranquilo.

—¿En qué sentido, *signore*? —preguntó Brunetti.

—Han descartado un posible ictus o un ataque al corazón; de hecho, han descartado casi todas las causas médicas y están seguros de que ha sido víctima de una agresión y de nada más. —Entonces, al ver que a Brunetti le interesaba el tema pero no parecía muy convencido, añadió—: También hubo un acto de vandalismo.

—¿Se refiere a las estatuillas, *dottore*? —preguntó el *commissario* pensando en lo que había visto—. Las vi.

—Las fotos son horribles —dijo Patta—. Miles de euros en desperfectos. No sé si se pueden arreglar, si pueden volver a ponerles los brazos. O las cabezas. Esas caras aplastadas...

Era evidente que el vandalismo lo molestaba; pero ¿qué se había perdido, según él? ¿Belleza o valor económico?

Hacer una pregunta acerca del seguro habría obligado a Patta a aclarar su visión en cuanto a eso, pero Brunetti no quería saberlo. Según un mensaje que Rizzardi le había enviado a primerísima hora de la mañana, Bocchese se recuperaba bien.

—El equipo de la científica encontró tres estatuillas que los vándalos no debieron de ver; estaban en unas bolsas de la compra, colgando detrás de la puerta de la despensa —dijo Patta.

Brunetti puso cara de sorpresa, y Patta añadió:

—Quizá esas sirvan como inicio de una nueva colección.

Ni siendo él el objeto de ese golpe de suerte podría haber parecido más contento.

Durante un instante, tuvo la tentación de levantarse, darle una patada a la silla y ponerse a gritar: «Eran cosas, por el amor de Dios: objetos, posesiones, bienes». Sin embargo, sabía que, si empezaba, acabaría diciendo algo sobre el reloj IWC y sabía que se pondría a despotricar y a decir que eran cosas y nada más que cosas, que se tienen o no se tienen; da lo mismo, tarde o temprano nadie las querrá.

A fin de conservar la cordura, aparte de su empleo, permaneció en silencio hasta que el *vicequestore* terminó y, entonces, le preguntó:

—¿Los médicos le han dado algún detalle?

—Cualquier cosa relacionada con la cabeza es peligrosa, sobre todo para alguien de su edad —contestó Patta con seriedad sabia, casi como si a Bocchese y a él los separase una generación—. Me han dicho que las heridas de la cabeza sangran una barbaridad, como ha sido su caso; pero que, gracias a Dios, no son lesiones graves.

Brunetti pensó en la sangre que tenía en los pantalones que esa misma mañana había tirado a la basura y en la larga ducha que se había dado el día anterior al llegar a casa. Sí, las heridas de la cabeza sangran mucho.

—¿Tiene más lesiones? —preguntó.

—Debió de golpearse la nariz al caer. Tenía mucha sangre en la pechera de la chaqueta, pero casi toda era del corte de la sien. Tiene la mandíbula muy magullada y un par de dientes sueltos. Pero, aparte de eso, nada.

Patta lo miró unos instantes como si quisiera evaluar hasta qué punto podía confiar en él.

—Uno de los médicos dijo que parecía el tipo de paliza que da la Mafia a modo de advertencia.

—De advertencia —repitió Brunetti.

—Nosotros estamos más familiarizados con esto que ustedes, los del norte. Una paliza como esa no es para hacer daño o, al menos, no mucho; es para que sirva de advertencia. Y los efectos secundarios son más mentales que físicos.

Desde que lo conocía, Brunetti nunca había prestado tanta atención a algo que Patta dijera o hiciese. El interés con el que escuchaba debía de ser evidente para el *vicequestore*, que continuó sin que él se lo pidiera.

—Es una advertencia para que uno cambie la senda por la que transita en la vida, para que abandone la que ha tomado cuando aún está a tiempo de hacerlo.

Brunetti resistió el impulso de observar que Patta parecía estar de acuerdo con aquella técnica y se limitó a decir:

—Lo veo muy seguro de eso, *vicequestore*.

—Sí, lo estoy. Lo estoy —aseveró Patta.

Entonces, como si por fin hubiese oído lo que decía, Patta hizo un cambio brusco de rumbo y, con su voz más portentosa, anunció:

—El *dottor* Bocchese es un hombre con conocimientos muy amplios.

—¿El *dottor* Bocchese, dice? —preguntó Brunetti con sorpresa indisimulada.

—Sí. Le he echado un vistazo a su ficha, a la solicitud que rellenó para entrar en la policía. Hace décadas.

—¿Es licenciado en Medicina? —preguntó Brunetti, que recordaba lo cómodo que estaba Bocchese con la terminología médica y la facilidad con la que leía los informes de las autopsias.

—En Historia del Arte. Se licenció en Florencia, hará casi cuarenta años —respondió Patta—. Mi trayectoria profesional es muy larga, *commissario*, y he trabajado con muchos técnicos de laboratorio, pero ninguno como él. Con tanta precisión.

Patta apretó las yemas de los dedos contra los labios.

Brunetti se había percatado de que, a medida que hablaba, el acento palermitano del *vicequestore* era cada vez más evidente. Deseó que aquello no acabase como una de esas escenas ridículas de comedia chabacana en las que dos hombres hablan en sus respectivos dialectos sin entenderse entre ellos.

—He decidido asignarle esta investigación, Brunetti. Usted es amigo suyo, además de su compañero.

Hizo una pausa, pero Brunetti estaba demasiado sorprendido para hablar.

—Tendrá el control absoluto. Me ocuparé de

que uno de los jueces le conceda todo lo que usted necesite. Y es libre de escoger con quién quiere trabajar. —Patta cogió aire y se puso rojo de la rabia—. No voy a permitir que nadie lastime a mis empleados.

Se puso aún más rojo y Brunetti le vio sudor debajo de los ojos. Se calló de repente y dejó que el *commissario* hablase.

—Gracias, *vicequestore* —dijo Brunetti—. Ya he empezado a recabar información y...

—Utilice todos los recursos que pueda —lo interrumpió Patta—. Haga que ella entre donde sea y encuentre cualquier cosa que pueda ser de ayuda —añadió sin decir a quién se refería, aunque Brunetti ya sabía a quién—. Dígale que me avise si el Ministerio del Interior le pone alguna traba. —Hizo una pausa breve y después añadió—: O el teniente Scarpa.

Patta lo miró fijamente, hasta que a Brunetti no le quedó más remedio que asentir para indicar que comprendía y aceptaba.

—Haga lo que quiera y tráigame los resultados. Los métodos no me interesan. —El *vicequestore* hizo otra pausa—. Se lo repito, *commissario*: el asunto de los métodos lo dejo en sus manos. Completamente.

Patta estuvo un rato en silencio y después abrió la boca como si quisiera continuar, pero no dijo nada. Brunetti aún estaba demasiado sorprendido para que se le ocurriese qué responder.

Como siempre estaba atento al verdadero significado de las palabras y los gestos de Patta, sintió una curiosidad instantánea por saber hacia dónde iba aquello y cuál acabaría siendo el precio de la oferta de solidaridad (si bien temporal) que Patta le extendía.

A Brunetti se le ocurrió arriesgarse a subir las apuestas y dijo:

—Tengo motivos para pensar que hay alguna conexión con las bandas juveniles, *dottore*. Así que he pensado en echarles un vistazo, con mucho tiento, a los padres de algunos de los chicos que están en las bandas. Al parecer, el padre de uno de ellos estuvo en los *carabinieri*, pero me está costando acceder a los archivos correspondientes.

Patta lo miró varios segundos y Brunetti observó mientras su superior hacía cálculos. Al final, este asintió y dijo:

—Podría ser útil, y estoy seguro de que será muy discreta.

Mientras el *vicequestore* hablaba, Brunetti era consciente del cuidado que empleaba a la hora de escoger las palabras. Aunque eso lo hubiera dicho en presencia de un juez, no había modo de interpretar lo que acababa de decir como algo con intenciones delictivas.

En cuanto lo pensó, Patta se decidió.

—Dígale a la *signorina* Elettra que si tiene problemas para... acceder a los archivos de los *carabinieri*, pruebe con la contraseña «ATTAP». Todo en mayúsculas. —Dicho eso, añadió—: Asegúrese de escribirlo así.

—Esbozó una sonrisa mínima pero muy astuta. De pronto, el *vicequestore* se levantó y rodeó la mesa hasta su silla—. Gracias por venir, Brunetti —dijo a modo de despedida, una vez más con sus modales habituales.

Él se puso en pie, le dio las gracias por su franqueza y se marchó sin decir nada más.

La *signorina* Elettra estaba en su sitio habitual, si bien Brunetti tenía la sensación de que el mundo estaba patas arriba. Él era un halcón letal fuera de la jaula, un rottweiler suelto con la verja abierta, una boa esperando dentro de un saco de dormir vacío.

—Dice que tenemos libertad para usar lo que sea y hacer lo que sea.

—¿Eso ha dicho? —preguntó ella.

Se quedó absorta, como si ya estuviera haciendo planes.

—Sí, lo que haga falta. Él se encargará de que Scarpa no nos moleste.

—*Maria Vergine* —susurró ella. Sin embargo, regresó al mundo de las cosas prácticas, levantó un pliego de papeles y se los ofreció—. Esto es lo que conseguí anoche con un poco de ayuda de Caltanissetta. —Pensó un momento y después dijo—: Había muchos sitios donde me daba miedo entrar, solo de pensarlo me daba canguelo. —Sonrió—. Odio el ruido, y alguna de esas páginas tiene artillería pesada.

—La contraseña para todos los archivos del Ministerio del Interior es su apellido en mayúsculas, pero escrito al revés; así que puede intentarlo de nuevo —dijo Brunetti.

Ella lo miró como si acabase de hacer magia.

—Me ha dicho que abre todas las puertas. Y que la usemos —dijo, y para recordárselo—: Todo en mayúsculas, del revés.

La *signorina* Elettra se llevó ambas manos al pecho y miró un rincón del techo con una expresión en la cara que, de pronto, le daba un parecido extraño a santa Teresa de Jesús en pleno éxtasis.

—La contraseña del Ministerio del Interior —pronunció con veneración, como si estuviera nombrando el misterio del rosario que estaba a punto de rezar.

Entonces, miró a Brunetti con la misma solemnidad y dijo—: *Commissario*, le juro que solo la usaré para cosas a las que creo que, legítimamente, deberíamos tener acceso.

Después de eso, reflexionó y calló sin explicar qué criterio deberían usar para definir *legítimamente.*

—No creo que sea necesario que me jure nada, *signorina*. Confío en usted.

—No lo hago por eso, *dottore*.

Él enarcó las cejas con auténtica confusión.

—Es porque no me fío de mí misma.

23

Tan pronto como Brunetti se sentó a su mesa, notó que recuperaba la sensatez. ¿Un Patta heroico quería interponerse entre sus compañeros de trabajo y un peligro acechante? ¿Quería ser el defensor valeroso del personal de la *questura*, a la caza de la persona que se había atrevido a atacar a uno de los suyos? ¿Un Patta altruista?

¿Qué tenía de rara esa situación? ¿Acaso el arcángel resplandeciente lleva una espada de plástico? ¿Sonríe el lobo que está a la entrada de su cubil porque está viendo la comida?

Fue a la ventana y comprobó el estado de las enredaderas, que ese día estaban más cerca del agua, a no ser que hubiera subido la marea. Cruzó los brazos, apoyó uno de los hombros en la pared a un lado de la ventana y paseó la vista por los tejados y las antenas de televisión y de satélite que aún quedaban.

Lo que lo inquietaba era la familiaridad y la tranquilidad con la que Patta había hablado de los ciberexcesos de la *signorina* Elettra y la profunda y mutua desconfianza que había entre el *vicequestore* y él. Patta le había otorgado autoridad total para la investigación, pero Brunetti no veía motivos para creerlo.

Al ponerlo a él al mando en solitario, Patta había creado un bocadito sabroso que podía echarles a los de la prensa si las circunstancias lo requerían. El *commissario* Brunetti había abusado de su poder (del mismo modo que podría eludir sus deberes), aunque, cómo no, eso solo se insinuaría si la investigación en torno al ataque que había sufrido Bocchese fuese infructuosa.

Brunetti bajó al despacho de la *signorina* Elettra y halló la puerta abierta. Entró sin llamar y la vio en una pose que podría haber sido una parodia de la suya un momento antes: los brazos cruzados y mirando por la ventana, aunque desde su despacho se veían menos tejados. En cuanto oyó los pasos, la *signorina* Elettra se volvió para ver quién era.

—Lo siento, pero el *dottore* se ha marchado.

Brunetti asintió con la cabeza y sonrió.

—Seguramente es mejor.

Hizo una pausa por si ella quería decir algo, pero como no lo hizo, le preguntó:

—¿Ya lo ha intentado?

Ella lo miró un instante y después siguió contemplando el paisaje.

—Me tienta la idea, *dottore*, pero no he reunido el valor necesario para hacerlo. —Le miró brevemente y después se fijó de nuevo en las enredaderas, que también se veían desde allí—. Mis dedos no querían introducir esa contraseña —dijo como si sus propias palabras la hubieran sorprendido—. He pensado en lo que podría pasar en caso de que se activase alguna alarma y eso les proporcionase acceso a mi ordenador.

—¿Cree que es una trampa? —preguntó Brunetti.

Ella se lo pensó muy bien antes de responder. De haber sido un robot, de la cabeza le habrían salido unos ruidos extraños. Al final dijo:

—El simple hecho de que a los dos se nos haya ocurrido esa posibilidad ya es interesante, ¿no cree?

—Usted ha entrado otras veces en sus archivos —comentó Brunetti, que todavía no se veía capaz de llamarlo como era debido: hackear—. Pero debe de haber niveles de información mucho más...

—¿Delicada? —sugirió ella—. ¿Es esa la palabra que buscaba?

—Exactamente.

—He pensado en ellos —dijo ella en voz muy baja.

—¿En quiénes? ¿En los *carabinieri*? —preguntó Brunetti con miedo de que hubieran detectado su presencia y los problemas estuviesen al caer.

—Sí.

La *signorina* Elettra debió de percatarse de su reacción, ya que dijo:

—No creo que haya motivos para ponerse nervioso. Bueno, no si nos fijamos mejor o más en profundidad en lo que podría estar pasando.

—Siento decir que no la entiendo, *signorina*.

Tras un largo silencio, ella dijo:

—Están haciendo su trabajo, *commissario*, y nosotros hacemos el nuestro. Pero no son nuestro enemigo. Él los traicionó y faltó a su palabra. Pero va por ahí libre, está vivo y, al parecer, no corre ningún peligro. —Lo miró un momento muy seria, pero entonces esbozó una pequeña sonrisa y añadió—: Creo que deberíamos tenerlo en cuenta.

Brunetti la siguió a donde estaba el ordenador y en la pantalla vio a dos *carabinieri* vestidos de uniforme, muy fáciles de reconocer por la raya roja de la parte externa de las perneras. Miró a la *signorina* Elettra y vio que su sonrisa era mínima, casi como si fuese solo para ella.

—¿Reconoce su estilo? —le preguntó, y dio unos toquecitos sobre el hombro de uno de los agentes de la foto.

—¿Su estilo? —inquirió él.

—El de la chaqueta —aclaró ella.

Brunetti se fijó mejor en la chaqueta, pero no vio nada fuera de lugar.

—¿En qué tengo que fijarme? —preguntó.

—Es de Valentino.

—¿El santo o el sastre?

—El estilista. Lo primero que he encontrado al buscar «*carabiniere*» son los uniformes nuevos. Han renovado su imagen.

—¿Se refiere a los uniformes?

—Sí.

La *signorina* quitó a los agentes de la pantalla. Tecleó unos instantes y aparecieron varias páginas que iban cambiando a medida que ella pedía más información. Al cabo de un minuto o puede que más, apareció una con un gran STOP en letras rojas; hacía falta una contraseña para continuar.

—«PATTA», en mayúsculas —dijo Brunetti—. Pero escrito al revés.

En un abrir y cerrar de ojos ya estaba hecho y en la pantalla apareció una notificación: «Autorización de acceso nivel 3G».

—¿Por dónde empiezo?

—Nasiriya.

—¿Cuándo? —preguntó ella.

—Empiece cuando enviamos las primeras tropas. Cualquiera que trabajase para el intendente.

La *signorina* Elettra lo miró con sorpresa.

—¿Todos? —preguntó.

—No puede haber habido tantos. No estuvimos allí mucho tiempo. Écheles un vistazo a las medidas disciplinarias, las degradaciones, las investigaciones, los que perdieron su rango. Incluso las sospechas.

—¿Hasta? —preguntó mientras aún tecleaba.

—Hasta que nos fuimos —contestó él.

Durante los minutos siguientes, no había más que el sonido de las teclas que pulsaban sus dedos a medida que introducía lo que el *commissario* le había pedido. Cuando la pantalla se quedó en blanco, ella preguntó:

—¿Algo más?

—No. Gracias.

La *signorina* Elettra contempló la pantalla, que iba mostrándoles documentación oficial como si fuese el tráiler de una película muda. Muy a menudo los documentos tenían mucho texto escrito en rojo; en algunos casos había párrafos enteros tachados en negro, aunque debajo había una sinopsis.

De pronto dejaron de aparecer documentos, y Brunetti, que había perdido la cuenta de las páginas, pensó que habían terminado. Pero entonces hubo un movimiento repentino en la pantalla y por ella pasaron seis páginas tachadas en negro de arriba abajo, tras las cuales apareció una larga lista de cifras y letras en mayúsculas y minúsculas. Luego hubo otra serie de documentos y, después, nada.

La *signorina* Elettra se acercó a la pantalla y estudió el descargo de responsabilidad que precedía a las seis páginas y luego se volvió hacia él y se lo explicó.

—La persona que hace la solicitud tiene que volver a introducir la contraseña y no se mostrará el contenido de las páginas hasta que se haya comprobado la identidad del solicitante.

—¿Cuánto tarda eso? —preguntó Brunetti impaciente.

—No tengo ni idea —respondió ella con tensión en la voz.

Alertado por el tono, Brunetti cayó en lo que podía significar para ellos si no se confirmaba la identidad. A ninguno de los dos les gustaban las posibilidades, una de las cuales era que Patta mentiría, sin duda alguna, para protegerse.

Sin embargo, la *signorina* Elettra ya había introducido el nombre en mayúsculas, tras lo cual se dirigió a Brunetti y dijo:

—Le subiré las páginas en cuanto lleguen, *signore*. —Mientras hablaba, recuperó su tono normal y le preguntó—: ¿Las quiere en un *pendrive* o impresas en papel?

—En papel, por favor —contestó él, con intención de reafirmarlos a ambos—. ¿Puede hacer una copia para Claudia? —le pidió.

—¿Ahora?

Él miró el ordenador y preguntó:

—¿Esto está seguro por las noches?

Ella se quedó en blanco unos segundos. Después tosió una vez, lo que le permitió volver la cabeza. Cuando lo miró de nuevo, le dijo con voz calmada:

—Sí, estará en un sitio seguro. Voy a imprimir su copia ahora, *signore*, y mañana le llevaré otra a Claudia.

Lo hizo en un momento, fue a la impresora a recoger las hojas y se las entregó.

Él le dio las gracias y las fue pasando una a una.

—Veintiocho páginas —dijo.

—No tenía ni idea de que sería tan largo.

—¿Podría ser que por el nivel de autorización nos hayan permitido ver más datos?

—Es posible —respondió ella, y añadió—: Creo que el nivel más alto es 3J, pero no estoy segura.

—¿Por qué Patta tiene un nivel de autorización tan alto? —preguntó Brunetti, que parecía muy confuso.

—Dios sabrá.

—A fin de cuentas, es solo *vicequestore*.

—¿Solo?

Brunetti se preguntó si la *signorina* Elettra estaba a punto de defender a Patta. Para evitar siquiera esa posibilidad, levantó la documentación y dijo que se iba a echarle un vistazo.

Una vez en su despacho, hojeó los papeles. La *signorina* no había imprimido las hojas en negro, víctimas de su incesante objetivo de ahorrar papel. Se propuso revisar diez páginas antes de plantearse irse a casa a comer.

Cuando iba por la tercera, lo que leía lo intrigaba tanto que empezó a tomar notas. Leía muy pocos libros de ficción, pero había devorado novelas siendo joven y disfrutaba del miedo y la pesadumbre de cuando temes por la vida de los personajes. Leer los informes de los *carabinieri* que se redactaron antes de la masacre de Nasiriya le producía la misma reacción. Esa vez, igual que con *Edipo rey*, sabía lo que estaba por venir y no le causaba otra cosa más que un terror enfermizo.

Los informes cronológicos le sirvieron para familiarizarse con algunos de los personajes: el comandante, el teniente, los hombres de las unidades A, B y C, a los que solo se referían usando el apellido. Salían a patrullar con un vehículo y luego regresaban. Brunetti leía «consumieron una cantidad de artillería menor a la esperada» y al final comprendió que significaba que habían usado menos balas de las que pensaban. Si habían «mantenido la distancia adecuada entre vehículos» significaba que tenían la precaución de circular como objetivos individuales. «Sin fuego enemigo» estaba claro. Las siglas «DEI» lo confundían, puesto que, fuera eso lo que fuese, mataba a muchos civiles y a unos cuantos soldados. Al final Brunetti lo buscó en Google, donde descubrió que era una referencia a un dispositivo explosivo improvisado, algo muy habitual que solía estar enterrado en los arcenes de las carreteras.

¿Fue Tácito el que escribió: «Crean un desierto y lo llaman paz»? Brunetti se lo preguntó. En ese caso, no les había hecho falta crear un desierto: ya estaba allí esperando. Ay, pero no fue así con la paz.

Se había despistado del informe y tuvo que retroceder algunas páginas. Miró la fecha: el 5 de noviembre. Solo quedaba una semana.

Las cosas estaban calmadas. Los habitantes de la zona eran felices y se comportaban de manera civilizada con nuestros chicos de la raya roja en las perneras, a veces incluso amistosa. De vez en cuando desaparecía algo del comedor; en una ocasión fue media ternera. ¿Le habían crecido las otras dos patas y se había marchado sola? Una vaca sacrificada también podía tener rayas rojas en las patas. Unas cuantas metralletas no se presentaron a una inspección sorpresa de la armería. «*These boots were made for walking*», como dice la canción, así que esas también las guardaban en el almacén de intendencia porque al menos una docena de pares a la semana se ausentaban cuando pasaban lista. La gasolina y el aceite se derramaban entre los dedos de cualquiera que tuviese que comprobar cuánto había, cuánto se había usado y cuánto quedaba. A su favor podía decirse (cosa que Brunetti hacía contento, teniendo en cuenta lo que se les echaba encima en cuestión de cuatro, tres, dos días) que a los *carabinieri* no les preocupaba que desapareciera la comida o las mantas, sino que se limitaban a hacer pedidos a Italia para que les enviasen más y más cosas. Era noviembre y aquella gente no tenía nada.

En uno de los informes se mencionaba que un soldado que se llamaba Merizzi le había dicho a su superior: «Tenemos comida. Ellos no. Tenemos calzado. Ellos no. Nosotros comemos. Ellos no». Al soldado de infantería Merizzi le habían advertido que la próxima vez lo acusarían de insubordinación.

Brunetti, que ya conocía los nombres de los soldados que habían muerto en el incendio, sabía que Merizzi no tenía motivos para temer que lo acusasen de insubordinación. Ni que lo declarasen culpable.

Levantó la vista del texto sabiendo que era incapaz de continuar. Lo sabía. Sabía que en cuestión de días esos hombres jóvenes (porque las mujeres podían alistarse desde cuatro años antes, pero ninguna llegó a ir a Nasiriya) atravesarían el patio y no encontrarían café en el comedor ni sábanas limpias en la cama ni noticias de un compañero que regresaba a Italia la semana siguiente. Brunetti tampoco encontraría la semana siguiente.

Cerró la carpeta y fue al armario a por el maletín. Para asegurarse de que nadie más veía esos papeles, quería llevárselos a casa, a pesar de que sabía de sobra que no iba a leerlos, y menos aún sabiendo lo que se avecinaba.

Cuando llegó al apartamento, echó el maletín a dormir junto a la puerta y escuchó el silencio. Se acordó de que Paola le había dicho que los críos no estarían en casa, pero él no había prestado atención. No olía a comida, así que fue al estudio de Paola, donde la encontró leyendo en el sofá. Evitó preguntar qué había para cenar hasta que se hubo agachado a darle un beso en la frente.

—Hemos quedado en que saldríamos a comer pizza —dijo mientras se apoyaba el libro abierto en el pecho—. Ahora que aún estamos a tiempo.

—¿A tiempo de qué? —preguntó él.

—Te lo he dicho esta mañana —respondió ella, y soltó un suspiro grande de esposa—. A tiempo antes del verano, cuando todas las pizzerías de la ciudad estén llenas de turistas y no podamos cenar pizza a menos que queramos sentarnos a las seis o a las once.

—Siempre se puede pedir para llevar —repuso él.

—¿No te acuerdas del verano pasado?

—No.

—Contrataron a otro cocinero y era terrible. Tú te negaste a volver.

Lo contempló unos segundos.

—Ya me acuerdo. Pedí una margarita, lo más simple que hay, y no se podía comer.

Paola se tapó la cara con las manos y preguntó:

—¿No te acuerdas de lo que hemos decidido esta mañana, pero te acuerdas de qué pizza comiste el verano pasado?

—Me acuerdo porque no me la comí, palomita —dijo Brunetti con tono muy dulce—. Por eso lo recuerdo.

Se levantó y le ofreció una mano.

—Qué labia tienes, te libras de cualquier cosa —dijo ella sonriente.

Le cogió la mano y se levantó.

24

Brunetti llegó a la *questura* a las nueve en punto y lo disgustó enterarse de que Patta no estaba presente para verlo llegar a su hora. Se detuvo en el despacho de la *signorina* Elettra de camino al suyo y ella le dijo que había usado el nombre de Patta otra vez sin haberse topado con ningún tipo de traba y que tenía en su posesión las seis hojas de contenido censurado. Nada más verlo entrar, había reparado con evidente aprobación en el maletín que llevaba el *commissario* y, al entregarle la documentación, le dijo que el maletín tal vez fuese el mejor lugar para guardarlos y que procurase no dejarlos en cualquier parte sin vigilar.

En cuanto llegó a su despacho, continuó leyendo los documentos por donde lo había dejado; aún faltaban dos días para el ataque. Cuando reanudó la lectura, todo seguía siendo normal, aunque no estaba seguro de qué significaba eso en un país sumido en el caos: los hombres salían a patrullar todas las mañanas y, a cambio de dejar a los habitantes tranquilos, los dejaban tranquilos a ellos y regresaban a la base sanos y salvos.

Los aviones despegaban de regreso a Italia con las tropas que habían cumplido su misión en Nasiriya, fuera la que fuese. Eran aviones grandes de transporte militar, pero casi nunca viajaban más de veinte soldados. A veces en el vuelo de regreso a Aviano no había más de siete hombres. Brunetti encontró copias de los manifiestos de carga llenos de inventarios de los artículos que iban y venían. Muchos de los que salían de Irak se registraban como suvenires, una palabra que distrajo a Brunetti de la página el tiempo suficiente para comprender por qué se había escogido esa palabra en ese contexto.

Cuando llegó a las páginas que antes estaban censuradas vio que se trataba de documentación secundaria: recibos, extractos bancarios, declaraciones de testigos. Eran seis páginas que había preparado el comandante Massimo Fede, que estaba en la Oficina de Investigación Interna, y se referían al comportamiento del *maresciallo capo* Dario Monforte, jefe de intendencia.

El comandante Fede se había fijado en el *maresciallo capo* por la cantidad exorbitante de material que desaparecía de las remesas que enviaban a la base. Las botas, los calcetines y hasta los uniformes que llegaban de Italia se registraban del mismo modo que los sacos de arroz, azúcar, pasta y otras mercancías, pero las cantidades que aparecían en los recibos creíbles de las unidades a las que se repartían esos materiales casi nunca equivalían a las cantidades que llegaban.

El comandante Fede, que había servido en Oriente Medio y era de espíritu generoso, había decidido hacer la vista gorda ante la desaparición de la comida, las mantas y la ropa, y les había explicado a sus superiores que, en esencia, aquello era un pago de buena fe que ayudaba a garantizar la seguridad de la base y de su personal. En ese sentido, el comandante Fede contaba la verdad y, dado que todo el mundo sabía que los estadounidenses acabarían pagando lo que se robaba, a nadie le importaba mucho.

No obstante, la segunda parte del informe se había recibido de modo muy distinto por parte de Fede y sus superiores, puesto que desvelaba la desaparición de una cantidad considerable de armamento y municiones. El informe del comandante Fede incluía una lista de material desaparecido (que el intendente denominaba «extraviado») compuesto principalmente por ametralladoras, pistolas, lanzagranadas y granadas; la lista también contenía los nombres de los testigos italianos e iraquíes dispuestos a testificar que la desaparición del material era cosa del intendente.

Cuando le preguntaron sobre eso, Monforte explicó que no podía leer los recibos de los iraquíes a los que les llegaban los bienes porque estaban en árabe y que no le quedaba más remedio que obedecer sus órdenes y confiar en la integridad de las personas con las que le mandaban trabajar. El comandante Fede había anotado en el margen que aquello parecía el milagro de los panes y los peces, pero a la inversa: Monforte no tenía más que echarle mano a un equipo o a un arma para que desapareciese en manos del enemigo.

En cuanto a los suvenires, Monforte recordaba haber enviado alfombras, velos de seda para mujeres y un retrato fotográfico de Saddam Hussein: el tipo de artículo «que todos mis amigos enviaban».

Dos días antes de la explosión, las autoridades correspondientes de Roma, habiendo leído el dosier del comandante Fede sobre las actividades del *maresciallo capo* Dario Monforte, decidieron que lo detendrían el 14 de noviembre y lo devolverían de inmediato a Roma. Lo acusaban de beneficiarse del robo del legado cultural de Irak, cosa que en aquel momento era uno de los temas favoritos de la prensa internacional. La detención serviría, sin duda alguna, como ejemplo de la motivación pura de las potencias occidentales cuyas tropas servían en Irak y como ejemplo de lo que no estaban dispuestos a tolerar los aliados occidentales. No se haría mención alguna del robo y probable venta de armamento al enemigo y de ningún modo podía llegar ese comportamiento al ojo público.

Brunetti hizo una pausa y, durante un rato, se quedó frotándose el labio inferior con los dedos mientras sopesaba lo último que había leído.

Dejó las seis páginas a un lado y retomó el documento original. Este contenía los nombres de los que estaban de servicio en el cuartel general italiano el 12 de noviembre: Giovanni Andreoli, Giuliano de Rossi, Lino Riccio, Alessandro Cagnassi, Matteo Marcon, Daniele Campi...

Se detuvo en ese nombre y ordenó buscarlo a su memoria. Meses antes. En una de las islas, pensó. Una pelea. No. Pero era algo violento. Miró por la ventana, la vieja amiga que lo había ayudado a recordar muchas cosas. A lo largo de los años, había desarrollado una técnica que se basaba en enfocar la vista en el punto más distante, concentrarse solo en eso y excluir todo lo demás.

Eso era: un atraco a plena luz del día. En Murano, ni más ni menos.

Volvió a la silla, buscó el registro de actos delictivos de la ciudad, abrió el archivo de Murano y encontró el nombre: Daniele Campi. El informe era breve. Cinco meses antes, a última hora de la tarde, un hombre que volvía del trabajo vio una agresión que tenía lugar en la *riva*. El testigo reconoció al hombre menudo que estaba tendido en el suelo, que era su vecino, y gritó, ya que no podía hacer nada más. El hombre fornido se volvió hacia él y después huyó corriendo y desapareció por la primera calle.

El hombre del suelo se había caído contra el muro bajo que había entre su casa y el canal; tenía el labio ensangrentado y empezaba a hinchársele. El vecino ayudó a Campi a levantarse, le buscó las llaves en los bolsillos, lo ayudó a subir a casa y después lo acompañó en barco hasta el hospital y esperó mientras le ponían tres puntos de sutura en el labio y le limpiaban y vendaban la herida de la frente. Una enfermera le dijo que volviera al cabo de diez días para que le quitasen los puntos y le entregó un impreso de la policía para rellenarlo y poner la denuncia.

No tenía ninguna lesión grave, por lo tanto no habían enviado a ningún agente de policía a hablar con él, aunque registraron la agresión como un atraco: uno de los pocos de los que se tenía constancia en Murano. De ahí que Brunetti recordase el lugar, no por el nombre de la víctima.

Sin pensar en qué iba a decir, marcó el número que aparecía en el informe. Contestaron al tercer tono. Era una voz masculina, grave.

—Campi.

—*Signor* Campi, soy el *commissario* Brunetti. Llamo para hablar de un incidente que tuvo lugar hace unos meses.

Campi no decía nada, así que Brunetti prosiguió:

—¿Fue alguno de nuestros hombres a hablar con usted acerca de la agresión?

Con una voz algo menos grave, Campi respondió:

—No vino nadie. Pero da igual: quienquiera que fuese no se llevó el dinero ni la documentación.

—Me alegro de saberlo —dijo Brunetti con su voz amigable—. A veces lo que hay que hacer para sustituir las cosas es peor que el robo en sí.

Campi iba a decir algo, pero se oyó un rugido ensordecedor que apareció de la nada y retumbó tan fuerte que lo eclipsó todo hasta que desapareció poco a poco, como si algo lo hubiese ahuyentado.

—¿Qué ha sido eso? —preguntó Brunetti.

—El de EasyJet que va a Gatwick. En su hora.

—¿Está en el aeropuerto?

—¿Dónde quiere que esté? Trabajo aquí.

«En el aeropuerto», repitió Brunetti para sus adentros y, entonces, exagerando su desinterés como si hablase por hablar, le preguntó:

—¿Y qué hace?

Esperó a que lo dijera.

—Soy el encargado del manejo de equipajes.

—Ah, qué interesante —comentó Brunetti en un tono de voz que gritaba a los cuatro vientos que no le interesaba en absoluto—. Si me permite que le diga la verdad, *signor* Campi —empezó, pero continuó sin esperar a que el otro respondiera—, la normativa dice que hay que hablar con todas las víctimas. Soy consciente de que para usted es un engorro, pero hay que hacerlo o nos dan problemas. —Se permitió una risotada de resignación y añadió—: Y nuestra burocracia es bastante peor que la que se encarga de los documentos extraviados, créame.

—¿Puede ser por teléfono? —preguntó Campi.

—Necesitamos una firma y uno de nosotros tiene que ir a hablar con la víctima. —Antes de que el hombre tuviera tiempo de protestar, Brunetti añadió—: Si a usted le resulta más fácil, podría desplazarme yo hasta allí, hablo con usted unos minutos, me firma el papel y yo me lo llevo al archivo para que quede registrado, y ahí acaba la cosa.

—¿Vendría usted hasta aquí?

—Sí, puedo coger un coche en Piazzale Roma e ir hasta allá. Y a la vuelta —empezó a decir Brunetti, y enseguida bajó el volumen como si pensara que había alguien cerca escuchando— podría parar en Panorama y comprar un aparato de aire acondicionado. Creo que este verano va a ser criminal, y de este modo podría llevármelo a casa sin tener que buscar un coche. Si espero a que haga calor, no quedará ninguno. A la venta.

—¿Y cuando ya esté en Piazzale Roma con el aire acondicionado a cuestas? —preguntó Campi como si no hubiera podido reprimirse.

—Una lancha me llevará de vuelta al trabajo, pero el piloto puede llevarme primero a casa. No tiene ninguna complicación.

—Eso parece —dijo Campi, e hizo un ruido

que parecía una risa—. ¿Cuándo quiere quedar, *commissario*?

—Lo antes posible.

—¿Para verme a mí o por el aire acondicionado? —preguntó Campi, y se rio igual que si fuese el nuevo mejor amigo de un *commissario* de policía.

—¿Podría ser esta tarde? ¿A las tres y media? Así llego a Panorama después de la hora punta del mediodía y me ahorro un rato.

—¿Vendrá en un coche de policía?

—Sin distintivos, pero el chófer irá de uniforme.

—Bien. Le voy a decir adónde tiene que ir.

Y eso mismo hizo. Brunetti llamó a la comisaría de Piazzale Roma y dijo que necesitaba un coche con chófer durante unas horas y que estaría allí a las tres. Tiempo atrás habría preguntado si podía llevarse el coche él mismo, pero la promesa de Patta le dio fuerzas y tenía derecho a pedir que lo llevasen.

Luego volvió a la documentación que tenía sobre la mesa y siguió leyendo, aunque ya había llegado a eso que..., ¿cómo lo llamaban los estadounidenses? ¿El *spoiler*? Sabía de sobra qué se escondía entre las páginas siguientes.

Alrededor de trescientos kilos de explosivos en un camión cisterna lleno de material inflamable. Las 10.40 de la mañana. Todo el mundo trabajando en el cuartel general. En medio de aquella posibilidad grotesca, el Señor había levantado la mano y había impedido que el camión entrase en el patio; estalló en la entrada, y ¿cuántas vidas y dolor ahorró así?

En la lista de los heridos encontró los nombres de tres venecianos y todos continuaban residiendo en la ciudad: Daniele Campi, Lino Riccio y Dario Monforte. El redactor del documento tenía madera de académico: había notas a pie de página que remitían al lector a las páginas 27 y 28. Las notas de la página 27 hablaban del triaje que llevó a cabo el personal médico y de enfermería que estaba presente, mientras que en la página 28 aparecían los nombres de los heridos, el diagnóstico inicial y, tal como es habitual en el caso de los pacientes con quemaduras, el tiempo que habían estado en diferentes hospitales antes de recibir el alta.

Lino Riccio había pasado casi dos años en una serie de unidades de quemados de toda Europa: Graz, Zúrich y Hannover, donde lo habían tratado tanto por lesiones físicas como psicológicas. Campi había estado tres meses en Bergen, y Monforte tres meses en Barcelona y otros tres en Copenhague. Durante los dos años siguientes al ataque, otros cuatro hombres habían muerto en unidades de quemados, mientras que se creía que otro se había suicidado.

Brunetti se obligó a leer los diagnósticos iniciales de los tres hombres. Una nota escrita a mano al inicio de la página indicaba, por caridad del redactor original o de la *signorina* Elettra, le daba igual quién, que no se incluían las fotos. A continuación estaban las descripciones por escrito. La peor era la de Riccio, que afirmaba que tenía las piernas destrozadas y las manos habían quedado inutilizadas. Campi se había quemado la pierna derecha y la espalda, y no tenía quemaduras en la nalga porque la explosión le había arrojado a otro soldado encima. Monforte tenía amplias quemaduras en los brazos, el pecho y la espalda. A Brunetti le resultó difícil de creer, dada la facilidad con la que Monforte se movía y la corpulencia de su presencia. Pero entonces se acordó de los puntos rojos que tenía en la frente y debajo del pelo.

Tarde o temprano, a los tres les habían ofrecido la baja permanente por motivos médicos y los tres la habían aceptado, aunque no se especificaban las condiciones del acuerdo, si bien eran diferentes para cada uno, en función de los años de servicio y el alcance de las lesiones físicas. Les concedieron el derecho de hacer uso de los hospitales militares durante el resto de su vida. Teniendo en cuenta que muchos de los servicios se llevaban a cabo en los hospitales civiles, que ya proporcionaban asistencia médica gratuita a todos los ciudadanos, Brunetti pensó que no los habían tratado con mucha generosidad.

Ni Riccio ni Campi, ambos del norte y subordinados de Monforte, habían llamado la atención del equipo de investigación.

El *commissario* volvió a la primera página y

recolocó la pila de papeles de la mesa mientras pensaba en qué preguntas plantearle al *signor* Campi y después decidió irse a comer a casa.

A la mesa, Raffi y Chiara estaban inquietos y animados con la llegada de la primavera. Se movían en la silla, no escucharon nada que se dijese durante la comida, se sirvieron raciones grandes de pasta con *puntarelle* y solo se comieron la mitad antes de quejarse de que no había postre, a pesar de que ninguno de los dos tenía costumbre de comer postre a mediodía.

Cuando ambos se hubieron levantado de la mesa sin acordarse de pedir permiso o, como mínimo, de anunciar que se marchaban, Brunetti se volvió hacia Paola.

—¿Es demasiado tarde para venderlos? —le preguntó.

Mientras recogía los platos que sus hijos no habían llevado al fregadero, Paola repuso:

—¿Tú comprarías un adolescente de segunda mano?

Brunetti cogió unos cuantos platos de la mesa y los apiló. Se los llevó a Paola y los dejó en la encimera antes de volver a la mesa y coger los cubiertos, con cuidado de ponerlos todos en la misma dirección. Los dejó encima de los platos.

Paola meneó el agua con la mano para hacer más burbujas y dijo:

—Si no fuese mediodía, te daría una copita de *grappa* como premio por haberme traído las cosas.

—Tengo que volver —respondió él.

Sentía muchísimo no poder pasar la tarde acompañado de su esposa y del marqués de Custine.

—Esta noche hay gallo de san Pedro —dijo Paola.

—¿Cómo no voy a ser tu esclavo? —contestó Brunetti.

Fue a buscar una chaqueta más gruesa para llevarse al aeropuerto, donde solía hacer más fresco.

25

Hacía tiempo que Brunetti no iba al aeropuerto, tal vez dos años, y se le antojó nuevo y muy confuso. Aquel lugar parecía un centro comercial con un aparcamiento gigantesco y un par de pistas de aterrizaje y despegue. El chófer le dijo que no conocía la distribución, así que Brunetti llamó a Campi y, mientras este le daba indicaciones, el *commissario* se las repetía al chófer, que al parecer las entendía bien. Al cabo de unos minutos, el coche se detuvo junto a un hombre que estaba ante una puerta abierta. Les indicó que pasaran, señaló una especie de sensor que había en la verja y esta se cerró sin hacer ruido.

Campi era de piel clara, bajo y robusto, y llevaba una chaqueta de color naranja fosforito con el nombre impreso en el bolsillo de la pechera. Aparentaba unos cincuenta años y tenía una leve cojera. Apoyó la mano en la puerta del coche, se asomó a la ventanilla trasera que había abierto el chófer y dijo:

—¿*Signor* Brunetti?

—Sí —contestó él—. ¿Dónde dejamos esto?

—Aparque allí —le indicó Campi, y señaló una hilera de coches que había a mano izquierda.

Brunetti se apeó y le pidió al chófer que esperase.

Campi se acercó y le tendió la mano. El *commissario* se la estrechó. Era un saludo cortés, no una lucha por el dominio de la situación. Campi lo llevó a un edificio de aspecto transitorio y bajaron por un pasillo. Al final abrió una puerta y lo hizo pasar a un despacho sin ventanas que era casi tan pequeño como el de Griffoni, aunque contenía un archivador alto y una silla a cada lado de una mesa cuya superficie estaba limpia, pero con manchas, y cubierta de carpetas y papeles sueltos. Por suerte, la mitad superior de la puerta era de cristal, aunque no había más vistas que un largo pasillo con ventanas a la derecha.

—Creo que este es el mejor lugar —dijo Campi—. Es mío. Si me necesitan, me llamarán, así que quizá nos interrumpan.

Se acercó a la mesa, dio media vuelta y se apoyó en ella. Se metió las manos en los bolsillos y comentó:

—He tenido un tiempo para reflexionar, así que me gustaría saber por qué ha venido en realidad.

—Se trata de la agresión —dijo Brunetti, que se arrepintió de la media mentira de inmediato y se dijo que debía ser tan honesto con Campi como quería que fuese él, así que añadió—: Al menos en parte.

Campi sonrió y mostró una cara diferente, con menos sospecha.

—Seguro que sí. Pero la historia esa de tener que rellenar el papeleo y conseguir mi firma es... Bueno, podría decirlo de forma vulgar, pero me quedo con que es difícil de creer.

Brunetti permaneció donde estaba, aunque le devolvió la sonrisa sin apuro.

—Ya lo sé, pero no tuve tiempo de pensar nada mejor.

Campi rodeó la mesa y le señaló a él la otra silla.

—Ahora tiene la oportunidad de contarme una historia más convincente.

—Me interesa más el ataque de Nasiriya y su jefe allí —dijo Brunetti.

Campi se quedó helado. Se le puso la cara roja y después palideció. Se sentó en la silla, colocó las manos delante y contempló el espacio que había entre ellas.

Su voz era casi inaudible.

—Hace más de veinte años. —Sin darse cuenta, se tocó el brazo izquierdo como para comprobar qué tal estaba. Miró a Brunetti sin ninguna expresión—. No sé si puedo con esto. Antes lo pensaba mucho y me preguntaba lo horrible que sería. Que todo me volviese a la cabeza. El miedo que pasé. —Quiso levantarse de la silla, pero se sentó de nuevo y le preguntó—: ¿Cuánto sabe?

Brunetti no vio motivos para no decírselo.

—Sé lo de los vuelos desde Irak y lo que se enviaba a Italia y lo de los vuelos a Irak y lo que pasaba con parte de la mercancía. Para algo era el intendente, ¿verdad? Empaquetar, enviar y entregar: era coser y cantar.

Hizo una pausa y esperó a que Campi dijera algo, pero como no decía nada, continuó:

—Sé que el material que llegaba aquí salía sin problemas de Aviano, y supongo que pasaba a manos de marchantes de antigüedades que conocían el mercado. —Ante el silencio continuado de Campi, el *commissario* agregó:

—También sé lo de la venta de armas.

Brunetti calló y, entonces, en un tono de voz distinto, dijo:

—Todo eso concierne a la policía militar y a la unidad de arte.

—Entonces, ¿qué es lo que lo concierne a usted?

—El hijo de Monforte. Una compañera mía ayudó al chaval y desde que lo hizo nos hemos topado con el nombre del *signor* Monforte varias veces; creo que está relacionado con las amenazas que le han hecho a mi compañera.

Campi asintió con la cabeza, pero guardó silencio.

—Y ahora —prosiguió Brunetti—, ha salido su nombre cuando hemos hablado con alguien que estuvo en Nasiriya.

—¿Con Lino? —preguntó Campi.

—Sí —contestó Brunetti, y luego, casi sin querer—: Pobre diablo.

—Y que lo diga —convino Campi en voz tan baja que casi ni se lo oyó—. Él se llevó la peor parte. —Dicho eso, miró la pared que tenía delante—. ¿Qué les ha contado Lino? —preguntó.

—Nos ha hablado de los envíos a y desde Italia y de cómo usted, Monforte y él los gestionaban como un negocio particular.

—Se olvida de alguien.

—¿De quién?

—Si ha hablado con Lino, habrá oído hablar del cuarto hombre: Valeriano Anzoletti.

—Sí —dijo Brunetti, aunque era la primera vez que oía el apellido.

—Era un buen amigo de Dario.

—Hasta que dejó de ser un buen amigo de Dario.

—Exacto.

—¿Estaba usted en la furgoneta?

Campi no pudo disimular la sorpresa porque Brunetti ya supiera ese detalle.

—Estábamos todos —respondió con brusquedad—. La diferencia es que Dario era el único que sabía adónde íbamos.

Vio que Brunetti abría la boca para decir algo, así que continuó sin darle tiempo:

—No tiene por qué creerme, *commissario*, pero tiene que escucharme.

Esperó a que él asintiera antes de seguir.

—Dario lo averiguó; averiguó que nos robaba. —Campi sonrió de oreja a oreja al decirlo—. Subimos a la furgoneta. Dario dijo que íbamos al aeropuerto. Todos llevábamos uniforme. Pero la furgoneta se dirigió hacia el centro de Nasiriya. Dario hablaba un poco de árabe, así que supongo que le dijo al conductor adónde quería que nos llevase.

»Le mandó parar el vehículo delante de la entrada del zoco. Di por sentado que quería comprar algo, aunque teníamos todo lo que necesitábamos.

»No le pregunté qué hacíamos allí. A Dario no le gustaba que le hicieran preguntas ni de eso ni de nada.

»Lino y él estaban en la parte de atrás con Valeriano. Estaba claro que Valeriano y él habían discutido o algo así antes de subir a la furgoneta, pero yo estaba prestando atención a la gente que nos rodeaba, así que no tuve la ocasión de hablar con Valeriano. La furgoneta era blanca y un objetivo obvio, por lo que yo solo quería salir de allí. Y de pronto, los oí; Dario y Valeriano se pusieron a gritar y se abrió la puerta que se encontraba a la derecha de Dario, que estaba en el medio, entre Lino y Valeriano, y cuando me volví a mirar, vi que Dario sacaba a Valeriano de la furgoneta de una patada. Con los dos pies, salió casi volando.

Cayó de bruces, y Dario le dio un golpecito al conductor en el hombro y le dijo que volviera a la base, que el otro *maresciallo* no regresaba con nosotros.

»Y así fue. Volvimos a la base, y yo no miré atrás. No quería ver nada ni saber nada. Regresamos, y esta es la primera vez que he hablado del tema desde entonces, aunque pienso en Valeriano todo el tiempo. —Campi calló unos segundos antes de continuar con la elegía a Valeriano, acusado de robar—: Pobre diablo. —Entonces añadió en voz baja—: No murió allí.

—¿Pudo volver a la base? —preguntó Brunetti, preparado o casi para creer en una intervención divina.

Campi se levantó y salió al pasillo para mirar por una de las ventanas. Vio coches, camiones, aviones, personas, autobuses. Al cabo de un tiempo, entró de nuevo en el despacho y miró a Brunetti.

—¿Ha leído la lista de víctimas de la bomba? —le preguntó.

—Sí, pero con prisa.

—¿Recuerda haber leído su nombre?

—No es muy probable, ¿no? Sobre todo si Monforte lo echó de la furgoneta en mitad de la ciudad con un uniforme del ejército italiano.

—No, lo tendría imposible.

Brunetti esperó a que Campi dijera algo más; se había cansado de las idas y venidas y los síes y los noes, pero decidió esperar.

—Su nombre estaba en la lista del turno de mañana —dijo Campi al final.

—Pero usted me ha dicho que no estaba —le recordó Brunetti.

—He dicho que no murió allí. Murió otra persona.

—No lo entiendo.

—Había...

Campi paró de hablar y se pasó las manos por la cara. El *commissario* se dio cuenta entonces de que la tenía sudada.

—Había pedazos.

—*Oddio* —se le escapó a Brunetti.

Campi se había quedado sin palabras y dejó de hablar de forma tan precipitada como había empezado. Hizo un gesto con la mano que indicaba horror o monstruosidad o futilidad o desperdicio, o todo eso a la vez: daba igual.

—Un amigo me dijo, aunque fue meses después, que en algunos casos no había manera de saber quién... Así que usaron la lista de turnos.

Lo que fuera que pudiera haber dicho cualquiera de los dos quedó eclipsado por el rugido del despegue de otro avión. Brunetti temía que las paredes se derrumbasen sobre sus cabezas por culpa del ruido o de la potencia o del viento, pero no pasó nada. El ruido disminuyó poco a poco y al final desapareció. Campi sonrió, pero era una sonrisa insegura.

—¿Por qué lo atacó Monforte? —preguntó Brunetti de repente.

La pregunta sorprendió a Campi. Después de unos instantes, respondió:

—Me dijo que estaba pensando en volver a montar el negocio. Quería que fuera su socio. Dijo que sería como en los viejos tiempos. —Tras un lapso de unos segundos, añadió—: Eso era lo que yo temía, así que le dije que no me interesaba.

—¿El negocio? —inquirió Brunetti.

—El negocio: así fue cómo lo llamó. —Campi se quedó callado, pero entonces dijo, sorprendido de lo que acababa de darse cuenta—: Debe de necesitar el dinero.

—Pero usted dijo que la persona que lo atacó no le robó el dinero.

—Él no robaría una suma tan pequeña —dijo Campi con un tono casi de indignación.

—Usted rehusó la oferta —repuso Brunetti.

—*Commissario*, soy más viejo, estoy casado, tengo esposa y dos hijos y ya no hago ese tipo de cosas.

Su voz sonaba a verdad. Abrió la boca para continuar, hizo una pausa, estudió la expresión de Brunetti y dijo:

—Sufrir no le hace bien a nadie, *commissario*. Pero morirse, como yo debería haber hecho, y volver, eso sí.

Antes de que Brunetti pudiera hablar, Campi prosiguió:

—Es una segunda oportunidad. Y no quiero desperdiciarla haciendo lo mismo que antes de la bomba. Esa era mi vida de antes, pero ahora es diferente.

—Cuénteme —le pidió Brunetti.

Campi lo miró fijamente y habló en voz muy baja:

—Usted es la única persona, aparte de mi esposa, que me lo ha pedido.

Suspiró y se miró el dorso de las manos; hasta ese momento, el *commissario* no se había percatado del color ni de la textura de la piel de la mano derecha.

—Los primeros seis días en Bergen tenía tanto dolor que no paraba de llorar y chillar; daba igual lo que me diesen para aliviarlo. Tenían que ponerme a alguien en la habitación por la noche. Decían que era para que no me suicidase.

Campi paró de hablar y, durante un minuto terrible, Brunetti temió que se destapara un brazo o una pierna para mostrarle la realidad de sus lesiones.

Pero lo que hizo fue echar la silla hacia atrás y estirar las piernas.

—Es la verdad y, sí, hace veinte años me habría dado vergüenza confesar haber llorado de ese modo.

«La luz no es en realidad algo tangible, ¿verdad? Nos permite ver otras cosas, pero no es que veamos la luz con entidad propia: solo vemos las cosas que ilumina.» Brunetti pensó eso porque la voz de Campi casi resplandecía al decir:

—Pero entonces mi esposa entró en la habitación. Jamás la había visto. Su hermano estaba en la misma planta, y ella me pidió que intentase no gritar, ya que cuando lo hacía él no dormía.

»No la había visto nunca, ni una vez en mi vida, pero cuando me lo pidió, quise ayudarla y ayudar a su hermano, y le dije que lo intentaría. Y lo hice, pero tardé tiempo en parar, las quemaduras eran horribles.

»El tercer día pasé la noche entera sin gritar ni una sola vez. Supongo que gruñí y gemí —dijo con una leve sonrisa—, pero no gritaba. Y por la tarde, antes de volver al hotel, vino a mi habitación y me dio las gracias, me dijo que su hermano había dormido casi toda la noche y todo el día.

»Y me tocó la mano, y me eché a llorar, y ella pensó que me había vuelto el dolor y me dijo que, si lo necesitaba, me daba un pase de cinco minutos para chillar, y me reí porque era una broma y yo lo sabía.

»Y mejoré. No me refiero a las quemaduras, que todavía... estaban mal. Pero por dentro me sentía mejor porque tenía la capacidad de querer hacer algo bueno por otra persona y nunca había querido perder el tiempo con cosas así.

Calló.

—Entiendo —dijo Brunetti.

Lo comprendía.

Y, convencido de que aquel hombre le contaría la verdad, declaró:

—He venido porque lo que sé de él no tiene sentido.

—¿Por ejemplo?

—¿Cómo se convirtió en el Héroe de Nasiriya? —preguntó Brunetti.

Durante un momento, pensó que Campi se echaría a reír y después pensó que intentaría escupir algo que tenía en la boca. Al final dijo:

—Supongo que fue un golpe de suerte.

—¿Habla en serio? —preguntó Brunetti cuando le quedó claro que el hombre no quería responder.

—Sí. Cómo no. Y es cierto que él tuvo mucha suerte. —Entonces, aumentando el volumen y el nivel de emoción a medida que hablaba, Campi dijo—: Yo estaba allí, al otro lado del patio, preparándome para salir a patrullar. Acababa de bajar y todavía estaba dentro del edificio, detrás del muro de sacos de arena que habíamos construido, esperando el carro blindado que utilizábamos.

»No me acuerdo de con quién hablaba yo... Bueno, quien fuese. Me dijo que había oído que se acercaba el carro y, como le gustaba sentarse en el asiento del medio de atrás, que era el más seguro, salió al patio el primero. Entonces yo también oí el motor, pero miré hacia abajo y vi que tenía el cordón de una de las botas desatado, no me acuerdo de si era la derecha o la izquierda.

Se quedó callado y, durante un momento, el *commissario* pensó que intentaba recordar cuál era.

Luego Campi negó con la cabeza.

—Seguro que da igual, pero a mí me importaba porque, si no te los atas bien, al final tropiezas y te caes, y eso es peligroso cuando tienes gente a tu alrededor que quiere pegarte un tiro.

Miró a Brunetti buscando que le confirmase aquella verdad tan simple, y él asintió.

—Así que apoyé el rifle en la pared de sacos de arena y me agaché a atarme la bota. Solo que no era el carro. Era un camión que se acercaba, pero yo estaba agachado y no lo vi, y de pronto oí una explosión y la onda expansiva o algo así me dio en el costado y perdí el equilibrio y me caí.

Se le había acelerado la respiración; cerró los párpados y respiró hondo varias veces. Cuando estaba más calmado, los abrió y levantó la mano para tranquilizar a Brunetti.

—Al abrir los ojos, vi fuego y lo único en lo que podía pensar era en alejarme de él. Intenté ponerme de pie, pero era como si se me hubieran electrocutado el brazo izquierdo y el hombro. La pierna derecha igual, pero solo en la parte de atrás porque estaba bocabajo. Y tenía algo encima.

»Hasta que traté de quitármelo de encima no me di cuenta de que era un hombre. Bueno, un cadáver, porque debía de estar muerto.

»Y de pronto hacía calor. Me levanté agarrándome a los sacos. El muro era casi tan alto como nosotros, pero por arriba se veía el patio.

Campi paró de hablar y miró a Brunetti como si fuese la primera vez que lo veía, pero siguió como si nada.

—Sé que no estoy allí. Pero cuando me pongo a pensar en eso, es casi como si estuviera de nuevo en la base. También me vuelve el dolor, eso es lo más extraño, aunque solo si me despierta. Si es como ahora, estoy bien y sé que no estoy allí. —De pronto se le torció el gesto con una incerteza inmensa, se inclinó hacia Brunetti y le preguntó—: No estamos allí, ¿verdad?

—No —dijo él, y le dio un pequeño apretón con la mano en el hombro—. No estamos allí. Estamos a salvo.

Como si Brunetti no hubiera dicho eso, sino que le hubiese pedido más, Campi continuó:

—Entonces vi a Dario. Corría hacia mí, ya que yo estaba en una de las aberturas que habíamos dejado en el muro de sacos de arena. Detrás de él estaba el camión ardiendo, y hubo explosiones más pequeñas. Vi que tenía la parte de atrás del uniforme en llamas. Le daba golpes con las manos por encima del hombro y en la espalda.

»De pronto, Lino estaba a su lado y se puso a darle golpes en la espalda. Así fue como Lino perdió las manos, creo; aunque tampoco es que intenten averiguar esas cosas. Entonces alguien echó a correr junto a ellos; no lo reconocí porque no le quedaba mucho de la cara. Aún tenía ojos, así que vio la abertura en el muro y corría hacia ella, igual que Lino y Dario, como si fuera una especie de carrera.

Paró de hablar y quiso examinarse las palmas de las manos. Era la primera vez que Brunetti se las veía, y apartó la mirada.

—Siguieron corriendo, pero no era solo correr, sino dar traspiés y gritos, iban hacia la abertura del muro, directos hacia mí. —Entonces, como si quisiera asegurarse de que la historia era precisa en todos los sentidos, indicó—: Era un espacio estrecho. Para pasar por ahí teníamos que ponernos de lado. El hombre que estaba a la izquierda de Dario, que no sé quién era, tropezó y empezó a caerse hacia delante. Y Dario lo agarró del brazo y lo apartó de un empujón.

»Lo raro —dijo Campi con tono normal— es que corrían a trompicones, como si estuvieran borrachos. De hecho, cuando empujó al otro, Dario perdió el equilibrio y, si Lino no lo hubiese agarrado y lo hubiera enderezado, se habría caído.

»Al final llegaron al muro, y Dario hizo lo mismo. Gritó y apartó a Lino de un empujón y entró el primero; luego pasó Lino y después hubo otra explosión y otra onda expansiva y acabamos los tres amontonados en el suelo. —Miró al *commissario* y concluyó—: Y así nació el Héroe de Nasiriya.

Entonces sonrió, pero con mucha tristeza.

—No lo entiendo —dijo Brunetti.

—Cayó encima de nosotros y tenía un brazo

alrededor de cada uno, como si quisiera protegernos. No hay nada más heroico que arriesgar la vida por los demás, ¿no? —Entonces, con un tono de voz frío como el hielo, Campi agregó—: Nos enfrentábamos a un desastre. Nadie se había molestado en poner barriles de cemento a la entrada, nadie había intentado bloquearla. Así que el camión había seguido rodando hacia nosotros, a pesar de que los guardias habían matado al conductor de un tiro.

»Yo estaba inconsciente, por lo que no tengo ni idea de qué nos pasó, quién nos encontró, qué hicieron por nosotros, adónde nos llevaron, cómo llegamos al hospital ni a Europa ni nada. Si me despertaba, gritaba. Si me sedaban, a veces paraba.

Durante un rato, Campi permaneció en silencio, pero después le preguntó:

—¿Ha visto fotos de la gente que murió en Pompeya?

Confuso, Brunetti dijo:

—Sí.

—Yo las vi cuando estaba en la escuela y quería saber qué hacían cuando cayeron y murieron. La profesora nos dijo que habían muerto al instante por culpa del gas que salía de la erupción. Pero yo siempre me preguntaba quiénes eran y adónde iban y si estaban solos.

Como no entendía lo que Campi intentaba decir, Brunetti no sabía si esperaba que él dijera algo o no. Así que escogió guardar silencio, que fue la elección correcta, porque Campi habló de nuevo. Lo miró a la cara y le preguntó:

—¿Y qué hay mejor que un héroe? Es lo que todos los desastres necesitan.

Se levantó de repente y salió al pasillo a echarle otro vistazo al aeropuerto, como si este requiriese su atención constante. Las cosas debían de estar en orden, porque volvió y se sentó delante de Brunetti.

—Me llamó poco después de que me ascendieran aquí —dijo Campi, y con una mano lánguida hizo un gesto que abarcaba todo el aeropuerto—. Quedamos para tomar algo y me preguntó si quería continuar ganando las cantidades de dinero que ganábamos cuando trabajábamos juntos. Se había enterado de que yo estaba a cargo de las mercancías, pero no era a mí a quien quería; lo que quería era tener acceso a las bodegas de carga. Todavía no hay vuelos directos. Dice que está haciendo planes de futuro.

—¿Y usted rechazó su oferta?

Campi asintió con la cabeza y, hablando con tranquilidad, dijo:

—No está acostumbrado a que le digan que no.

Se frotó las manos y se puso a darle vueltas y más vueltas al anillo de bodas con el pulgar.

—Así que lo atacó delante de su casa.

Campi sonrió, y Brunetti pensó en las estatuas de Buda que había visto, en esa misma sonrisa eterna ante el bien y el mal. Al final, Campi dijo:

—En realidad, no. —Entonces, al ver cómo lo miraba Brunetti, añadió—: Me dio un empujón, y yo tropecé solo.

—Pero ¿por qué lo empujó?

—Porque le recordé lo que había pasado de verdad y que no había ningún tesoro que encontrar.

—Siento decirle que no lo entiendo —repuso Brunetti.

Campi se tapó los ojos con las manos.

—El negocio no tuvo mucho éxito. Dario se creía sus propias fanfarronerías. —Apartó las manos y miró al *commissario*—. Vendimos algunas cosas sueltas y al principio ganamos un poco de dinero, pero no mucho. Entonces Dario decidió guardarlo todo allí, en la base, y mandarlo en un solo envío cuando estuviera seguro de que no habría inspecciones ni interferencias.

Campi calló, como si ya hubiera dicho todo lo que había que decir.

—Sigo sin entenderlo —admitió Brunetti.

—Se quemó todo en el incendio. La base entera quedó reducida a cenizas: los edificios, los camiones, el armamento..., los hombres. —Campi hizo una pausa breve y añadió—: Así que no quedaba ningún tesoro. No había nada que vender.

Brunetti tardó un tiempo en pensar qué decir.

—¿Qué hará Monforte? —preguntó al final,

pensando en si Campi corría algún riesgo por haber rehusado la oferta.

—Pues... —respondió él como si fuese un asunto sin importancia—, seguramente nada. Le dije que le había entregado una carta a mi abogado por si me sucedía algo.

—¿Y es verdad?

Campi se rio.

—¿Tengo cara de ser ese tipo de persona que tiene un abogado? —Antes de que Brunetti pudiera hablar, se encogió de hombros y dijo—: A Dario no le molesta hacer daño a la gente. Tampoco es que le guste, pero no le impide hacer nada que quiera hacer y cree que así consigue que la gente lo obedezca. —Miró hacia la puerta—. Así es Dario en esencia, *commissario*: necesita que lo obedezcan. —Entonces, con un tono más reflexivo, declaró—: Yo dejé la guerra atrás, pero él no.

—¿Y usted no tiene miedo?

—No se olvide de la carta imaginaria —le recordó Campi.

Mientras estaban en silencio, Brunetti se dio cuenta de que hablando con ese hombre no averiguaría nada más. Se levantó y le agradeció que le hubiese ofrecido su tiempo y su ayuda.

—Espero que para usted esto acabe aquí.

—Yo también —respondió Campi, y sonrió.

—Lo veo muy tranquilo.

Campi fue a decir algo, pero se lo calló y se levantó con la boca entreabierta, pensando en algo que no estaba en esa habitación.

—¿Qué iba a decir? —preguntó Brunetti.

—Si ha estado en el infierno, *commissario*, todo lo demás es mucho más tranquilo.

26

De regreso a Venecia, Brunetti pensó en el *maresciallo capo* Monforte y en cómo el destino lo había transformado en alguien que vendía armas al enemigo a un héroe nacional. La facilidad con la que Brunetti había aceptado esa posibilidad lo inquietaba. ¿Qué era lo siguiente? ¿Un día siendo león?

Sabía que, sin duda, había habido testigos de lo sucedido; no obstante, a la mayoría el hecho de ser testigos de aquello les había costado la vida. De otro modo, el tiempo les habría traído el olvido o la confusión.

El informe que Brunetti había leído lo habían redactado los rescatadores, y lo único de lo que ellos podían servirse era de lo que habían visto. Cuando encontraron al *maresciallo capo* Monforte, estaba tendido encima de dos hombres y los rodeaba a cada uno con un brazo. Era posible que los hubiera alejado del camión en llamas y los hubiera llevado al otro lado del muro de protección. O no. Cuando los dos hombres que yacían debajo de él estuvieron en situación de responder preguntas, la historia estaba contada.

El nombre del *maresciallo capo* Monforte fue el primero en alzarse como el ave fénix desde las ruinas humeantes del recinto de los *carabinieri* en Nasiriya a los oídos de un país de luto. *Forte*, fuerte sin lugar a dudas, por su bravura extraordinaria, por menospreciar el peligro cuando lo llamaba el deber, por el coraje con el que había soportado el terrible precio que había tenido que pagar. Estaba claro que Monforte tenía madera de héroe.

Solo un acto de heroísmo espectacular como aquel podía distraer la atención de la debacle de Nasiriya, que, tal vez, se minimizase de algún modo. El informe oficial señalaba que no se había hecho caso de las repetidas advertencias de los servicios secretos, pero que una historia de valor y sacrificio personales podía restarle importancia o sustituir a la verdad, puesto que permanecía más tiempo y con mayor comodidad en el recuerdo individual y nacional. ¿Acaso no se consideraba que la duodécima batalla del Isonzo era, pese a que había supuesto la pérdida de trescientas mil vidas italianas, otra joya de la corona de la pericia militar del general Cadorna? Y, si no, ¿por qué había tantas calles con su nombre?

Cuando al agente que tenía que poner en marcha el caso contra Monforte le llegó la noticia de las emisiones de radio y televisión y de que empleaban la palabra *héroe*, pensó antes que nada que había que encontrar a dos más. Como único héroe de Nasiriya, Monforte sería, ay, intocable para siempre; por eso era mejor encontrar dos más y diluir un poco la gloria.

Sus superiores rechazaron la idea y dijeron que necesitaban una figura única que concentrase el orgullo nacional. Podían mostrar a un hombre como modelo para los niños, los adultos y los ancianos, pero tres complicarían las cosas demasiado. Además, muchos de los que tenían quemaduras muy graves no estaban presentables, y tampoco se veía claro que fuesen a sobrevivir todos. Habían transcurrido tres días y parecería extraño que de pronto descubriesen más héroes.

De nuevo, Brunetti rememoró la imagen del presidente de Italia junto a la cama de Monforte. Vio que le temblaban las manos.

El *commissario* no recordaba cuánto tiempo había permanecido sentado en el despacho pensando en patriotismo y lealtad y quiénes o qué eran nuestros líderes y quién decidía las normas sobre qué puede hacer una persona y qué no.

Para cambiar de ánimo, Brunetti llamó a la *signorina* Elettra y le preguntó si había información sobre Bocchese.

—Lo último que he sabido me lo ha dicho el doctor; esta mañana han encontrado una nota en su almohada que decía que se aburría y volvía a la *questura*.

—¿Y lo han visto abajo? —preguntó.

—Nadie me ha dicho nada.

Destrozado aún por lo que había leído, a Brunetti se le ocurrió bajar al laboratorio de todos modos y comprobar si Bocchese estaba allí. Sin detenerse a la entrada, fue directo hacia la puerta abierta de su despacho y llamó con los nudillos en el marco. Bocchese, que en ese momento estaba abriendo una caja de zapatos de cartón, lo miró sorprendido.

—Anda, Brunetti, me alegro de verte —dijo. Y siguió con la caja.

El *commissario* estudió la cara de su compañero y le vio marcas de magulladuras profundas alrededor de la nariz, aunque la hinchazón ya desaparecía y el color volvía a la normalidad. Justo encima de la oreja izquierda, donde tenía la cabeza rapada, había una venda de unos tres centímetros adherida con esparadrapo por los cuatro lados.

La lámpara de alto voltaje de Bocchese estaba encima del escritorio apuntando hacia la caja, de manera que la iluminación total de esa zona era demasiado intensa, más de doscientos vatios, y a Brunetti le dolía la vista. Como si lo hubiera notado, Bocchese la apagó.

—Enzo —dijo Brunetti, a quien de pronto se le había acabado la paciencia—, ¿vas a contarme qué pasó o debería irme a mi despacho y ocuparme de mis asuntos?

Al cabo de una pausa larga durante la que no dejó de mirar lo que había dentro de la caja, Bocchese dijo:

—Que ya me he cansado. Así de fácil. Estoy harto.

—¿Harto de qué? —preguntó Brunetti, y se acercó un paso.

—De ese cabrón y de sus padres.

Metió la mano muy pero que muy despacio en la caja y sacó la figura de Hércules, a salvo dentro de una funda de almohada que abrió con cuidado. El garrote del héroe estaba envuelto en un cuadrado pequeño de plástico de burbujas que llevaba pegado a la espalda con cinta adhesiva.

—¿Lo has salvado? —preguntó Brunetti.

Bocchese se encogió de hombros para no responder.

—Lo he encontrado tirado en el suelo con la nariz hundida en la alfombra y, como ves, el garrote está roto. Aparte de eso, está bien.

—¿Y el garrote? —preguntó Brunetti con curiosidad sincera.

—Creo que podré volver a ponérselo en la

mano, pero tendrá que ser con pegamento y se verá la fractura.

—Es todo un luchador, ¿no? —dijo Brunetti a modo de pregunta retórica—. Estará acostumbrado a romperse huesos y a las armas. Y a tener cicatrices.

—Sí, ya lo había pensado —contestó Bocchese, y, sin dejar de mirar al héroe, añadió—: Gracias por encontrarme y por tu ayuda.

—No hay de qué —contestó Brunetti—. Hércules y yo somos un equipo, y esta vez me tocaba a mí.

Estaba al lado de Bocchese, así que solo lo vio mover un poco la boca. Con eso le bastaba.

—¿Qué vas a hacer?

—Ya he puesto una *querela* formal por agresión y vandalismo. Lo he hecho abajo, como haría cualquier ciudadano.

Antes de que Brunetti pudiera preguntarle por qué no le había pedido ayuda, Bocchese continuó:

—No quería involucrar a nadie conocido, no quería que pareciese un caso de favoritismo. Les he dicho exactamente lo que pasó y he firmado la declaración: me empujó para entrar en casa cuando abrí la puerta y, cuando intenté impedirle el paso, me pegó, me tiró al suelo y después fue a la habitación de atrás, donde tenía la colección, y se puso a tirar las estatuillas por ahí. Yo lo seguí e intenté que parase, y entonces me pegó en la cara, y yo intenté zafarme. Luego ya no sé qué más hizo.

La violencia del ataque había dejado a Brunetti aturdido y sin palabras.

Los labios de Bocchese formaron una sonrisa muy discreta.

—Había huellas suyas por todas partes, y yo puedo declarar que lo vi —dijo—. El caso es el sueño de cualquier juez.

Brunetti asintió con aire triste.

—También he reunido los recibos que tengo de todas las estatuillas —continuó Bocchese—: cuándo y dónde las compré y cuánto pagué, impuestos incluidos.

—¿Para reclamar daños y perjuicios?

—No para reclamarlos, Guido. Para que me los paguen —contestó Bocchese con voz ronca—. Su padre va a estar oyendo hablar de esto durante años.

Brunetti no se molestó en disimular lo contento que estaba por lo que le había dicho Bocchese.

El jefe de laboratorio alzó la mano y le dijo:

—Tu Venus está bien.

—¿No la dañó?

—Cuando se puso a tirarlas por ahí, esa acabó debajo del sofá, así que no tuvo ocasión de romperle nada.

—¿Te das cuenta de cuántos años podría tardar en solucionarse esto?

—Estamos en Italia: por supuesto que tardarán años.

Con la emoción del momento, el jefe de laboratorio tiró del cordón de la lámpara para encenderla y apagarla varias veces y después dijo:

—Me da igual cuánto cueste o cuánto tarde.

En ese momento, Brunetti se dio cuenta de que Bocchese volvía a sonar como el viejo Bocchese. Todavía tenía la nariz magullada e hinchada, pero su espíritu estaba dispuesto a luchar.

—¿Qué pasa con las demás estatuas? ¿Todavía piensas venderlas? —se le ocurrió preguntar a Brunetti.

—He anulado la venta —respondió Bocchese con evidente alivio—. No sé qué estaría pensando cuando accedí a venderlas. —Tras una larga pausa, declaró—: Me las quedo.

—Me alegro por ti —dijo Brunetti, y le dio unas palmaditas en el hombro.

El jefe de laboratorio lo sorprendió al decir con franqueza repentina:

—Es hora de hacer cambios, Guido.

Una mezcla de sorpresa y algo parecido al miedo impidió a Brunetti hablar durante un espacio largo de tiempo y, al final, lo único que se le ocurrió decir fue:

—Date tiempo, Enzo.

Sin embargo, no estaba para nada seguro de lo que quería decir con eso.

—Ya he empezado.

—¿El qué?

—En otro trabajo.

—¿Cómo? —exigió saber Brunetti—. Has estado en el hospital. ¿Cómo vas a tener otro trabajo?

—No es definitivo —dijo Bocchese—. Aún no tengo contrato. Pero es real.

—¿De qué se trata? —preguntó Brunetti con curiosidad sincera por saber qué podría ofrecerle a un nuevo empleador un jefe de laboratorio casi en edad de jubilarse, con años de experiencia con drogas, armas, ropa empapada en sangre y una larga lista de objetos desagradables.

—Ya te lo he dicho, Guido: un trabajo nuevo.

—¿Y qué haces?

—Trabajar con bronce —respondió Bocchese—. Soy una especie de conservador y técnico.

Durante unos instantes, Brunetti a duras penas comprendió lo que oía. ¿Bocchese, conservador? ¿Sin cartas de recomendación? ¿Sin años de trabajo en una galería? ¿Iba a entrar en un museo y presentarse listo para el servicio?

Vio que Bocchese sonreía, así que suavizó el tono y, con una voz que esperó que sonase calmada y normal, le pidió:

—Cuéntame.

La sonrisa se movió por el rostro del jefe de laboratorio: ojos, boca, hasta la nariz parecía contenta.

—Conoces a Eugenio Pavan, ¿verdad?

—¿El banquero? —preguntó Brunetti.

El gesto afirmativo de Bocchese resolvió el misterio.

—Supongo que llamarlo *coleccionista* sería más apropiado, ¿no? —preguntó Brunetti.

Bocchese apretó los labios mientras pensaba qué decir.

—Hace años que hago trabajos para él.

—¿Trabajos? —inquirió el *commissario*.

—Basta ya, Guido —dijo Bocchese muy sonriente, y continuó muy afable—: Su colección de piezas de bronce es bastante importante y tiene la costumbre de consultarme mi opinión cuando no está muy seguro de si debería llevarse una pieza a casa. —Al cabo de una pausa momentánea, añadió—: Y me ha pedido que repare algunas que han recibido un trato malo o abusivo.

A Brunetti se le ocurrió bromear con su amigo y señalar que hablaba de las estatuas como si fuesen humanos. No obstante, decidió guardarse el comentario y dijo:

—Cuéntame más.

—Hace años que me insiste para que trabaje con él.

—¿Y qué quiere que hagas?

—Pues más o menos lo que ya estoy haciendo, pero no solo los fines de semana o cuando encuentro un hueco. —Entonces, con una expresión que de pronto era seria y que Brunetti reconoció como de orgullo, Bocchese añadió—: Y necesita a alguien que investigue la colección al completo para averiguar si alguna de las piezas es robada.

—Parece un trabajo a tiempo completo —dijo Brunetti.

—Espero que lo sea —contestó Bocchese.

—¿Y esto? —preguntó el *commissario*, e hizo un gesto que abarcaba el despacho del jefe de laboratorio y la parte de atrás, donde trabajaba su equipo.

—Es el momento, Guido —respondió Bocchese, y lo miró serio—. No quiero seguir haciendo esto. Quiero trabajar con cosas bonitas.

Entre ellos se hizo un silencio prolongado y Brunetti trató de recordar cuántos años había trabajado con Bocchese, confiado en él, cuánto hacía que lo respetaba.

Se apartó de la mesa y dijo:

—No estaba preparado para esto, Enzo.

—Yo sí —repuso Bocchese.

Y Brunetti sabía que era cierto.

27

La primavera irrumpió la semana siguiente y les dio en la cabeza con el sol y los colores vivos y el deseo de estar a cielo descubierto. La policía daba fe del cambio de tiempo: los carteristas, como si imitasen a los dientes de león, estaban ausentes un día y en plena floración al siguiente; la violencia doméstica salía de los confines del hogar y tenía lugar fuera, en parques, *piazze*, restaurantes al aire libre y bares; incluso el vandalismo creció en popularidad, ya que en general se cometía en la calle.

Un cálido martes de abril se desató el caos en Mestre cuando dos pandillas de menores, una de Venecia y otra de Mestre, se encontraron en Piazza Ferretto poco después de la medianoche para...

Si alguno de los agentes que acudieron a la llamada hubiese tenido que terminar esa frase, o si hubieran tenido que hacerlo los padres de los chicos o los propios chavales, no habrían sabido qué decir, puesto que las bandas juveniles no tenían motivos para hacer lo que hacían; al menos, motivos que pudieran explicarle a un adulto.

Había comentarios que, en general, tomaban la forma de alardes y vanaglorias en las redes sociales: «Somos más duros que ellos»; «Tenemos más *likes* en Instagram»; «Los chicos del barrio me admiran»; «Nos protegemos entre nosotros».

No querían robar nada. No conocían a los chicos de la otra pandilla. No les tenían rabia ni querían que les pasara nada malo. Pero allí estaban, igual que los demás, y tenían que luchar. Todos se creían más duros que los otros. En cuanto a cómo se medía eso, nadie tenía explicación alguna, aunque todos parecían estar de acuerdo en el veredicto final.

A Brunetti esto le resultaba incomprensible y lo asustaba, y no poco. Las bandas buscaban una reacción emocional: miedo, admiración, respeto, imitación. Las bandas no buscaban sacar provecho ni adquirir nada, que eran las dos vacas sagradas del capitalismo. No deseaban despojar a las víctimas de todas sus posesiones ni saquear sus hogares ni exhibir las cabezas clavadas en estacas.

Lo que hacían era grabar vídeos de las peleas y colgarlos donde pudieran para vanagloriarse del ascenso repentino de seguidores que se producía después de los encuentros con una banda rival. Se pavoneaban de su capacidad de infligir dolor y ganar, significara eso lo que significase.

La recompensa era igual de efímera: alguien le daba al *like* o al corazón y puede que hasta les dedicase una o dos palabras de aprobación por haber atacado a otra banda que tenía los mismos intereses respecto del resultado de la batalla y esperaba recibir los mismos votos. ¿Corrían a casa a leer las reseñas?

La primavera continuó como de costumbre, y en Venecia las cosas se calmaron, al menos en lo que respectaba a la delincuencia. Los turistas siguieron llegando en cantidades cada vez mayores, pero como no iban allí a robar, sino a que les robasen, la influencia que podían tener en la tasa de criminalidad era aumentar la cifra de víctimas de los carteristas.

Durante la última semana de abril detuvieron a la misma mujer romaní tres veces por robar carteras en el *vaporetto* entre la estación y Rialto; al parecer, ese era su lugar de trabajo favorito y la habían detenido tantas veces que se había convertido en una leyenda de la *questura*. En todas las ocasiones había sacado la copia impresa de una ecografía cuya fecha era correcta y que demostraba que estaba embarazada; en consecuencia, la policía no podía hacer otra cosa más que llevarla a Piazzale Roma y mandarla a su casa de tierra firme con la esperanza de que se fuese allí y no volviera de inmediato a la línea 1 del *vaporetto*, que era casi como su oficina.

Durante uno o dos días, por la *questura* corrió el rumor de que los agentes de narcóticos habían puesto en marcha una porra de cinco euros: el que adivinase cuántas veces acabarían deteniéndola a lo largo del mes de junio se llevaba el dinero. El teniente Scarpa, que por lo visto estaba al tanto del rumor incluso antes de que se corriera la voz, colgó un cartel que decía que esas frivolidades no se tolerarían y que, si se sabía que alguien había participado en la porra, el incidente aparecería en su expediente. A partir de ahí la porra generó más interés, pero en ningún momento había sido verdad y tampoco llegó a serlo.

No llovía. No había llovido desde Semana Santa y había pasado más de un mes desde entonces. Las calles eran testigos de la falta de lluvia, y las plantas y los árboles de diversos jardines públicos y privados empezaron a dar señales de su sufrimiento. La Iglesia pidió oraciones; el Comune advirtió que no se debía malgastar el agua e *Il Gazzettino* reveló el impactante porcentaje de agua que se suponía que perdían las cañerías subterráneas incluso antes de llegar a las ciudades hacia las que fluía.

La temperatura bajó y el tema desapareció de la esfera pública y el interés general. Pero seguía sin llover.

El ambiente se volvió caluroso de nuevo, a

medida que la primavera concluía y le traspasaba la temperatura al verano para ver qué cifras era capaz de sacarse de la manga. El calor parecía afectar a las pandillas de menores, ya que no se supo nada de ellas durante semanas. No obstante, los jóvenes continuaban haciendo estupideces: en tierra firme corrían con las motocicletas entre los coches y se rompían el brazo; en la ciudad saltaban a la laguna desde el Ponte Panada y Fondamente Nove y enfermaban durante días por culpa del agua: imitaban a los chicos franceses que habían traído el *parkour* a Venecia y acudían a la ciudad a saltar los canales estrechos y trepar por las fachadas del otro lado, a veces hasta un tercer piso. En resumen, esos extranjeros corrían riesgos y se filmaban corriendo esos riesgos para enviárselos a los amigos que esperaban en casa y que corrían riesgos aún mayores. Los venecianos subieron la apuesta e intentaban trepar hasta el cuarto y, una vez allí, hasta el quinto, convencidos de que siempre tendrían la suerte de ir a parar al canal si se caían.

Hasta que a uno de ellos, después de trepar hasta la tercera planta de una casa en el margen de Rio di Santa Sofia, se le ocurrió intentar llegar a la siguiente y al tejado. Sin duda, lo habría conseguido de no ser porque la bisagra del postigo abierto que había en el cuarto estaba tan oxidada que cedió en cuanto se apoyó en la madera y tendió las manos hacia el tejado.

Sus amigos siempre le habían dicho que, si por algún motivo notaba que se caía, se empujara con todas sus fuerzas de la fachada que intentaba trepar, girara en espiral y tratara de tirarse de cabeza al agua del canal. Los amigos que ese día trepaban con él, uno de los cuales había alcanzado el tejado de ese mismo edificio dos semanas antes, lo vio caer y pensó que se acordaría. Y así era, pero había olvidado añadir un factor al cálculo: el lado sur de Rio di Santa Sofia no tenía *riva* y, por lo tanto, la del lado norte era algo más ancha de lo habitual. No se dio con la cabeza contra el suelo, pero sí se golpeó el hombro con la fuerza acumulada de la caída y a punto estuvo de arrancárselo.

Sus amigos se metieron en el agua en cuestión de segundos y lo sacaron antes de que hubiera cogido aire unas cuantas veces. Chilló al sentir presión contra las costillas, que tenía hechas añicos, y continuó gritando durante los doce minutos que tardó la ambulancia en llegar hasta allí. Murió a causa del choque y la pérdida de sangre antes de llegar al hospital.

A *Il Gazzettino* le dio tiempo de publicar la noticia en la primera plana de las ediciones regionales y a explayarse con un artículo a página completa en la edición local; también publicó una historia del *parkour* que alguien preparó en muy poco tiempo y explicaba que se había inventado en París, la Ciudad de la Luz, a manos de jóvenes activistas que querían que París fuera la ciudad de no tantas luces, al menos entre la medianoche y las seis de la mañana.

Al final del curso académico, la policía que trataba con las bandas juveniles temía que las cosas empeorasen durante los meses en que los integrantes quedaban a su libre albedrío. Pero estas parecían haberse ido de vacaciones, ya que no dieron problemas hasta la tercera semana de junio, cuando se descubrió que alguien había vandalizado dos aulas y el despacho del director de la escuela de secundaria Morosini. El aula de Informática era una clínica de triaje con el suelo cubierto de pedazos, esquirlas y escombros: habían destrozado todas las pantallas con una eficiencia perversa. El aula contigua, la de Ciencias Naturales, había sufrido de igual modo: todas las exposiciones estaban esparcidas por el suelo, los microscopios y aparatos de medición que no se habían guardado bajo llave estaban rotos, y todos los registros de los experimentos que realizaron ese año los alumnos estaban hechos un montón que habían destrozado a patadas hasta volverlo incomprensible. El despacho del director no estaba en mejor forma: el ordenador, roto; igual que el de la secretaria.

La escuela llevaba semanas cerrada y allí habían estado los conserjes y los pintores; esa parte de la tercera planta era la siguiente. Lo único que motivó a la policía a investigar fueron dos llamadas de vecinos que habían oído ruidos por la noche, aunque los agentes acudieron tres días después de los avisos.

Lo que más perplejos había dejado a los policías que habían visto los destrozos era un mensaje escrito en la única pizarra que quedaba en pie: «De los Leones del Lido». Solo los agentes que trabajaban con las bandas reconocieron el insulto a los Leones de Venecia, que era aún peor por el hecho de que hubiera tenido lugar en su territorio.

La mañana que siguió al descubrimiento del acto vandálico, Brunetti subió al despacho de Griffoni a hablar del «allanamiento de la escuela», como lo llamaba *Il Gazzettino.*

—¿Los «Leones del Lido»? —dijo Griffoni. A riesgo de caerse de la silla, hizo un gesto que Brunetti consideraba su «gesto de crucifixión»: una maniobra frenética y potencialmente peligrosa que implicaba estirar ambos brazos como señal de haber perdido toda la paciencia con la humanidad que le quedaba—. ¿Esos críos tienen catorce o quince años y se creen leones?

Guardaron silencio un tiempo mientras ambos pensaban en lo mismo y se disgustaban con lo que veían.

—Ninguna de mis fuentes sabe nada —dijo ella, que siempre era reacia a usar la palabra *informante.*

Brunetti se frotó la mandíbula con los dedos, algo que hacía cuando estaba nervioso o sabía que tendría que hacer o decir algo que lo avergonzase.

Sin preámbulo alguno, preguntó:

—¿Y Orlando?

—No sé nada de él desde que conocimos a su padre. Y la banda no ha dado problemas desde que nos dijo que iba a pasar algo gordo —añadió con tono sarcástico y de mofa en las últimas palabras antes de preguntar medio enfadada—: Por el amor de Dios, ¿por qué habrán escogido un nombre tan estúpido?

—Son adolescentes, Claudia —respondió Brunetti.

Pensaba en algunas de las cosas que había dicho Raffi a esa edad. O, peor aún, algunas de las que decía y pensaba él cuando tenía catorce años.

—Es extraño —añadió tras una pausa—. Hasta lo de la mujer romaní tiene más sentido.

Como Griffoni no contestaba, siguió:

—Tiene una familia que mantener y por eso les roba el dinero a los desconocidos.

Era consciente de que la mayoría de las personas lo miraría raro por decir algo así, sobre todo si sabían que era policía.

Griffoni asintió con la cabeza.

—¿Y lo de las bandas juveniles no tiene sentido?

—Solo para los adolescentes.

—¿Y lo de Sant'Alvise? ¿Eso tenía sentido? —preguntó.

Se refería a un montón de basura que se había incendiado en un jardín cercano a la iglesia. Las llamas se habían extendido deprisa por la hierba y los arbustos secos. Los bomberos habían apagado el fuego con facilidad y sin poner en peligro su integridad física, y habían dejado que la chusma de *Il Gazzettino* decidiera si mencionaba la posibilidad de que fuese un incendio provocado.

—¿Tu sobrino ha oído algo? —preguntó Brunetti para volver al tema inicial.

Griffoni, sin molestarse de informar a nadie más que a Brunetti, se había puesto en contacto con su sobrino Antonio, que estaba haciendo un doctorado en la Universidad de Nápoles sobre un tema que se llamaba Sociología de la Comunicación. Hacía poco que había empezado a investigar para la tesina, «Teoría y técnica de la comunicación adolescente», que Griffoni interpretaba como: «Ayudar a la tía Claudia a entender lo que dicen los críos en las redes sociales».

Había violado de forma flagrante las leyes que protegían los derechos de los menores y le había dado las instrucciones de la *signorina* Elettra sobre cómo «acceder» a los perfiles de las redes sociales de todos los miembros conocidos de los Leones de Venecia y del Lido y le había pedido que la alertase si leía algún mensaje de cualquiera de los dos grupos que indicase algún tipo de plan violento o confrontación.

Le reveló a Brunetti que, sí, había temido que Antonio se negara. A fin de cuentas, ¿quién accedería a leer las publicaciones y los chats de más de veinte adolescentes locos de testosterona? Sin embargo, después de pensarlo mucho y de comentarlo con su director de tesis, Antonio había accedido gustoso, ya que a su profesor le interesaba tanto que le había propuesto que cambiase el tema y estudiase el lenguaje de la microdelincuencia.

—De momento no ha encontrado nada útil —continuó Griffoni—. Dice que no ha habido un aumento de tráfico (no veas lo rápido que me aprendo la jerga, por cierto) después del incendio de Sant'Alvise y que ninguno de ellos colgó fotos. Pero me dijo que hubo un aumento casi imperceptible de lo que él llama «pavoneo pre y post combate» por parte de los Leones del Lido justo antes y justo después de que se descubrieran los desperfectos del Morosini.

—¿Por qué no te había avisado antes?

—Me avisó, pero dijo que podía ser la emoción de la energía primaveral o algo así, porque el aumento era mínimo. Cuando leyó las felicitaciones me llamó para comentarme que, al parecer, estaba pasando algo muy raro.

—¿El qué? —preguntó Brunetti, para quien todas las comunicaciones eran raras.

—Algunas de las felicitaciones parecían hacerlas los miembros de los Leones de Venecia y no mostraban señales de antagonismo, al menos en los mensajes que escribían.

Brunetti gruñó exasperado.

—Se comportan como si su contienda viniera de la Edad Media. Lo siguiente será un tratado: el príncipe se casa con la princesa y todos vivirán felices para siempre jamás.

Dicho eso, dejaron el tema.

28

Sin embargo, las cosas empezaron a moverse. En el Lido, un ciclista adelantó a toda velocidad a un chico de dieciséis años que había decidido visitar a un amigo de Pellestrina y lo tiró de la bicicleta de manera deliberada. El ciclista, que llevaba un casco blanco y gafas de sol, había sacado la mano derecha al adelantar al chico y le había dado un empujón en el hombro; el joven perdió el control de la bicicleta, chocó contra el bordillo y, por suerte, contra un seto que lo detuvo; de allí salió muy arañado, pero sin haberse roto nada.

Cuando pudo salir de entre las ramas y se levantó, aunque algo tambaleante, no había ni rastro del ciclista, que podría haber tomado cualquiera de las dos direcciones de la siguiente intersección. Tampoco había ningún peatón a la vista. No le quedó más remedio que coger la bicicleta, que por algún milagro estaba intacta, y decidir qué hacer:

continuar hacia Pellestrina, hacer algo respecto de los arañazos de la pierna, que cada vez le sangraban más, o llamar a la policía.

Optó por lo segundo y, cuando le contó lo que había sucedido al farmacéutico de la farmacia adonde había ido a comprar desinfectante y vendas, este decidió ocuparse de la tercera opción.

La policía acudió enseguida y, mientras el farmacéutico le limpiaba los arañazos más graves, los agentes apenas consiguieron datos acerca del ciclista: casco blanco, gafas de sol, pantalones cortos oscuros, camiseta de manga corta, lo siento, no recuerdo de qué color y no era muy alto. Sí, ha sido a propósito. Gracias a Dios que había un seto.

Una semana más tarde le ocurrió casi lo mismo a Ruggiero Orsino, otro adolescente del Lido que disfrutaba de la velocidad que ofrecía la Via Sandro Gallo: directa hacia Malamocco y sin coches en la carretera porque todo el mundo estaba en casa comiendo. En esta ocasión, en cambio, fueron dos ciclistas: uno lo adelantó y se le cruzó para distraerlo y, mientras tanto, llegó otro por detrás y le hizo lo mismo. Un empujón y la bicicleta del chico se escoró y lo lanzó sobre la hierba, donde se quedó aturdido e inmóvil hasta que pudo arrodillarse poco a poco, ver que no se había roto nada y levantarse.

Ruggiero había oído la historia del otro chico y no tuvo reparos a la hora de llamar a la policía de inmediato para denunciar la misma agresión.

Casi no había reparado en el primer ciclista, el que lo había adelantado, y tenía tanto miedo de caerse que no se había fijado en el segundo.

El único delito que la policía pensó que se ajustaba a eso fue el de agresión, y así fue como se denunció. Al agente responsable, por lo tanto, no le quedó más remedio que indicar que el arma era la bicicleta.

Dos días más tarde, Antonio llamó a Griffoni y dijo que el intercambio de mensajes había aumentado por parte de los Leones de Venecia y que uno de ellos presumía de haber enviado a un falso león a unos arbustos, un comentario que no tenía sentido para él, aunque sí para ella.

Los mensajes fueron a más y se volvieron más crípticos, con referencias a venganzas y retribución por parte de los Leones de Venecia, un nombre que ella seguía sin tomarse en serio.

Griffoni le había reenviado a Brunetti los mensajes que había recibido de su sobrino y fue a su despacho a hablar con él. Abrió el primer mensaje y los fue contando uno a uno.

—Debe de haber unos cien y no los entiendo. ¿Quién se los envía a quién? ¿Cómo se entienden entre ellos? —preguntó, y le dio una sacudida al móvil como con la esperanza de obligarlo a responder—. Han decidido escribir las cosas como les dé la gana y parece que les han cambiado el significado a las palabras.

Antes de que pudieran continuar, Antonio la

llamó para decirle que había tardado unos cinco minutos en quebrantar lo que los Leones de Venecia y del Lido sin duda consideraban un muro infranqueable de ciberprotección.

Griffoni lo interrumpió:

—Antonio, deja de pavonearte y dime de qué hablan.

Le hizo un gesto a Brunetti con la cabeza y pasó la llamada al altavoz.

—¿Cuáles, los de Venecia o los del Lido?

—Los dos, si puede ser —respondió ella.

Antonio dejó pasar un instante y, para ahorrar tiempo, le preguntó:

—¿Quieres que te envíe un documento bilingüe? Lo que escriben ellos y lo que significa en nuestro idioma.

—Mientras el nuestro sea en italiano —dijo con absoluta seriedad.

—Puede que tarde un poco en traducirlo, pero no hay prisa.

—¿A qué te refieres? —preguntó ella.

—Ya lo entenderás cuando recibas la traducción —dijo él, y colgó.

Tal como había prometido, al cabo de media hora Antonio les envió varias páginas traducidas a italiano estándar, pero Griffoni y Brunetti continuaban sin entenderlo todo.

Cada uno de los más de veinte chicos usaba un

seudónimo, emojis, y muchas de las palabras tenían grafías diferentes, dependiendo de quién las usaba. Cuando acabó de leer las dos primeras páginas, Griffoni le escribió a su sobrino, le pidió un resumen de lo que decían y le recordó que lo único que le interesaba saber era qué planeaban hacer las bandas, dónde y cuándo. Punto.

Cuando Griffoni y Brunetti por fin transformaron los diversos mensajes en una historia que comprendiesen, averiguaron (o por lo menos creían haber averiguado) que el jueves por la noche, a una hora que ya habían acordado, las dos bandas se encontrarían en un sitio que aún estaba por acordar. Y resolverían el asunto.

Antonio les explicó que la mayoría de las cosas que decían estaban muy en la línea de los alardes de los guerreros vikingos que los chicos habían visto en una serie de televisión. Antes de una batalla, los guerreros pasaban mucho tiempo enumerando sus poderes, las batallas del pasado, las víctimas; así era como los Leones de Venecia y del Lido se convencían a sí mismos de que daban más miedo que un puñado de críos que esa noche no tenían nada mejor que hacer.

Griffoni se tapó la cara y dijo entre los dedos:

—Cuando yo tenía quince años, debía estar en casa antes de las diez y mi madre no me dejaba hacerme los agujeros para los pendientes.

Brunetti la miró un instante y, sin hacer caso del último comentario, señaló:

—Ya nos han dicho la fecha, que es el jueves, y tarde o temprano nos dirán cuándo y dónde. —Antes de que Griffoni pudiera ponerlo en tela de juicio, añadió—: Los adolescentes no tienen paciencia.

—Te veo muy seguro —repuso ella.

—Convivo con dos.

29

Se demostró que Brunetti tenía razón. Antonio hizo su parte con un ojo puesto en la comunicación entre los *telefonini* de más de veinte chicos adolescentes. No obstante, antes de acceder a hacerlo, había diseñado un programa que descartaba cualquier cosa relacionada con ropa, zapatos, series de televisión, deportes, chicas, coches rápidos u ordenadores. De los mensajes restantes, descifró el vocabulario que usaban para planear los movimientos del grupo y leyó solo los que hacían referencia a eso, de modo que reducía la cantidad de mensajes y actualizaciones que tenía que leer.

El martes por la tarde, Griffoni recibió un mensaje de Orlando que confirmaba que había algo GRANDE (escrito en mayúsculas) organizado para el jueves por la noche y que él iba a ir, seguido de tres caritas amarillas y sonrientes. El mensaje acababa así: «¿Nos vemos allí?», seguido de las tres mismas caritas sonrientes, pero con la lengua fuera.

El jueves por la noche, pero ¿dónde, cuándo y quién? A pesar de todas las incertezas, Brunetti mantuvo la calma. «Los adolescentes no saben guardar secretos —se repitió, como si fuese una de las leyes de la naturaleza—: la tentación de llamar la atención puede con todo.» Era cierto en el caso de sus amigos y él, y sería igual de cierto en el caso de las bandas juveniles.

Al *commissario* no solo le costó convencer a sus compañeros de que averiguarían a tiempo los planes de las bandas, sino que también tuvo que convencer a Patta de que autorizase el uso de suficientes efectivos para pararles los pies a los chicos antes de que hubiera heridos. El *vicequestore* debía de haber olvidado las promesas anteriores, porque accedió con muchas reticencias a asignar dos agentes más al turno de noche, convencido de que todo aquello eran «rumores y exageraciones».

A lo largo de los dos días siguientes no averiguaron nada más, aparte de que Antonio anunció que la cantidad de mensajes entre los chicos que charlaban sobre los acontecimientos del jueves, que aún no se habían descrito en detalle, iba en constante aumento. El jueves por la tarde, Brunetti insistió en quedarse en la *questura*, seguro de que los muchachos no guardarían el secreto durante mucho más tiempo. Griffoni, más por lealtad que por albergar esperanzas, se quedó con él, y Foa dijo que esa noche no tenía nada mejor que hacer y que también se quedaba. Los dos agentes extras estaban en la oficina de los agentes jugando a las cartas, mientras que Vianello estaba en un pueblecito cerca de Torino, por el funeral de su suegro.

A las diez y media, Brunetti y Griffoni seguían en el despacho de él. Las conversaciones eran entre esporádicas e inexistentes. Al final, ella dijo:

—Lo que me molesta es la incertidumbre. —Y entonces, como si una idea resultase de la anterior, añadió—: Tengo unos sándwiches arriba.

A Brunetti no le pareció una invitación, así que no dijo nada, y ella no se movió del sitio. Él miró la hora y se sorprendió al comprobar que eran casi las once. Las veces anteriores, las bandas siempre se habían encontrado antes de la medianoche.

A Griffoni le sonó el móvil; era un mensaje y lo leyó, pero no dijo nada.

Hubo otra notificación y después otra y una cuarta. Cogió el móvil, leyó el resto de los mensajes y dijo:

—Es Antonio, que sabe dónde han quedado.

Al cabo de un instante, el móvil sonó de nuevo. Ella lo miró y después se volvió hacia Brunetti.

—La Giudecca —dijo, nada más.

Cerró los ojos con frustración. Antes de que él pudiera hablar, ella añadió en voz muy baja:

—Antonio es napolitano, así que eso debe de parecerle suficiente información.

Tras unos minutos más, oyeron otra notificación. Claudia leyó el mensaje.

—Es Antonio —dijo—. Prepárate para esta novedad.

Parecía exasperada, no emocionada.

Brunetti la miró, pero no dijo nada.

—Han firmado un tratado de paz.

—¿Las bandas? —preguntó él con la esperanza de que fuese cierto.

No habría heridos y podría irse a casa y acostarse.

Sin apartar la mirada del teléfono, Griffoni le comunicó la información de su sobrino:

—El líder de los venecianos les ha ofrecido una tregua a los del Lido y dice que las bandas de tierra firme los respetarían más si fuesen más grandes y que se divertirían más trabajando juntos. —Antes de que Brunetti pudiera preguntárselo, ella confirmó—: Sí, ha dicho «divertirse».

—Que Dios nos asista —musitó él.

Se inclinó hacia su compañera como si estar más cerca del teléfono fuese a facilitarle la comprensión.

—El líder también ha dicho que tiene una idea para esta noche, una manera de celebrar el tratado que atraerá mucha atención.

Maravillado ante la presuntuosidad delirante de la juventud, Brunetti preguntó:

—¿Ha dicho lo que era?

Griffoni negó con la cabeza. Miró a Brunetti, que no dijo nada.

—¡Venga! ¡Venga! —le susurró ella al móvil.

Brunetti observó su mano sobre el *telefonino*, cómo lo acunaba despacio, como para mantenerlo despierto. El aparato respondió con otra notificación.

—Están de camino —dijo, y se levantó de la silla como si fuese imperativo que se pusieran en marcha igual que los chicos.

—¿Quiénes? —preguntó Brunetti.

—Los Leones del Lido —respondió, esa vez tratando el nombre con seriedad—. Son diez. Dos tienen barcas, así que no tienen que coger el *vaporetto*.

—¿Adónde van?

—A un sitio que está cerca de Fondamenta de la Rotonda, en la Giudecca —contestó ella.

Griffoni esperó, dado que Brunetti era veneciano, a que le dijera dónde era. Sin embargo, él no lo tenía muy claro: en alguna parte de camino a Sacca Fisola.

—Hay una fábrica abandonada —dijo ella.

Una de las pocas cosas que Brunetti sabía acerca de esa parte de la ciudad era que estaba llena de fábricas y talleres abandonados que se habían vaciado décadas antes, cuando el trabajo y los trabajadores migraron a Marghera y a Mestre.

—¿Nada más? —preguntó.

—No parece que... —empezó a decir ella.

De pronto la interrumpió el móvil de nuevo. Miró la pantalla y se quedó helada. Apartó la vista del mensaje y miró a Brunetti.

—¿Qué pasa? —preguntó él.

—El portavoz de los Leones de Venecia les ha dicho que espera que lleven combustible de sobra en las barcas.

—Foa sabrá dónde es —dijo Brunetti.

Cogió la chaqueta y se dirigió hacia la escalera. Se detuvo en el rellano de la siguiente planta y gritó hacia la derecha:

—¡Foa! ¡Foa!

Se oyó una voz que respondía y después dos más. Al cabo de un momento, Foa y los dos agentes salieron por la puerta, los tres con ropa oscura, y se apresuraron a bajar la escalera con los dos que corrían escaleras abajo.

En la entrada, Brunetti y Griffoni hicieron una pausa mientras él le decía al que hacía la guardia de noche que iban a la Giudecca, nada más.

Una vez fuera, Foa ya estaba al timón de la lancha eléctrica y sin distintivos de la *questura*; lo único que indicaba que el motor ya estaba en marcha eran las ondas que se formaban en el agua en la parte de atrás.

Los dos hombres de uniforme ya estaban en la cabina. Griffoni se puso a la izquierda de Foa, Brunetti a la derecha.

—Fondamenta de la Rotonda —le dijo al piloto—. Detrás hay unas fábricas abandonadas.

Foa asintió con la cabeza como si Brunetti le hubiera señalado algo en un mapa.

—Hay unas cuantas, pero llevan años vacías: quince o veinte. —Entonces calló y pensó en la ruta. En cuanto se decidió, se volvió hacia Brunetti y dijo—: Podemos ir por Rio di Sant'Eufemia.

Se volvió y maniobró con la lancha, que se alejó en silencio del muelle.

Cuando hacía un viraje amplio hacia la derecha, Foa dijo:

—Hay dos fábricas con un patio compartido. La primera era de ladrillos. —A continuación, hubo un silencio largo mientras el piloto hurgaba en su memoria para ver qué más encontraba—. En la otra hacían pintura, creo. O disolventes. Pero se arruinaron y las dos llevan vacías desde que cerraron.

Foa aceleró en el Canale della Giudecca, donde a esa hora apenas había tráfico; a esa velocidad el casco cabeceaba y chocaba con fuerza contra la superficie del agua, pero el motor no hacía ningún ruido. Al cabo de unos minutos, aminoró la marcha e hizo un viraje a la izquierda para meterse por Rio di Sant'Eufemia. Paró el motor y se deslizaron por un canal que a esas horas hacía las veces de aparcamiento y tenía una larga hilera de barcas amarradas en el margen derecho; quedaba el espacio justo para que pasaran otras embarcaciones por el otro lado. Había unas casas que daban al canal; a continuación, a mano derecha, un tramo largo de un muro devorado por las enredaderas y al final volvía a haber casas. Poco después, Foa detuvo la lancha a la derecha y paró el motor. En el muro había un cartel que decía: CALLE STORTA DEI SQUERI. Le tocó el brazo a Brunetti y le susurró:

—Vayan recto por ahí y giren la primera a la izquierda; se encontrarán con la fábrica de ladrillos. Detrás hay un patio y la fábrica de pinturas está al fondo; da a la laguna.

Griffoni y los dos agentes subieron al margen del canal.

—¿Adónde irás? —preguntó Brunetti a Foa.

—A la laguna. Hay un sitio donde me puedo esconder. Cuando acaben, o si me necesitan, mándeme un mensaje. Tardaré un par de minutos como máximo.

Sin decir nada más, el piloto encendió el motor silencioso y se dirigió hacia la laguna sur.

Los cuatro, con Brunetti a la cabeza, hicieron lo que Foa les había aconsejado, pero no antes de que todos hubieran silenciado los móviles y bajado el brillo de la pantalla al mínimo.

En las calles había un silencio preternatural; Brunetti pensó que podría oír las pisadas de un gato. Hacia el fondo, luego a la izquierda, por unos soportales y después allí estaba. No vio ni oyó a nadie. Siguieron una especie de camino donde nadie había recogido la basura y la maleza crecía desde hacía años; había arbustos casi de la altura de una persona. La ropa oscura los hacía invisibles cuando estaban delante de la maleza, y más aún si se metían entre ella.

Uno de los agentes se adelantó un poco y después le hizo un gesto a Brunetti para que se acercara. Cuando el *commissario* llegó, el agente le susurró:

—Allí hay un trozo de muro derruido.

Antes de que Brunetti pudiera decir algo, Griffoni recibió un mensaje en su móvil que iluminó un poco la pantalla. Ella lo leyó y les dijo:

—Los de Venecia están a punto de llegar, pero por lo que sabe Antonio, se han bajado donde el *vaporetto* de Sant'Eufemia y vienen a pie.

Otra luz apenas visible y Griffoni miró la pantalla. Brunetti vio que tensaba los hombros mientras leía.

—¿Qué? —le preguntó, pensando que quizá no debería hacerlo.

—Es él. Está con ellos —dijo.

Brunetti sabía a quién se refería, pero lo preguntó igualmente.

—¿Orlando?

Ella asintió con la cabeza.

—¿Qué dice?

Griffoni le pasó el teléfono, y él leyó: «Mi padre es un héroe y arriesgó la vida para salvar a personas». Él volvió la cabeza hacia su compañera y enarcó las cejas. Ella permaneció impasible, así que Brunetti leyó el resto del mensaje: «Esta noche todos verán lo valientes que somos». En cuanto él le devolvió el móvil, llegó otro mensaje. Esa vez ella hizo poco más que mover la pantalla ligeramente hacia él. «Será muy GRANDE», presumía Orlando.

Entonces se oyó el ronroneo suave de una barca pequeña y el sonido de voces que venían desde la laguna, y Brunetti se libró de tener que responder.

Como había luna llena y el patio de las fábricas estaba iluminado por farolas que el ayuntamiento no se había molestado en retirar, tenían la ventaja de poder ver lo que ocurría, a la vez que permanecían ocultos.

Después de hacerles una señal a los demás para que se quedasen donde estaban, Brunetti siguió al joven agente hacia el final del muro, que era por donde se había desintegrado y se habían esparcido los escombros a ambos lados. A través de un agujero, distinguió a un grupo de chicos jóvenes; debían de ser unos doce y, desde luego, no había muchos que pasaran de los quince años; esperaban con la cabeza en alto y vuelta hacia el ruido de un pequeño motor que se acercaba, delante de lo que Foa había dicho que era la fábrica de pintura.

Los ruidos se fueron acercando cada vez más; se oyeron unos cuantos golpes sordos y la orden de «*Silenzio*», susurrada entre dientes. Más sonidos. Alguien se rio. De pronto el motor se apagó y en su lugar se oyeron voces y más órdenes de silencio y luego el ruido de pisadas en la gravilla.

Hubo un momento de calma y después el ruido volvió aún más alto que antes. Alguien gritó algunas palabras. Una voz empezó siendo grave, tosca, masculina, pero en cierto momento subió de golpe a un registro femenino y calló. Hubo risas y algún grito, pero sin tonos agresivos.

De repente se quedaron en silencio y, entonces, uno a uno, aparecieron en lo alto del muro que separaba la fábrica de la laguna. Brunetti dio por sentado que habían atracado en el muelle que había en la parte exterior. Los Leones de Venecia se acercaron corriendo y les ofrecieron la mano para ayudar a sus antiguos enemigos a saltar al patio.

Brunetti sintió que alguien lo agarraba del brazo. Sorprendido, se movió para intentar zafarse. La mano había desaparecido y alguien le habló en voz baja:

—¿Voy a buscar a los demás, *commissario*?

Él asintió con la cabeza y le dio un empujoncito suave en la dirección de sus compañeros, y el joven agente se adentró en la oscuridad. Al cabo de poco, Brunetti oyó algo que parecía el canto de un pájaro. En silencio, como si fueran niños jugando a la guerra, Griffoni y los dos agentes, agachados y caminando tan deprisa y en silencio como podían, llegaron a donde estaba él. Casi todo el ruido que hacían quedaba ensordecido por las voces del patio.

Si alguno de los chavales allí congregados había oído algo, no se molestó en volverse a mirar, puesto que estaban muy entretenidos con la llegada de los leones, ya fueran los suyos o los de la otra parte de la ciudad.

Los cuatro, invisibles gracias al muro, oyeron el motor de otra embarcación. Esta llegó sin problemas, pero chocó contra el embarcadero y la recibieron con gritos, aunque moderados y de diversión.

En cuestión de minutos, una hilera de chicos exaltados se dirigieron al patio dándose palmadas en la espalda. Brunetti sentía, incluso desde donde estaba escondido, la energía que emanaban.

De pronto, se fijó en una vieja bandera de la paz en colores pastel que colgaba como un trapo de una ventana de la fábrica abandonada de pintura; estaba raída, rajada y descolorida, y trató de recordar cuántos años hacía de esa erupción de esperanza. Por debajo de la bandera, las periódicas mareas altas y abundantes sucesos de *acque alte* habían alcanzado la fachada del edificio y habían dejado oleadas de cartones, diarios, botellas rotas y hasta un colchón destripado que había escupido montones de relleno sobre una pila de bolsas de basura en estado de descomposición.

Tres de los chicos que acababan de llegar entraron al mismo paso, con los puños en alto justo por encima de la cabeza y cantando: «Lido, Lido, Lido». Al verlo, fue como si a Brunetti se le apareciese un fantasma del pasado. Algo que nunca había visto, pero de pronto había vuelto.

Al frente de los chicos de Venecia iba el líder, como un toro. Era un joven alto y rubio que al *commissario* le pareció demasiado mayor para estar jugando a esas tonterías.

Los chavales del Lido vitorearon al líder común y después lo hicieron sus propios seguidores. Hubo abundantes palmadas fuertes en la espalda y puñetazos aún más contundentes en el pecho que nadie se atrevía a esquivar. El joven rubio no se detuvo delante de ellos, sino que entró por la puerta desvencijada de la fábrica. Pasados uno o dos minutos, reapareció dos pisos por encima de la entrada, en un balcón pequeño cuya barandilla y cuyas puertas de cristal se habían roto y habían desaparecido décadas antes. En la fachada del edificio no quedaban ventanas y muchas de las tejas habían caído o las habían tirado al suelo, donde aún estaban rotas, inservibles, pasadas de moda, igual que los hombres que tiempo atrás habían trabajado allí.

Ambas manadas de leones se reunieron debajo del balcón, algunos con el brazo alrededor de los hombros de algún amigo o nuevo amigo. Hablaban con normalidad, sin gritar ni amenazarse. Eran un grupo de chicos, todos de la misma ciudad, descubriendo que tenían amigos y parientes en común.

El chico del balcón levantó ambos brazos y consiguió captar la atención de los demás y silenciarlos. En mitad de aquella calma nueva, uno de los chicos del fondo gritó:

—¡Gianpaolo, Gianpaolo, Gianpaolo!

El resto de los chavales tardó solo unos segundos en unirse a ese cántico, que de pronto cambió a «¡Porpora, Porpora, Porpora!», un apellido que Brunetti recordaba del timbre de los vecinos de Bocchese.

Gianpaolo, que de pronto consideró que aquella ya era suficiente alabanza, dio un paso adelante hacia el borde sin barandilla del balcón y alzó los brazos. Tan pronto como cesó el ruido, se puso a hablar con total seguridad.

Con voz grave y decidida, dijo:

—Como estamos en Venecia, yo seré el anfitrión, así que bienvenidos todos, sobre todo nuestros nuevos amigos de la laguna: los Leones del Lido. —Hizo una pausa y esperó a que los vítores y los silbidos cesaran—. Ahora que somos el doble que antes, deberíamos hacer que se nos conozca más, tanto en Venecia como en el Lido. —Se inclinó hacia delante y miró a los chicos que allí se habían congregado. Señaló a uno que estaba entre los Leones del Lido y, con voz autoritaria, le preguntó—: ¿Verdad que sí, Marco?

En lugar de hablar, el chico levantó el puño con un gesto triunfal. Los chicos de abajo gritaron y dieron pisotones en el suelo, lo que animó a Marco a hablar más alto que ellos:

—Vamos a enseñarles de qué somos capaces.

De pronto, Brunetti vio a Monforte aparecer por el lado derecho del edificio. El chico del balcón también lo vio.

Gianpaolo miró de nuevo al grupo, dio un paso atrás y gritó:

—Eh, Orlando, ha venido tu papi. ¿Viene a buscarte o qué?

«Ah —pensó Brunetti—, menudo genio de la política es este chaval: en cuanto tienes un posible grupo de seguidores, créate un enemigo; o mejor aún: dos. Si tienes un enemigo, cualquier enemigo contra el que echar a tus seguidores, estos serán tuyos para siempre y podrás hacer con ellos lo que te plazca.»

Orlando chilló, pero nadie lo oía ni quería oírlo. Gianpaolo alzó los brazos para exigir silencio. Se volvió en el espacio estrecho del balcón y miró a Orlando, que debía de estar a unos diez metros de él.

—¿Sigues con nosotros, Orlandino? —gritó, más para los demás chicos que para su víctima—. ¿O tu papi te ha hecho cambiar de opinión?

Los chicos de abajo, que no tenían ni idea de qué hablaba Gianpaolo, se pusieron a gritar:

—Contesta, Orlandino.

—¿Y por qué no ha venido también tu mami, Orlandino?

—¿Te dan miedo los leones, Orlandino?

Mientras los oía, Brunetti reparó en que el uso del diminutivo reforzaba las acusaciones contra Orlando, fueran estas las que fuesen. Entonces se oyó una última pregunta:

—¿Vas a enseñarle a tu *papà* lo valiente que eres, Orlandino?

Gianpaolo los silenció con otro gesto.

—¿Qué dices, Orlando? ¿Tienes el coraje para demostrar lo valiente que eres? —El chico del balcón miró a Orlando y, con un tono cantarín y deliberadamente agudo, le preguntó—: Todavía tienes a tu papi el héroe para que te proteja, ¿verdad, Orlandino?

La multitud de jóvenes se volvió hacia el aludido.

Por extraño que pareciese, los chicos no le gritaron más preguntas a Orlando, sino que le ofrecieron silencio para que hablase y, quizá, la oportunidad de demostrar su valentía.

Brunetti levantó la cabeza por encima del muro para ver cómo reaccionaba Monforte. Despacio, el padre del chico empezó a recorrer la fachada; los pandilleros no estaban dispuestos a impedírselo ni a desafiarlo, bien debido a que Gianpaolo no les había dado la orden o bien por la mera corpulencia de Monforte.

—No soy ningún cobarde —le gritó Orlando a Gianpaolo, aunque su voz carecía de autoridad.

El comentario fue recibido con silbidos.

—Demuéstralo —gritó el del balcón.

La orden se convirtió en un cántico:

—¡Que lo demuestre, que lo demuestre!

Los chicos acompañaron el coro con pisadas fuertes y rodearon a Orlando. Entonces llegó la orden de nuevo desde arriba:

—¡Que lo demuestre, que lo demuestre!

Brunetti podría haber llorado por lo predecible que era la situación: primero lo insultaban y después le imponían una tarea imposible; era la misma táctica que habían usado años atrás los abusadores de su clase y la idea era proporcionar pruebas irrefutables de la cobardía de Orlando. También demostraba quién estaba al mando, quién era el líder de la manada.

Orlando mordió el anzuelo:

—Dime qué tengo que hacer y os demostraré lo valiente que soy.

Como un personaje secundario de una película mala, atravesó el corro de los chicos que lo rodeaban y se detuvo él solo bajo el balcón.

En cuanto Brunetti vio que el del balcón abría la boca, supo que había sido una trampa.

—¿Qué tengo que hacer? —insistió Orlando.

Brunetti observó a Gianpaolo y lo vio sonreír. Qué fácil había sido. No, Orlando no era ningún cobarde. Pero seguía siendo un niño.

—Sube aquí y te lo enseño.

Orlando fue hacia la entrada del edificio. A su espalda, Monforte lo llamó, pero el chico no le hizo caso y entró.

Al cabo de uno o dos minutos, apareció junto al líder y, como si esa fuese la manera de silenciarlo, le gritó:

—¿Qué tengo que hacer?

Como si hubiera estado esperando el momento, Gianpaolo le preguntó:

—¿Has visto el líquido que había en la escalera? ¿La pintura y el disolvente y... la bencina?

Orlando se miró los pies y asintió con la cabeza.

—¿Se te ha pegado a los pies como a mí, Orlando?

—No —respondió él con un tono que parecía insinuar que no había pasado la prueba de valentía.

—Pero eres valiente, ¿verdad? —le preguntó Gianpaolo. Apartó la mirada del chico y se volvió hacia su público.

—Sí.

—¿Eres así de valiente? —exigió saber, y se sacó un mechero del bolsillo.

Los de abajo cogieron aire de golpe y el hombre que tenían delante lo hizo más todavía. Sin querer, Orlando retrocedió un paso para alejarse del mechero.

—Te veo asustado, pequeño Orlandino —comentó Gianpaolo.

Orlando se acercó y le tendió la mano.

—Vamos a ver si es verdad —dijo Gianpaolo, y levantó el mechero por encima de la cabeza. Se sacó un pedazo de papel del bolsillo y lo prendió antes de volverse hacia Orlando y preguntarle—: ¿Eres tan valiente como para tirar esto al suelo?

Sin dudarlo ni un instante y sin decir nada,

Orlando cogió el papel y lo lanzó al suelo del interior.

Transcurrieron tres segundos en mitad de un silencio aterrador y, entonces, algunas de las ventanas de la izquierda del edificio se iluminaron una a una, a medida que las llamas se extendían por el suelo de madera, por debajo de las puertas y por los escalones de madera, siguiendo el reguero húmedo que Gianpaolo y dos amigos más habían hecho unas horas antes con los bidones y las latas que habían subido del almacén abandonado de abajo. Así habían creado eso TAN GRANDE que querían ofrecerle a la ciudad como prueba de su coraje.

Las llamas de los bidones y de los botes de pintura que habían quedado en la fábrica después del cierre de hacía décadas se adueñaron del edificio con violencia aterradora, como si estuvieran ansiosas por vengarse de una vez por todas por haber estado escondidas todos esos años.

En cuestión de segundos, la escalera de madera se había convertido en un túnel de llamas y, hasta ese momento, Gianpaolo, el rey de los Leones de Venecia, no se había molestado en buscar otra salida.

30

En el patio reinaba el miedo. Igual que a los animales que se enfrentan a las llamas, el instinto les decía a los chicos que huyesen, y eso era lo que intentaban hacer. Cuando llegaron al muro por el que habían entrado al patio, se encontraron cara a cara con dos agentes uniformados. Atrapados, no les quedó más remedio que obedecer a los policías y seguir al que los hizo saltar la tapia y los condujo a las barcas, donde les ordenó que se sentasen. Foa llegó casi de inmediato y el resto de los chicos que quedaban obedecieron al segundo policía y fueron con los demás hasta el embarcadero y la otra barca. Cuando ya los tenían a todos, los agentes, que eran venecianos y como tales sabían pilotar cualquier embarcación, subieron a bordo. Con las llamas a su espalda, Foa cogió el mando y los dirigió hacia la laguna y hacia la *questura*.

Brunetti y Griffoni lo habían observado todo

y vieron que ni Orlando ni Gianpaolo estaban entre los chicos; tampoco veían a Monforte por ninguna parte.

Los *commissari* decidieron separarse y buscar a ambos lados de la fábrica otras puertas por donde hubieran podido salir. Justo cuando doblaba la esquina del edificio, Brunetti vio a Monforte inclinado hacia una de las ventanas de la planta baja con los postigos tirados en el suelo. Tenía los barrotes de hierro entre las manos, y se lo oía respirar con dificultad mientras intentaba desencajarlos.

Brunetti lo agarró de un brazo y lo apartó. En el interior, el fuego se había descontrolado y se acercaba a gran velocidad hacia las ventanas y el oxígeno que le serviría de combustible.

El *commissario* prácticamente tuvo que arrastrar al hombre, que estaba tieso del miedo, para alejarlo del edificio; más adelante, vio una puerta de madera que colgaba hacia el interior por una de las bisagras. Apoyó a Monforte contra la pared y se acercó a la puerta. Le dio una patada y después otra. Algo se movió, pero la puerta no se abría.

Monforte seguía apoyado en la pared del edificio con los ojos cerrados, abrazándose el torso con fuerza. Brunetti lo agarró por el brazo y le dio una sacudida.

—Tenemos que entrar —le gritó.

Monforte lo miró ausente. Sin desasirle la mano izquierda, Brunetti soltó la derecha y lo abofeteó en la cara dos veces con todas sus fuerzas.

El hombre abrió entonces los ojos y se separó de él de un tirón. Echó el brazo hacia atrás y apretó el puño, pero entonces algo enorme golpeó contra el otro lado de la puerta. Monforte olvidó el puño y recobró la vida. Apartó a Brunetti, corrió hacia la puerta y se estrelló contra ella con la fuerza de todo su cuerpo concentrada en el hombro derecho. Retrocedió unos pasos y lo intentó de nuevo; esa vez, la puerta se movió unos centímetros hacia dentro. Retrocedió y, una vez más, se lanzó contra la puerta como una criatura inmune al dolor.

En mitad de aquel ruido apareció Griffoni, que corrió hacia Brunetti. Él le gritó que avisara a los *pompieri* y les dijese que enviaran por lo menos dos barcos y que después llamase a la *questura* para que Foa regresara en cuanto llegara allí. Su voz quedó ensordecida por otro estruendo retumbante que provenía del interior de la fábrica y después gritó:

—¡Y una ambulancia!

Ella asintió y se alejó. Brunetti se volvió hacia el edificio.

La puerta colgaba abierta, pero no vio a Monforte por ninguna parte. Echó un vistazo en el interior y se asombró, ya que parecía que estuviera preparándose para una fiesta de disfraces gigante. Preso dentro de un Pollock de seis planos, Brunetti vio franjas y espirales y manchurrones solapados de colores rojo, amarillo, blanco, naranja, azul:

todos los colores imaginables. A lo largo de los años y sin planificación alguna, los botes de pintura habían ido estallando y salpicando el techo, las paredes y el suelo. Algunos de los botes vacíos que habían reventado (de viejos o por culpa del calor) estaban adheridos con un estilo fortuito a charcos de colores en conflicto; otros estaban tirados en poses descuidadas, ahogados en sus propias vísceras. A algunas de las creaciones les habían salido arrugas y grietas que a menudo aumentaban su belleza. Pero otras estaban cubiertas de moho.

Brunetti percibió el olor a madera quemada, pero lo que más lo preocupaba era el olor punzante a producto químico. Oyó un golpe a mano izquierda y se volvió hacia el ruido. De pronto, Monforte apareció y ocupó toda la luz de la puerta, rodeado de un humo amarillento. Júpiter el conquistador.

Brunetti tensó el cuerpo para el ataque, pero el otro hombre cerró la puerta de golpe, se acercó a él y señaló mientras hablaba con voz áspera:

—Allí no hay nada. Solo salas vacías y botes de pintura. Demasiado humo.

Se oyó un ruido repentino procedente de arriba: podía ser una voz; Monforte se centró en eso y dejó a Brunetti de lado. Ambos se quedaron inmóviles.

Se oyó de nuevo: venía de arriba a la derecha y esa vez sonó más como una voz humana. Ambos corrieron hacia una puerta de seguridad de hierro y al otro lado encontraron una escalera estrecha de metal. Monforte se lanzó a trepar por ella con la velocidad y la agilidad de un mono, subiendo los peldaños de dos en dos y apoyándose en la barandilla para impulsarse hacia arriba. Brunetti lo siguió al instante; se aferró a la barandilla, pero dio un grito ahogado y retiró la mano.

Al llegar al final del segundo tramo, se detuvieron a escuchar y oyeron la voz de nuevo. Ambos corrieron hacia ella, y Monforte abrió la primera puerta que encontraron de un tirón.

El calor los envolvió y oyeron el terrible ululato del fuego, pero no veían llamas. A pesar del ruido, oyeron una voz aguda que chillaba: «*Aiuto, aiuto!*». Enseguida quedó ensordecida por una erupción de ruido que venía de otra parte del edificio.

Monforte atravesó la puerta en cuestión de segundos, y Brunetti iba justo detrás. El ruido se les echó encima; el fuego rugía y gruñía y presumía de lo que le haría a cualquiera que se cruzase en su camino. La voz venía de alguien que estaba en el suelo. Por el tamaño, Brunetti supo que era Orlando y no Gianpaolo. El chico estaba tumbado bocabajo, lloraba, chillaba y tenía la pierna derecha doblada por debajo de la rodilla de una forma muy poco natural.

En cuanto los vio, aulló:

—*Papi, papi, aiuto!*

Se levantó con esfuerzo y arrastró la rodilla izquierda hacia delante para apoyar el peso en esa pierna antes de lanzarse hacia su padre y alejarse de las llamas sin dejar de gritar. Brunetti sospechaba que era tanto por el pánico como por el dolor. Como si el fuego quisiera demostrar que el *commissario* tenía razón y que el chico había tenido un presentimiento, el fuego entró de pronto por la puerta que había detrás de la figura con forma de cangrejo y le lanzó un tentáculo burlón y ardiente muy cerca de las piernas.

Brunetti se volvió y vio a Monforte agachado, inmovilizado por un ataque de tos. En un instante, se acercó al chico, lo agarró por el cuello de la camisa e intentó alejarlo de la parte del edificio que estaba en llamas. Oyó unas pisadas fuertes y de pronto Monforte lo apartó de un empujón, cogió a su hijo en brazos como si fuera mucho más pequeño de su edad, se lo echó al hombro cual bombero y, sin hacer caso de los gritos de angustia de Orlando, se dirigió a la escalera. A los pies de la escalera que habían usado antes, el fuego había terminado de devorar los botes y barriles de pintura y se había acomodado para el consumo más lento y decoroso del plato principal: muebles, marcos de puertas y ventanas; para el postre le quedaba un aparador de nogal lleno de documentación.

Brunetti no se orientaba dentro del edificio. Solo lo había visto desde fuera y, cuando perseguía el ruido que oían por la escalera y los pasillos, no le había prestado atención a las direcciones, solo le preocupaba darse prisa. Vio una puerta al otro lado del rellano y la abrió: al final del pasillo había luz que debía de ser de las farolas de fuera.

Se volvió y le gritó a Monforte:

—¡Por aquí!

Echó a correr hacia el otro extremo del pasillo y por el camino se dio cuenta de que al frente no se veían llamaradas ni luz titilante.

Cuando llegó a la escalera, se volvió hacia Monforte y el chico. Entonces, cuando el padre se detuvo a tomar aire, Brunetti bajó la escalera antes que ellos. Un tramo. Dos. Abajo del todo lo paró una puerta de seguridad metálica.

—*Oddio*, concédeme este favor —se oyó susurrar.

Más tarde no se acordaría de si había hablado en voz alta o solo con algún espíritu caritativo en el que no sabía que creía.

Estiró la mano y giró el pomo. La puerta se abrió de par en par al muelle de carga que había detrás de la fábrica, como si un día normal un trabajador saliera a fumar un cigarrillo. El aire de la noche le resultó casi frío.

Monforte apareció al lado de Brunetti y después se alejó del edificio hacia el muro de la laguna. Con cuidado, tembloroso de tanto esfuerzo, clavó una rodilla en el suelo, después la otra, se deslizó al chico poco a poco por el torso y después, aún más despacio, lo tumbó en el suelo. Orlando se quedó inmóvil, casi gelatinoso; le faltaba un zapato, pero no tenía quemaduras en la ropa ni en el cuerpo, ni señales de haber estado tan cerca del fuego. No tenía señales de haber estado un buen rato respirando humo tóxico. Brunetti le echó un vistazo a Monforte, que se había arrodillado junto a su hijo. El instinto le advirtió que no se acercase a ellos.

Monforte se movió el primero. Se levantó tambaleante y nadie que fuese testigo del esfuerzo que le costó hacerlo se acordaría del hombre fuerte y sano que había entrado en el edificio. Tosió una vez y después otra, con violencia. Escupió al suelo. Denso, rojo. Miró a Brunetti, que había visto lo mismo.

El *commissario* se acercó y se detuvo a un metro de él.

—Hay una ambulancia de camino —fue lo único que se le ocurrió decir.

En una situación normal, al enfrentarse a un padre con un hijo herido, le ofrecería cualquier perogrullada: tiene buen aspecto, respira bien, es un buen hospital, el jefe de medicina es muy competente. Pero, en el caso de Monforte, y pensando en la fuerza con la que había arremetido contra la puerta, ese dato era lo único que Brunetti quería arriesgarse a comunicarle.

De pronto, Griffoni estaba a su lado. La *commissario* miró a Monforte de frente. Sin apartar la vista de él, movió la mano izquierda poco a poco y se desabrochó la chaqueta. La mano derecha se apartó un poco del cuerpo.

Monforte vio el movimiento, bajó la mirada y cerró los ojos. Negó con la cabeza varias veces, pero con la misma falta de energía que alguien que acaba de perder el autobús.

Después la miró a la cara y le preguntó:

—¿Sabe lo de Nasiriya?

—Sí.

—¿Todo?

—Sí —contestó ella, y bajó la mano.

Él cogió aire para un suspiro, pero la tos lo interrumpió y lo dejó inclinado hacia delante, indefenso. Esta vez, la sustancia roja le cayó en los zapatos.

Se levantó de golpe.

—No se lo digan al chico, por favor.

Ella miró a Monforte. Hasta ese momento no se había dado cuenta de que la ceniza y el humo lo habían pintado como si él fuese el único que sabía que ya había empezado el Carnaval y era el momento de los disfraces.

Sonó una sirena que fue acercándose deprisa. Foa, que había regresado, encendió el foco de la lancha, lo dirigió hacia el cielo un momento y después lo bajó hasta la escalera de ladrillo que había en la parte exterior del muro bajo y llegaba hasta el agua. La ambulancia llegó, se detuvo y de ella bajaron dos técnicos de uniforme, uno de ellos con una camilla enrollable.

—Aquí —ordenó Monforte.

Solo dijo eso, pero la certeza de la orden hizo que ambos hombres corriesen a por Orlando. El chico, que ya estaba consciente y tumbado bocarriba, volvió la cabeza y los vio. El que no llevaba la camilla se arrodilló, le puso el estetoscopio en el corazón, le tomó el pulso y, con apariencia de no hacer caso de Monforte, que se alzaba amenazador a su lado, agarró un extremo de la camilla y la colocó en el suelo, entre Orlando y su compañero.

Ambos habían visto el ángulo que formaba la pierna del muchacho, así que empezaron por colocarle la camilla debajo de los hombros y de la pierna izquierda. El que estaba al mando le cogió el muslo y la pierna derechos y se los colocó al lado de la izquierda. Orlando se quejó, pero nada más. No apartaba la vista de lo que estaba sucediendo.

Levantaron la camilla y se volvieron hacia la ambulancia, pero Monforte estaba en medio.

Griffoni apareció detrás de los hombres de la ambulancia y se acercó a donde estaba Monforte, con la misma tranquilidad que si fuera una vieja amiga. Asintió sin sonreír y le puso la mano en el brazo. Se dijeron algo y luego callaron. Al cabo de unos instantes, Monforte habló de nuevo, pero solo dijo unas pocas palabras. Ella asintió con la cabeza. Monforte fue a la camilla, se agachó y le acarició la mejilla al chico.

—Ayuda a mi amigo, *papi* —le dijo el chico—. Por favor.

Monforte le sonrió y después se apartó y se quitó de en medio para que pudieran pasar.

Griffoni los siguió hasta la ambulancia y esperó mientras embarcaban, colocaban la camilla en su sitio y le ataban las correas del pecho y de los muslos. La *commissario* fue hacia la proa y le dijo algo al piloto, que se apartó para dejarla embarcar. El piloto puso el motor en marcha y dio media vuelta para volver por donde habían venido. Griffoni no miró atrás.

En cuanto la barca desapareció, Monforte se volvió hacia Brunetti. Cuando el *commissario* le vio la cara, pensó que sería sensato prepararse para un ataque, algo que le habían enseñado cuando se formó en el cuerpo de policía. Tenía algo que ver con mantener la agilidad y estar preparado, pero lo único que Brunetti consiguió hacer fue ponerse un poco de puntillas y no fijar las rodillas. Dado que acababan de llevarse a alguien al hospital y que estaba delante de un edificio en llamas, pensó que lo que hiciera con las piernas daba igual.

—¿Dónde están los bomberos? —estalló Monforte.

—No lo sé. Los ha llamado mi compañera.

—Putos inútiles —dijo Monforte.

Se hizo a un lado y, sin hacer caso de Brunetti, estudió el edificio en llamas.

Un momento más tarde oyeron las sirenas de las dos lanchas de los bomberos, que anunciaban su llegada desde lejos, poco antes de aparecer en la laguna desde Rio del Ponte Longo: el único canal que daba a la laguna que tenía la anchura suficiente para ellos. Pronto se desveló que el caos aparente de motores y bomberos gritando formaba parte de una disciplina estricta. En cuestión de un minuto ambas embarcaciones habían amarrado a un poste que había en la parte trasera del edificio, metieron los extremos de tres mangueras en el agua y las bombas empezaron su trabajo. Cuando los bomberos, lastrados por el peso de los uniformes protectores y por la dificultad de cargar con las mangueras hasta la fábrica, se habían acercado lo suficiente, de las mangueras ya salía agua con tanta potencia que hacían falta dos hombres para sostener cada una.

Dos hombres más desembarcaron y se unieron al equipo. Debían de haber decidido no ocuparse de las plantas inferiores, ya que apuntaban las mangueras a las ventanas de la tercera planta. No obstante, no parecía que sirviera de mucho. Se oían pequeñas explosiones que provenían del interior y, de vez en cuando, se oía algo que caía con estrépito. A medida que la potencia del chorro se intensificaba, los bomberos se preparaban para dominarlo y esperaban la orden que les indicase adónde apuntar.

De pronto, uno de los efectivos levantó el brazo y señaló a la derecha, hacia la parte del edificio donde parecía que las llamas ardían con menos violencia. Los tres chorros siguieron esa dirección y se concentraron en las mismas ventanas.

Detrás de Brunetti, las bombas de las lanchas rugían con la misma intensidad que las llamas y el agua que entraba en el edificio se estrellaba contra las paredes e intentaba inundar el suelo.

En la última ventana de la derecha apareció como de la nada una cabeza rubia. Con la boca abierta, el chico gritó algo que nadie entendió, aunque tampoco importaba. El equipo que manejaba la manguera del medio flaqueó al verlo y el chorro se desvió un momento y se estrelló contra la pared del edificio. Las cosas se enderezaron enseguida y el chorro regresó a su sitio. Ya fuese por instinto o gracias a su formación, los hombres de la derecha bajaron la manguera y dirigieron el agua hacia la ventana rota que estaba debajo de la del chico y después hacia la que estaba al otro lado de él. El chico volvió a gritar y nadie entendía lo que decía.

Brunetti percibió un movimiento a mano derecha y, cuando se volvió, vio a Monforte que saltaba desde la lancha más grande de los bomberos, cargando con algo que parecía una caja plateada. Se irguió muy despacio; dos hombres le gritaron; él no hizo caso y, de todos modos, lo que dijeron se había perdido entre el conjunto de ruidos de máquinas y bombas y agua y hombres chillando cosas incomprensibles. A esas alturas, también se oía el ruido del público conformado por los vecinos que estaban de pie a ambos lados del canal y unas cuantas embarcaciones de la laguna, que intentaban ayudar dirigiendo los focos hacia la fachada del edificio en llamas.

Monforte se apretó el objeto contra el pecho y se apresuró hacia delante. Brunetti se obligó a moverse y se interpuso en su camino. Un arranque de tos hizo que Monforte se detuviera en seco; cuando apretó la cara contra la cosa plateada, Brunetti vio que era una manta ignífuga. Siguió tosiendo, paró un momento, se arrodilló y jadeó, los pulmones suplicando oxígeno, y tosió de nuevo: una tos hosca, violenta, ruidosa y roja. Paró de súbito como si se lo hubiesen ordenado y se levantó con mucho esfuerzo.

Brunetti alzó el brazo para impedírselo, pero Monforte se lo apartó de un manotazo como si fuera un insecto. El *commissario* miró entonces la ventana del tercer piso, pero el chico ya no estaba allí. Pensó en las llamas que había visto, en el calor que le había chamuscado la chaqueta. De pronto, como si aquello fuese una partida de cartas y el ruido hubiese jugado su mejor mano, todos oyeron un estruendo ensordecedor al tiempo que se hundía el tejado del otro extremo del edificio. Brunetti se había girado al oír el ruido y, cuando volvió a mirar, Monforte estaba casi en la puerta por la que había sacado a su hijo.

Al llegar a ella, se detuvo, se volvió hacia Brunetti, desplegó la manta sacudiéndola con ambas manos y se envolvió con ella. Sin dejar de mirar al *commissario*, gritó:

—¡Cree que soy un héroe!

Se acercó un paso más al edificio, se detuvo y se echó atrás como si hubiera chocado contra la pared.

Monforte agachó la cabeza, después la levantó de nuevo y, con un movimiento de una feminidad extraña, cogió un extremo de la manta para protegerse la garganta y se la echó por encima del hombro con elegancia. Entró en el edificio a trompicones.

31

De: *Maggiore* Massimo Fede
A: *Generale di Brigata* Filippo Lauria
Colonnello Roberto Bisso
Tenente colonnello Sara Minella

Signori:

En respuesta a su correo electrónico con fecha de ayer, les presento los motivos por los que deberíamos tratar el caso en consideración como un suceso normal, si bien lamentable: la muerte de un antiguo *carabiniere* cuando intentaba ofrecer ayuda.

Han visto copias del informe que entregué hace veinte años, además de las copias de los documentos que respaldan las acusaciones que hice en su momento. La naturaleza del comportamiento de Monforte es incuestionable: de haberlo acusado formalmente, el escándalo habría provocado, sin duda alguna, una investigación del Gobierno en un momento de extraordinaria delicadeza, en el que la posibilidad de una acusación de traición habría tenido un efecto devastador para todo el cuerpo y para la carrera de los oficiales que estaban por encima de él en la cadena de mando.

Esos sucesos pertenecen al pasado y deben permanecer allí. La gente recuerda a Monforte y lo recuerda como un héroe. Por lo tanto, debemos presentarlo como un héroe que murió llevando a cabo su último acto de valentía. El informe adjunto del forense que se ocupó de la autopsia afirma que el daño que sufrieron sus pulmones por culpa del calor y del humo tóxico era tan extenso que no podría haber sobrevivido y, sin embargo, tuvo el suficiente coraje para volver al interior del edificio.

Salvó la vida de su hijo (adjunta encontrarán la declaración del *commissario* Guido Brunetti, de la policía de Venecia) y entró de nuevo en el edificio en llamas por voluntad propia para intentar salvar la vida de otro chico: Gianpaolo Porpora. Sin que Monforte lo supiese, el chico ya había huido del edificio por una escalera antiincendios que había en la fachada trasera: la usó para bajar a la segunda planta y, desde allí, saltó a la laguna.

De momento, los actos de valentía de Monforte han servido para atraer toda la atención que la prensa decida prestarle. Un funeral militar con honores desviará el interés que pueda suscitar su pasado y servirá como prueba de que vivió y murió como un héroe.

Propongo que se celebre lo antes posible, tal vez antes de que acabe la semana, un funeral militar con todos los honores y salvas, y que se lo mencione como ejemplo de la valentía que caracteriza a todo el cuerpo. Si lo consideran sensato, también podríamos otorgarle algún tipo de medalla; la más indicada sería la medalla al valor.

Muy respetuosamente,

MASSIMO FEDE,
maggiore

Otros títulos de la autora en Booket: